시니어 신무협 장편소설
ORIENTAL FANTASY STORY & ADVENTURE

일보신권 ⑩

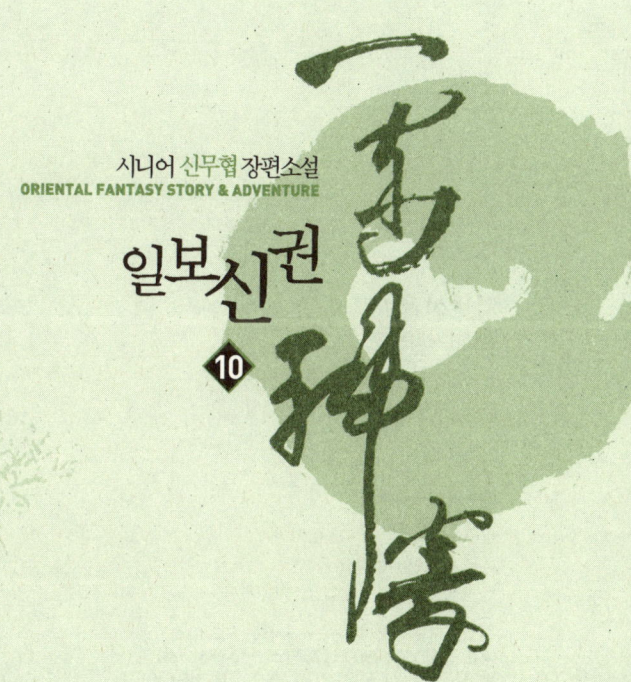

dream books
드림북스

일보신권 *10*
검성이 노리는 것

초판 1쇄 인쇄 / 2010년 11월 4일
초판 1쇄 발행 / 2010년 11월 15일

지은이 / 시니어

발행인 / 오영배
편집장 / 허경란
편집 / 신동철
본문 디자인 / 신경선
펴낸 곳 / (주)삼양출판사 · 드림북스

주소 / 서울특별시 강북구 송천동 322-10호
대표 전화 / 02-980-2112 팩스 / 02-983-0660
편집부 전화 / 02-980-2116 팩스 / 02-983-8201
블로그 / blog.naver.com/dreambookss

등록번호 / 제9-00046호
등록일자 / 1999년 3월 11일

© 시니어, 2010

값 8,000원

(주)삼양출판사 · 드림북스의 서면 허락 없이는 어떠한
형태나 수단으로도 이 책의 내용을 이용하지 못합니다.

ISBN 978-89-542-3976-9 04810
ISBN 978-89-542-3281-4 (세트)

* 지은이와 협의하에 인지는 생략합니다.
* 잘못된 책은 구입한 곳에서 바꾸어 드립니다.

시니어 신무협 장편소설
ORIENTAL FANTASY STORY & ADVENTURE

일보신권 ⑩

검성이 노리는 것

dream books
드림북스

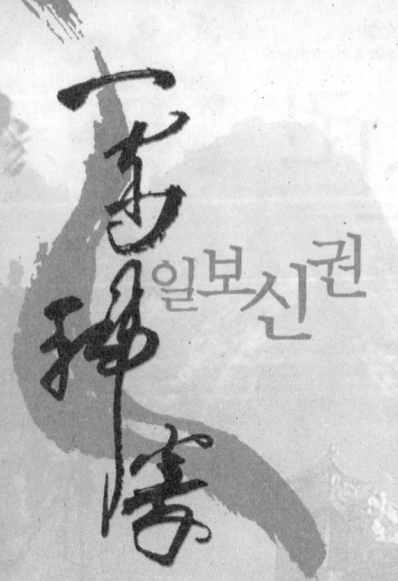

목차

제1장 승리……혹은 패배   *007*

제2장 이겨서는 안되는 이유   *037*

제3장 바리에 얽힌 약속   *063*

제4장 소림……   *099*

제5장 연화사태와 연홍   *131*

제6장 장건의 결정 161

제7장 검성의 요구 191

제8장 매화검무(梅花劍舞) 233

제9장 파계와 파문 267

제10장 북해와 고현 299

제1장

승리······ 혹은 패배

근 일 년간 소림에는 수많은 일들이 있었다.

독선의 방문으로 시작된 일련의 일들은 모두가 장건을 주축으로 벌어진 일이었다.

시작은 홍오였으되 목표는 장건이었다.

하지만 오늘의 일은 전과 사뭇 양상이 달랐다.

시작은 장건이었으나 목표는 홍오였다.

뭇 무인들이 장건으로 인해 터뜨린 불만에 우내십존이 기꺼이 끼어든 것 또한 홍오라는 동일 목표가 있기 때문이었다.

그리고 장건은 우내십존 중 일인인 환야 허량의 명에 따르는 무당의 두 도장과 맞서고 있었다.

청우와 청인은 장건을 마주하며 놀라움을 금치 못하고 있는 중이었다.

'무슨 이런 자세가 다 있지?'

'그러게 말입니다. 정말로 상대하기 까다롭군요.'

장건의 편안한 듯한…… 아니, 극히 불편해 보이는 딱딱한 자세가 한없이 거슬린다.

어떤 공격을 하든 다 피할 수 있는 그런 자세가 아니라, 어떤 공격을 하든 다 맞을 것 같은 자세였다. 그런데 정작 빈틈을 찾고자 하면 조금도 보이지 않는다.

 - 말해두건대, 처음부터 제대로 된 합격술을 펼치지 못
   하면 두 번째는 기회가 없을지도 모른다.

청우와 청인은 사조인 환야 허량의 말을 되새겼다.

'과연. 괜한 말씀이 아니었군.'

'어떻게 할까요?'

'음…… 우선 일양식(一樣式)으로 압박해 보자.'

청우는 검을 사용하고 청인은 권장을 사용한다. 일양식은 둘이 하나처럼 움직이는 합격술이니, 검과 권의 거리를 잘 계산해야 호흡을 맞출 수 있다.

청우와 청인은 발끝만 미미하게 움직이며 장건과의 간격을 조절해 나갔다.

합격술이라는 것은 대충 여럿이 한꺼번에 공격한다고 해서 합격술이라 하지 않는다. 한 명이 다른 한 명의 빈틈을 보완해 준다거나, 혹은 한 몸처럼 동시에 상대를 공격하는 것이 합격술이다.

이번 경우에는 후자다.

장건은 청우와 청인이 걸음을 옮길수록 불편한 감각이 조금씩 부풀어 오르는 것을 느꼈다.

'어어? 왠지 위험할 것 같은데?'

다소 평범해 보이는 청강검을 든 청우가 외려 가까이 다가오고, 청인은 슬쩍 뒤로 물러나는 형태다. 상식적으로 권이 더 가까워야 하는데도 장건은 더 불안해진다.

불편한 감각이 지속되다가 어느 순간 장건은 그 느낌이 사라졌다는 걸 깨달았다.

청우가 장건의 네 걸음 앞, 청인이 그 보다 두 걸음 반을 더 뒤로 물러섰을 때였다.

불편한 감각은 사라지고 어긋난 조각을 끼워 맞춘 듯, 말끔한 느낌이 장건을 사로잡는다.

그 순간, 청우가 장건의 어깨를 노리고 검을 찔러왔다. 야마분종에서 궁보로 내딛으며 가볍게 밀듯이 검으로 어깨를 누른다.

동시에 청우의 움직임에 가려졌던 청인이 사선에서 달려들며 일장을 뻗고 있다. 양손을 이마 근처에 두었다가 한 손은 당기고 다른 손을 슬쩍 밀어내듯 하는 무당면장의 섬통비(閃

通臂)다.

 섬통비의 온유한 장력이 장건의 반대편 어깨로 날아든다.

 장건은 안법으로 둘의 움직임을 한 번에 담고 있었다. 이미 공격을 예측했으니 놀랄 일은 없는데도 다른 의미로 놀랐다.

 '어어?'

 둘이 초식을 전개한 시간은 다른데, 공격이 도달하는 시간이 거의 같다. 이러면 검을 상대하는 순간 장력을 얻어맞고, 장력을 유원반배로 받아 몸에서 돌리는 순간 검에 찔릴 것이 분명하다.

 무당의 검이 살검이 아닌 만큼 청우는 검기를 갈무리해 예기를 감추고 있었다. 그러나 검기가 없어 보일 뿐, 공력은 상당히 담겨 있다. 자상(刺傷) 같은 외부 상처는 없어도 내상을 입기엔 충분히 강력하다.

 섬통비 역시 마찬가지다. 섬통비의 장력은 그 끝이 흔들리며 날아들어서 정확히 받아내기도 애매할 지경이다.

 '뒤로 피해 버릴까?'

 그러나 피하는 것도 장담할 수 없었다.

 장건아 본 청운과 청인의 움직임은 아직 진행 중이다. 장건이 피한다면 아직 해소되지 않은 여력으로 장건을 추격해 올 것이다.

 좀 전에 상대했던 과도한 움직임의 고현과는 확실히 다르다. 쓸데없이 과한 초식이 아니면서도 상대를 제압하기에는 적당한, 가장 적절히 운용하는 초식이다.
 장건도 어쩔 수 없었다.
 '둘 다 받아내자!'
 양손으로 유원반배를 사용하는 것은 지난번에도 해 보았다. 다만 양손이 서로 다른 움직임을 해야 한다는 것이 조금 어려울 뿐이다.
 장건이 양손을 어깨 즈음에서 내밀었다.
 청우와 청인은 다소 뜻밖이라는 얼굴을 했으나, 공격을 멈추지는 않았다.
 장건은 왼 손등으로 청우의 검면을 밀듯이 가져다 댔다가 용조수의 수법으로 손바닥을 뒤집었다. 검극이 휘말리며 손바닥이 검면에 붙는다.
 오른손으로는 청인의 장력을 받아내며 안쪽으로 당겼다. 손목과 드러난 팔뚝의 피부가 불끈거린다. 근육이 빗살처럼 꼬이며 반응한다.
 받아들인 힘이 장건의 양 손목을 타고 순식간에 등과 가슴의 근육을 통해 반대로 이동한다.
 청우와 청인은 대련 경험이 많은 중견의 고수다. 검과 장력이 장건에게 닿은 순간 무슨 일이 벌어졌는지 알아챘다.
 '소림의 유원반배? 아니…… 이건 본파의 태극경이잖은가!'
 '원시천존!'
 청우와 청인은 기겁했다.

허량의 조언이 없었다면 흡성대법으로 오인할 뻔했다.

 공세에 담긴 힘이 자연스레 장건의 몸으로 흘러들어가고 있는 것이다!

 그러나 이제껏 청우와 청인은 '움직이지 않는' 태극경을 본 적이 없었다.

 태극경을 극한까지 이루면 태산 같은 힘도 받아들일 수 있다. 하지만 힘이 크면 클수록 더 많은 움직임이 필요하다.

 태극은 원을 상징하고, 원은 가장 완전무결한 동작이다. 태극경은 이 원의 움직임을 통해 힘을 상쇄하고 움직여 조화를 이룬다. 흔히 태극권이 흐느적거린다고 하는 표현은 거기에서 연유되었다.

 그런데 장건은 그냥 가만히 선 채 손을 내민 것만으로도 자연스럽게 물이 흐르는 듯한 경(經)을 이루어 내고 있는 것이 아닌가!

 물론 자세히 보면 몸의 여기저기가 조금씩 꿈틀거리는 것이 보이지만, 그것이 자의(自意)로 근육을 움직여 원을 그리고 있는 거라고는 꿈에도 생각할 수 없었다.

 제아무리 날고 기는 고수라도 자신의 팔뚝 근육을 임의로 이리 뒤틀었다 저리 뒤틀었다 하기는 어려운 노릇이며, 보통은 굳이 그렇게 하려고 생각도 하지 않으니 말이다.

 '이런!'

 벌써 기운이 되돌려지는 것이 느껴진다. 청우는 청인의 장력이, 청인은 청우의 검력(劍力)이 서로를 향해 반대로 오고 있음을 깨달았다.

'이대로 있으면 당하겠군!'

그야말로 찰나의 순간이었다.

청우는 반 모금의 호흡을 머금고 검에 공력을 더 주입했다. 장건의 손바닥에 붙은 검신은 그대로인데 검극이 부르르 떨리며 요동을 친다.

청우의 의도를 알아챈 청인이 장력의 기운을 조절했다. 우(右) 섬통비에서 눈 깜짝할 사이에 좌(左) 섬통비로 방향을 전환한다.

"어?"

장건은 눈을 동그랗게 떴다.

미처 힘을 되돌리기도 전에 다른 형태의 기운이 침범했다. 아니, 침범하고 있다기보다는 미묘한 균형을 일부러 흔드는 것처럼 보인다.

힘을 아무런 방해 없이 받아들이고 다시 내보내는 방법은 극도로 섬세한 과정에 의해 이루어진다. 그런 섬세한 과정 중에 균형이 깨어지고 있으니 장건도 당황했다.

'다른 사람들은 보통 이럴 때 움직이지 못하던데?'

그러나 청우와 청인은 장건과 내력에 의한 대치하는 도중에 다시 공세를 바꾸고 있다.

한 명만 상대하고 있다면 다른 손으로 기운을 배출하고 다시 기운을 받아들일 수도 있을 텐데, 지금은 벌써 양손을 다 쓰고 있는 상황이었다.

이미 입추의 여지가 없는 방에서 사람이 나가지도 않는데 또 다른 사람들이 들어선 격이다.

아까처럼 일부러 내공을 흩어서 공력을 풀어버릴 수도 없다. 그랬다가는 손이 베이고 장력이 몸을 격통해 내상을 입을 터였다.

'발로 보낼까?'

장건은 처음 들어온 공력을 양 발로 내보내고 새로운 공력을 다시 받아들일까, 하는 생각도 해 보았다.

손바닥에 장심(掌心)이 있듯 발바닥에도 장심이 있다. 발바닥을 통해 공력을 내보내면 바닥이 부서지긴 하겠지만 장건은 내상을 입지 않을 수 있다.

그러나 장건은 그렇게 할 수 없었다.

'아깝잖아!'

남의 공력이긴 하지만 일단 들어온 걸 그냥 내버린다는 것은 정말로 아까운 일이었다.

그래서 장건은 강호 역사상 초유의 시도를 하기로 결심했다.

처음 들어온 청우의 검력은 좌하반신으로, 청인의 장력은 우하반신으로 흘려보냈다. 그리고 다시 받은 청우의 검력을 오른손에서 가슴 전면으로, 청인의 장력을 왼손에서 등을 통해 하복부로 내려 보냈다.

장건의 몸에 네 개의 기운이 서로 다르게 돌고 있는 것이다!
 하나, 두 개의 힘을 하체에 나누어 돌리면서 그 시간을 이용해 새로운 힘을 받아들이는 일이 쉽지는 않았다.
 온 경락과 근육이 모두 쓰여져 장건의 몸은 터지기 일보 직전이다.
 장건은 숨이 막혀서 호흡을 할 수도 없었다.
 '끄으으응!'
 아쉽게도 다시 양손으로 공력을 나누는 일은 불가능 할 것 같다.
 하지만 사지에서 동시에 허리의 대맥으로 힘을 보내어 합치는 데에는 성공했다. 성향이 다른 기운이지만 근간(根幹)이 같아 억지로 어울리게는 할 수 있었다.
 그렇게 모인 기운을 한순간에 우권(右拳)으로 뽑어냈다. 참았던 숨을 한 번에 쏟아내듯 벼락처럼 주먹이 뻗어졌다.
 두 개의 검력과 두 개의 장력이 청우의 좌측 허벅지 위로 뚝 떨어진다. 넓적다리에서 한 뼘쯤 옆으로 떨어진 부근이다.
 당연히 헛친 것이 아니다. 청우의 위기가 그곳을 돌고 있기 때문이다.
 그 사실을 모르는 청우와 청인의 눈이 빛났다.
 '빗나갔다!'
 '역시 완벽한 태극경은 무리였군! 자세가 흐트러졌······.'
 순간, 청우는 머리칼이 쭈뼛 서는 느낌을 받았다.

'위험하다!'

무인으로서의 판단만큼이나 날이 선 본능이 청우를 자극했다. 청우는 급히 보법을 밟으며 피하려 했으나, 네 개의 힘이 집약된 장건의 주먹이 더 빨랐다.

찌이이익-

긴 천이 찢어지는 듯, 사기 그릇에 금이 가는 듯한 소리가 청우의 귓가에 들려왔다.

분명히 장건의 주먹이 몸에 닿은 것도 아니고, 권경이 닿은 것도 아닌데 눈앞이 새하얘진다.

"사형!"

신중한 성격의 청인은 장건의 일거수일투족이 허투루 보이지 않았다. 때문에 빗나간 공격임이 분명해 보이는 주먹질에도 곧바로 대응에 나섰다.

그의 선택은 정확했다. 아니나 다를까, 청우의 동공이 크게 확대되고 있었던 것이다.

미리 움직인 것이 확실히 도움이 되었다. 청인은 장건이 주먹을 뻗은 바로 직후, 청우를 밀어내며 장건의 주먹을 거의 대신 받을 수 있었다.

태극권 백학량시(白鶴亮翅)!

앞선 왼발에 중심을 싣지 않고 발끝만 내딛은 허보의 상태에서 한 팔을 아래로, 한 팔을 위로 하며 손바닥은 서로 마주 보게 한 자세다.

청인은 아래에서부터 퍼 올리듯 장건의 주먹을 받으면서 포구형(抱球型)을 취했다. 양손으로 공을 감싸 안듯 부드럽게 어루만지며 장건의 주먹에 실린 공세를 흩어내려 한다.

한 손으로도 가볍게 태극경을 시도하는 허량에게는 미치지 못하나, 무당에서도 손꼽히는 실력의 태극경이다. 다만 급하게 끼어든 터라 다시 되돌리지는 못하고 스스로 힘을 해소해야만 했다.

지지지직.

양팔로 연신 원을 그리며 힘을 해소하고 있음에도 청인은 선 채로 계속해서 밀려났다.

'힘이 너무 강대해 해소되지 않는다!'

부드럽게 손을 움직이는 것과 달리, 청인의 이마에는 삽시간에 땀이 흐른다. 백학량시로 장건의 공격을 무마시키려 했으나 감당하기가 어렵다.

급격히 팔이 뻐근해진다. 장건이나 허량과 달리 동적인 움직임으로 태극경을 해야 하는 청인은 팔이 마비되면 태극경을 할 수 없다.

청인은 급격히 자세를 바꾸었다.

해소가 어렵다면 다소 피해를 감수하면서라도 비껴서 흘려낼 작정이다.

기식(起式) 고탐마(高探馬)!

왼손이 앞으로 나와 있는 순간에 상체를 좌측으로 반회전하며 우장에 힘을 싣는다. 앞에서부터 들어오는 힘의 방향을 왼쪽으로 틀기 위함이다.

태극경을 행하는 도중에 백학량시에서 고탐마로 변환하는 동작은 무당의 이름이 아깝지 않을 정도의 고절한 몸놀림이었다. 조금도 어색하지 않고 자연스러워 원래가 하나의 식(式)이었던 듯 보인다.

그러나 그조차도 여의치 않았다. 어이없게도 장건의 권력은 나선형으로 돌고 있어서, 튕겨내려 해도 안으로 자꾸만 감겨 들어오는 것이다.

지직!

대여섯 걸음을 밀려나는 동안 발밑에는 길게 끌린 흔적이 남았다. 이미 뻐근해진 팔은 거의 움직이지 않는다.

쾅!

결국 공기 폭발하는 소리가 들리며, 청인의 상체가 뒤로 크게 젖혀졌다.

한 줄기 핏물이 청인의 입에서부터 허공으로 튀어 올랐다. 피가 거무스름한 것이 중독까지 된 모양이다.

장건의 내공은 자신의 본 내공과 대환단, 독정의 세 가지가 바탕이 된 것이라, 극한으로 공력을 사용하면 독정의 독기가 풀려나오곤 했다.

"사제!"

청우는 장건이 독까지 썼다는 사실에 분노하며 검을 곧추세웠다.

훌쩍 뛰어올라 반원을 그리며 검을 치켜 벤다.

무당 검공의 정수가 담긴 일검 일초식이었다. 한없이 부드러워 보이나 그 안에 담긴 온유함이 해일도 누를 수 있어 보인다.

극도로 분노한 와중인데도 일검에 모든 힘이 실려 있는 것은 아니었다. 고현이 한 수에 생사결단을 내려는 듯 달려들던 것과는 달랐다.

장건은 청우의 공격이 참으로 까다롭다는 것을 깨달았다.

보통 비무를 할 때, 장건은 상대의 근육 움직임이나 미세한 기의 운용을 통해 얼마만큼 공격이 지속될지 안다. 이를테면 공격을 하다 말 것인지, 멈추고 다른 초식을 쓸 것인지, 아예 공격을 끝까지 할 것인지를 알 수 있다. 그래서 모용전의 허초는 단 한 번도 통하지 않았다.

그런데 청우나 청인의 경우에는 항시 여력을 남겨둔다. 한 수 한 수가 전심전력에 가까운데 그것이 끝이 아니라 진행형이다.

그 공격이 막혀도 또다시 전력으로 다른 수를 펼칠 수 있도록 일 푼의 힘을 남겨두는, 그런 희한한 몸놀림이다. 달리 말하면 남겨둔 일 푼의 힘으로 끊임없이 전력에 가까운 공세를 펼칠 수 있다는 뜻이다.

그래서 첫 합격시에도 공격이 막히자마자 곧바로 다른 공격으로 이을 수 있었던 것이다.

장건은 잘 몰랐지만, 그것이 바로 물 흐르듯 자연스러움을 추구하는 무당 무공의 특징이다. 그 특징을 장건 나름대로의 방식으로 이해한 셈이다.

장건은 용조수로 청우의 검세를 봉쇄했다.

검면을 두드리고 손가락으로 칼등을 누르며, 검극을 잡아당기기도 하면서 검에 실린 힘을 완전히 흩어 버렸다. 보통 무인들의 경우였다면 갑자기 힘이 빠지는 것을 느끼며 호흡을 가다듬기 위해 물러서야 했을 것이다.

그런데 청우의 공세는 여전하다. 다 죽어가던 검세가 순식간에 되살아나 장건을 향한다.

사악-

장건의 코앞을 청우의 검이 스쳐 지나갔다. 완전히 빗나간 검이 스스로 살아 움직이는 것처럼 다시 반원을 그리며 장건의 허리를 노린다.

"이크!"

장건은 급히 나한보를 밟아 검과 같은 방향으로 물러섰다.

일초 일초가 '거의' 혼신의 힘을 다 하는 듯한 위력이었다. 한 번 실패한 후 큰 빈틈을 보이는 다른 무공들과는 확실히 달랐다.

장건은 속으로 감탄했다.

'아아, 그렇구나.'

청우의 검은 끊임없이 원을 그리고 있었다.

장건은 원을 그리는 것이 힘을 부드럽게 받는 데에만 쓰는 거라 생각했는데 그게 아닌 모양이다. 원을 유지하는 동안에는 아무리 공격을 실패해도 계속해서 공세가 이어진다. 공격시 남겨두는 일 푼의 힘은 그 원을 유지하기 위해 쓰이는 것이다.

'역시 무공은 알면 알수록 신기하단 말야. 많이 배웠다고 생각했는데 아직도 배울 게 많네.'

무공은 가급적 멀리 하고 싶으면서도 어쩔 수 없이 끌리게 되는 매력이 있었다.

그래서 무공을 안 배울 수가 없는 모양이다.

장건은 나직이 한숨을 내쉬었다.

그러는 사이, 청우의 검이 그리는 원은 계속해서 작아졌다. 보법이 밟는 원형의 폭도 조금씩 줄어든다.

'이크!'

장건은 다시 위기를 감지하고 화들짝 놀랐다.

청우의 검은 풍진의 일검처럼 위력적이고 빠르진 않다. 물론 일반 무인들의 검보다는 훨씬 더 위력적이고 빠르지만, 딱히 위험하지 않다는 사실에 너무 마음을 놓은 모양이다.

일격의 필살검은 아니지만 청우의 검은 끊임없이 몰아치며 압력을 가중시키고 있었다. 어느새 장건은 확실한 수세에 몰렸다.

점차 운신의 폭이 좁아지면서 장건의 사방은 청우의 검으로 가득해진다.

승리…… 혹은 패배 23

검이 점차 어지럽고 복잡해지며 장건을 죄어오고 있었다.

통상적으로 강하게 수직으로 검을 내려치고, 곧바로 올려 벨 수는 없는 노릇이다. 검을 내려치는 동안에 가속이 붙고, 마지막에 검을 멈출 때 여력(餘力)이 남아 몸을 경직시키기 때문이다.

그런데 청우의 검은 전후좌우 자유자재로 움직인다.

그만큼 초식에서 초식으로 이어지는 사이가 빈틈이 없고 유유히 흐른다. 혼자서 검무(劍舞)라도 추는 듯 아무런 방해도 받지 않고 검세가 이어진다.

장건과 청우의 대결을 지켜보던 무인들의 입에서 절로 탄사가 터져 나왔다.

"허어! 저 유려한 움직임이라니."

"역시 무당이야."

청인을 일 초식에 날려 보낸 장건도 꼼짝 하지 못하고 계속 밀리는 상황이다!

그런데 계속 지켜볼수록 무인들에게는 또 다른 의문점이 생겨났다.

"……아무래도 이상한데?"

"그러게. 저렇게 공격을 하는 데 왜……."

정말 이상했다.

청우가 파죽지세로 몰아붙이고는 있는데 장건은 딱히 곤경에 처한 것 같지 않다. 청우가 베고 긋는 검들이 모조리 장건을 통과하는 듯 보인다.

검영(劍影)만 잔뜩 어지럽게 흩날릴 뿐, 장건은 옷깃조차 검에 스치지 않고 있었다.

"설마……."
"저 눈에 보이지도 않는 속도의 검을 다 피하고 있는 거야?"
"그것도 거의 움직이지도 않고?"

무인들의 입이 쩍 벌어졌다.

"청우 도장이 농락당하고 있어!"

누가 봐도 명백한 상황이었다.

꽁지가 빠져라 피하는 것도 아니고, 거의 몸에 닿을락 말락 한 거리를 두고 장건은 청우의 검을 피해내고 있었다.

청우 역시 공격을 계속하고는 있었으나 조금도 자신이 우위에 있다는 생각이 들지 않았다.

'어째서!'

청우는 비명을 지르고 싶었다. 왜 이렇게 공격을 하는데도 장건을 어떻게 할 수가 없을까? 내공에서도 자신이 훨씬 더 우위일 텐데.

하지만 그럴 수밖에 없었다.

장건은 최소한으로만 움직이고 있었다.

청우의 검을 거의 손가락 한마디, 일촌(一寸)가량의 차이로 피한다. 그에 비해 청우는 한 팔을 거의 다 휘두르거나 길게 찌르거나 하는 등의 동작을 취한다.

청우의 내공이 더 깊어 장건보다 빠르다 할지라도, 기본적인 동작의 크기가 차이가 난다.

일촌을 움직이는 장건과 일척(一尺)을 움직이는 청우가 같을 리 없는 것이다.

하물며 장건은 청우의 동작 끝에 보이는 원의 움직임을 보면서 다음 공격을 예측할 수도 있었다.

극쾌(極快)와 극중(極重)가 아닌 변화와 유(柔)를 위주로 하는 무당의 무공은 장건에게는 거의 통하지 않았다.

그러나 장건 역시 골치 아프기는 마찬가지였다.

'큰일인데……'

공세를 끊임없이 이어가는 청우의 검초에서 좀처럼 빈틈을 찾을 수가 없었다. 동작이 어디로 이어질지는 알 수 있는데 반격을 하기가 어려웠다.

괜히 고수가 아니라는 듯, 청우는 분노하면서도 장건의 용조수를 경계하고 있다. 장건이 손이라도 뻗을라치면 재빨리 검극을 움직여 장건의 요혈을 노린다.

한 번 뻗은 검을 마음대로 회수하고 다른 초식으로 연계할 수 있는 무당의 검이니 가능한 방식이기도 하다.

"한 번 당한 수법에는 다시 당하지 않는다!"

이를 악문 청우의 검은 계속해서 장건을 향해 날아들고 있었다.

장건이 힐끗 보니 가부좌를 틀고 운기조식을 하는 청인의 얼굴이 조금씩 좋아진다.

자꾸 시간이 흐르면 청인이 다시 가세를 하게 될 테고, 그러면 더 불리해질 것은 명확한 사실이다.

'안 되겠다.'

장건도 이를 꾹 깨물었다.

이 상태에서 상대의 힘을 이용해 친다는 것은 거의 불가능해 보였다.

아무리 머리를 짜고 또 짜내어도 지금 상황에서 적절히 쓸 만한 무공도 생각나지 않는다. 장건이 아는 무공은 한계가 있기 때문이다.

'정면으로!'

할 수 있는 방법을 모두 동원해 정면으로 맞서는 것. 그것이 장건이 선택한 방법이었다.

장건이 양손을 늘어뜨리자 청우의 검이 기다렸다는 듯 장건의 가슴으로 날아온다. 그 순간에 장건이 검면에 왼손을 댔다.

이미 용조수를 주의하고 있던 청우는 장건의 손이 닿기도 전에 검을 옆으로 뉘였다. 장건이 오른손으로 위에서 찍듯 검을 내리눌렀다.

청우의 검이 작은 원을 그리며 교묘히 검극을 장건의 손바닥으로 돌린다. 장건은 오른손을 회수하며 왼손으로 다시 검면을 노렸다. 청우가 왼손으로 손가락을 퉁겨 빠르고 가볍게 지풍을 날렸다.

장건이 나한보를 밟으며 극히 미미하게 떨리듯 피해 지풍을 귀 옆으로 흘려낸다. 그 틈에 청우가 검으로 장건의 어깨를 찍으려는 듯 뻗다가, 순간 몸을 반쯤 회전시키며 장건의 복부로 뒷발을 내지른다.

장건이 청우의 다리를 양손으로 붙들려 하자, 청우가 자세를 낮추어 회전하며 후소퇴(後掃腿)의 형식으로 다리를 쓸어낸다.

장건도 실전 경험은 적은 편이 아니지만 이런 공방전을 펼친 적은 드물었다. 특히 하단을 노리는 공격에 대해서는 딱히 대응하는 방법을 알지 못했다.

장건은 당연히 뒤로 물러서는 것으로 하단의 공격을 피해냈다. 그러나 그것이 청우의 눈에 들어온다.

청우가 멈추지 않고 몸을 회전시키며 검으로 장건의 발등을 베자, 장건은 또다시 물러선다. 연이어 몸을 돌리며 뻗은 후소퇴에 장건은 또 물러날 뿐이다.

'하단에 대한 대처 방법을 모르는군!'

장건의 대응은 특정한 상황에서만 가능하다는 걸 깨달은 청우였다. 지풍이나 권경으로 얼마든지 위쪽에서 공격이 가능한데도 장건은 물러나기만 한다.

청우는 팽이처럼 계속해서 몸을 돌리며 검과 발로 계속 장건의 다리를 노렸다. 헐보(歇步)에서 간간히 뻗는 지풍은 장건이 제대로 운신하지 못하도록 방해했다.

"윽!"

장건은 청우가 쪼그려 앉은 자세로 몸을 낮추어 계속 하단을 공격하자 적잖이 당황스러웠다. 한 번은 일어날 줄 알았는데 주구장창 아래만 노리는 것이다.

'아무래도 안 되겠다. 다른 방법을 찾아야겠어.'

장건은 눈 깜짝할 사이에 십여 번의 공격을 피해내며 방법을 모색했다.

'아…… 이건 끝까지 쓰고 싶지 않았는데.'

정말로 아까웠지만, 승부를 질질 끌고 싶지는 않았다.

장건이 피하면서 손바닥으로 독정의 기운을 흘려냈다. 예전에 당예에게 독기를 조절하는 법을 배운 것이 도움이 되었다.

거푸 장건의 하체를 짓쳐들던 청우가 숨을 들이키다가 깜짝 놀랐다.

"흡!"

공기 중에 독기가 살포되어 있었다.

하단을 공격하면 공중으로 뛰거나 같이 각법으로 상대하는 것만 알았지, 피하면서 독을 뿌릴 줄은 생각도 못했다. 보통 이 정도로 독을 다룰 줄 알면 장력에 독기를 실어 쏘아내는 것이 일반적이지 않은가!

순식간에 청우의 기혈에 독기가 침투했다. 그렇다고 싸우던 중에 운기를 할 수도 없는 노릇이었다.

청우는 더 이상 장건에게 쇄도할 수 없었다. 별수 없이 몸을 일으키며 검을 뒤로 세우고 왼손으로 소매를 휘저었다. 그러면서 재빨리 운기를 해 독기를 몰아내려 했다.

흡입한 양은 적지만 강력한 독선의 독정이다. 공력을 한창 운용하던 중이라 벌써 증상이 나타났다.

'이, 이런! 하필 눈이……!'

눈꺼풀 안쪽에서 벌레가 기어 다니는 듯 간지러웠다.

그 짧은 틈은 장건에게 가장 좋은 기회였다. 장건이 바로 한 발을 내디뎌 청우의 앞으로 다가갔다.

청우는 눈에 눈물이 고여 형상을 뚜렷하게 볼 수 없었다. 청우가 운기를 중단하고는 급히 몸을 틀며 검을 찔러냈다.

급박한 상황에서 내뻗은 것이라 검세가 어마어마하다.

그래도 장건은 이를 악물고 주먹을 뻗어냈다. 유원반배로 섣불리 받으려고 했다가는 자신이 다치거나 청우에게 피할 시간을 주게 될 것 같았다.

검이 목줄기를 꿰뚫을 듯 다가오지만 지금만큼의 빈틈을 또다시 찾기는 어려울 터다.

'그냥 금강권이다!'

아무것도 없던 가슴에서 주먹이 툭 튀어나온다. 일체의 군더더기도 없는 완벽한 직선의 일권이다. 그리고 장건의 몸이 비스듬히 옆으로 반을 돈다.

푸아앙!

발밑에서부터 피어오른 나선형의 바람이 장건의 몸을 타고 주먹으로 뛰쳐나갔다.

 제대로 보이지도 않았지만, 설사 보인다 해도 피할 수 없는 절정의 일권이었다. 청우는 벌써 그것을 직감하고 있었다. 그의 검은 더 이상 뻗어지지도 않았다.

 쩡!

 한 줄기 유성이 몸을 관통하는 듯 묵직한 충격이 오더니, 청우는 온몸이 소용돌이에 휘말린 것처럼 핑그르르 돌며 허공을 날았다.

 장건도 주먹을 뻗은 상태에서 뒤로 한 걸음 정도를 밀려나갔다. 뿌옇게 피어오르는 흙먼지는 온통 나선형의 물결로 가득하다.

 쿠당탕탕!

 완전히 나가떨어진 청우는 바닥에서 몇 번을 더 옆으로 굴렀다. 모처럼 장건의 이마에서도 땀이 흘렀다.

 "후우…… 후우……."

 상대의 공격을 제대로 이용할 수 없었기에 본신의 내공만으로 청우의 위기를 격파해야 했다. 가진 내공이 장건의 이상인지라 꽤 많은 힘이 들었다. 벌써 단전이 휑하니 반쯤은 빈 듯했다.

 하지만 어쩐지 가슴속 깊은 곳에서부터 짜릿함이 느껴져 온다.

 바로 촌각의 차이를 두고 공격을 성공시킨 데 대한 성취감이었다.

"내가 더…… 빨랐어."

장건은 약간은 얼이 나간 듯 중얼거렸다.

유원반배가 두 번은 통하지 않는 번거로운 상대였다. 때에 따라서는 피하기만 하는 것보다 틈을 찾아 일격을 노리는 방법이 훨씬 더 이득임을 깨달았다.

"휴우우."

장건은 심호흡을 하며 말로 할 수 없는 이 상쾌한 기분을 만끽했다. 손이 다 떨릴 정도의 기분이란 정말 말로 표현할 수 없는 쾌감에 가까웠다.

곧 청우와 장건의 공방을 지켜보며 운기를 하던 청인이 가부좌를 풀고 일어섰다. 청인은 쓰러져서 꿈틀거리는 청우의 맥을 잡았다.

심각한 부상은 없어 보였다. 약간의 독기가 남아있기는 하지만 별다른 내상은 없다. 왠지 원기를 좀 상한 것 같지만, 며칠 푹 쉬고 나면 멀쩡하게 자리를 털고 일어설 수 있을 것 같다.

청인은 소매로 청우의 입에서 흘러내리는 침을 닦아주며 씁쓸한 미소를 지었다.

'수십 합을 겨루긴 했지만, 결국은 일권에…….'

다시 장건과 싸우고 싶은 생각은 들지 않았다. 수십, 수백 쌍의 눈이 향하고 있는 와중에 이런 꼴을 보이고 싶진 않았다. 나중에 사람들이 뭐라고 할지, 벌써부터 귀가 다 간질간질 하다.

무엇보다 마지막 장건의 그 일권은 도저히 받아낼 수 없을 것 같았다.

'그런 권을 가지고 있었으면서, 왜 처음부터 쓰지 않았던 걸까?'

동작이 큰 권초도 아니었고, 미리 준비가 필요한 것도 아니었다. 장건은 그저 빙판 위를 미끄러지듯 달리다가 주먹을 내지른 것뿐이었다.

흔히 말하는 파괴력이 큰 비장의 절초들과는 성격이 다르다. 일격필살(一擊必殺)의 권초이면서도 빈틈이나 허점이 전혀 없다.

상대를 일격으로 날려 보낼 정도의 위력을 가졌는데도 어떻게 그만한 공력을 한 걸음 만에 끌어 쓸 수 있는지 알 수가 없었다.

괜히 절초를 쓸 때 기수식이 필요한 게 아니다. 그만큼의 공력을 모으기 위해 내공을 운용하는 시간을 가지는 것이다.

그런데 장건의 일권에는 그러한 준비 동작이 전혀 없으니 묘할 수밖에 없는 것이다.

청인이 단언하건대, 그 정도의 일권을 상대할 수 있는 사람은 강호에 몇 되지 않을 게 분명했다.

'물론 상대를 해하지 않으니 일격필살……은 아니겠지만.'

상대를 해치지 않는 무공 자체는 대자대비하나 무공만 그러할 뿐, 결과는 결코 대자대비하지 않다. 이런 못난 꼴을 보였으니 적어도 수년은 사람들의 입에서 회자될 터였다.

잠이 들었는지 눈을 게슴츠레 감은 채 입을 벌리고 입맛까지 다시는 청우의 모습 어디에서도 근엄한 무당 도사의 면모는 보이지 않았다.

청인은 곧 장건의 앞으로 가 정중히 포권을 했다.

"장 소협의 마지막 일권은 참으로 멋졌네. 빈도는 그 권을 받을 수 없을 테니 이쯤에서 물러날까 하네."

이미 그의 모습에서 싸울 기세가 없음을 안 장건이 마주 합장했다.

"감사합니다."

"하나만 물어도 되겠는가?"

"말씀하세요."

"마지막의 그 권초는……"

"……네?"

청인은 고개를 저었다.

"아닐세."

권법의 명칭을 물으려던 청인은 물을 필요가 없다는 것을 알았다. 형태는 금강권을 닮았으나, 형태가 중요한 것이 아니라 그 권이 결국 궁극의 무리를 담고 있다는 걸 깨달았기 때문이었다.

극에 달한 고수가 휘두르는 일검을 아무런 초식명도 없이 그저 '심검'이라 하듯 말이다.

무인들은 무당의 고수인 청우가 패배한 사실을 보고 놀람을 금치 못했다.

청우가 다소 몰아붙이는 듯하긴 했으나 결국은 지고 말았다. 중간 과정이야 어찌 되었든, 청우가 장건의 단 일권을 막지 못해 패배한 것은 사실이었다.

"일 났군."

"장 소협의 실력이 무당을 넘어서다니."

무당에서 가장 잘나간다는 두 고수가 줄줄이 패했다. 일대일도 아니고 이 대 일에서였다.

"도대체 저 권법이 뭐지?"

대부분의 무인들은 주먹을 휘두르는 것도 보지 못했다. 타격음이 들린 후 주먹을 내밀고 있는 장건만 보았을 뿐이다.

"어쨌거나 정말 엄청나군."

"당분간 저 아이…… 아니, 장 소협을 상대할 사람이 강호에 없겠어."

뭇 무인들은 자신들의 불만이 어디에서 비롯된 것인지도 잊고 장건의 무위에 감탄했다. 강한 자에 대한 동경은 그들에게 지극히 당연한 일이었다.

"도대체…… 저 어디가 문각 선사의 백보신권이야? 사기를 쳐도 유분수지!"

지켜보던 허량은 가슴팍을 두드리며 한숨을 토해냈다.

"어이구! 망했네, 망했어. 오 년 안에 소림에서 권절(拳絕)이 나오겠구나. 저 바보 같은 놈이 그냥 물러서는 바람에 더 확인할 수도 없게 되었어."

그러나 허량은 정말로 아쉬워하거나 안타까워하는 표정이 아니었다. 그것은 그저 남들 들으라는 듯 겉으로 내뱉은 말이었다.

그가 원하던 시간은 충분히 벌었다. 쓰러져 있는 사손들은 아랑곳 않고, 허량의 시선은 벌써 홍오와 풍진에게로 옮겨져 있었다.

"홍오……."

허량이 아무에게도 들리지 않을 조그만 소리로 읊조렸다.

"네놈이 이겨야 한다. 그래야 소림의 밑천이 완전히 거덜이 날 테고, 나도 저 녀석이 왜 저런 무공을 쓰는지 알 수 있게 될 거 아니냐."

허량의 입가에 조그만 미소가 걸렸다.

"반드시 이겨라. 아니…… 홍오, 네가 이번 승부에는 이기게 되겠지만."

놀랍게도……

허량은 다른 사람도 아닌 홍오를 응원하고 있었다.

그러나 그의 말이 의미하는 바를 아직은 아무도 알 수 없었다.

제 2 장

이겨서는 안 되는 이유

도(刀)가 빠른가, 검(劍)이 빠른가.

도는 베는 데에 특화되어 있고, 검은 찌르는 데에 효용이 크다. 따라서 단순히 베는 데에만 국한한다면 도가 나은 점이 있다.

홍오가 굳이 도를 선택한 것은 그런 의미에서 매우 적절한 판단이었다. 이미 무기의 유불리를 넘어선 경지의 무인이라 하더라도, 무기 자체가 가진 본래의 효용성을 완전히 무시할 수는 없다.

홍오는 무기의 선택에서 아주 조금, 정말로 눈곱만큼의 우위를 선점한 셈이다.

풍진이 말을 않고 입을 이죽거렸다.

'네놈은 예전이나 지금이나 잔꾀를 부리는 데에는 도통했구나.'

풍진의 입모양은 그렇게 말하고 있었다.

홍오 역시 가만히 있지 않고 입술을 달싹인다.

'네놈은 예전이나 지금이나 죽으려고 환장한 건 마찬가지로구나.'

전음으로 대화를 나누기에는 대치가 긴박하다. 쓸데없는 대에 내공을 썼다간 바로 칼침 맞기 십상이다.

그때 쩡! 하고 유리 깨지는 소리가 울렸다. 청우가 장건의 일권에 맞고 나가떨어진 순간이다. 그 신호를 기점으로 둘의 분위기가 돌변했다.

구-웅-!

정적이던 분위기가 동적으로 바뀌었다. 그러나 정작 둘은 움직이지도 않았다. 아니, 움직이지 않는 것처럼 보일 뿐이었다.

이십여 걸음을 떨어져서 둘을 지켜보던 무인들 중 한 명이 '앗!' 하고 놀라 뒤로 물러섰다.

그의 팔에는 긴 검흔이 나 있었다.

"이, 이게 대체 무슨……"

비슷한 거리에 있던 다른 무인들도 짧은 비명을 내질렀다.

"으앗!"

"큭!"

그들의 옷가지와 몸에는 여기저기 베인 상처들이 나 있었다.

촤악! 촤라락!

홍오와 풍진의 주변에서 미친 듯이 검을 휘두르는 소리가 들려온다. 바닥에 긴 검흔이 생기고, 대기 중에 파공성이 울려온다.

둘을 중심으로 사방 이 장여는 수백 개의 검날이 날아다니는 듯 초토화되고 있었다.

팍! 파파팍!

땅이 패이고 시야가 아지랑이 피듯 울렁거린다. 실수로라도 그 안으로 들어서면 몸이 수백 토막으로 갈릴 듯하다.

무인들은 서둘러서 뒤로 몸을 피했다.

그제야 홍오와 풍진 간의 보이지 않는 대립이 극한으로 치닫고 있음을 안 까닭이다.

우우웅! 우우우우!

둘의 사이에서 조그맣게 흐느끼는 소리가 들려오더니, 그것이 곧 귀곡성(鬼哭聲)이 되어 사방으로 퍼져나간다.

"무, 무시무시하군."

"이것이 청성의 검…… 우내십존의 힘……."

무인들은 상처를 돌볼 생각도 못하고 마른침만 꿀꺽 삼켜댔다.

단순한 살기가 진검처럼 실제적인 피해를 입히고 있는 것이다. 멀찍이 떨어져 있어도 이러한데, 그 안에서 서로의 살기를 집중적으로 받고 있는 둘의 압박은 어느 정도일지 상상도 가질 않는다.

피부를 찌르는 듯한 살기가 둘 사이에서 공명한다. 살기가 마주쳐 보이지 않는 파문을 만들어 내고, 파문이 동심원처럼 퍼져나간다.

 서로 간에 부딪히는 파문이 귀곡성을 만들어내고 있다. 엄청난 기의 파동이었다.

 홍오와 풍진은 폭풍 속에 서 있는 것처럼 보였다. 마구 부푼 옷이 바람에 나부끼듯 마구 펄럭이고 있다. 그럼에도 둘의 옷은 어디 한 군데도 베이거나 찢긴 데가 없다.

 흙먼지가 구름처럼 피어올라 둘의 모습을 가린다. 무인들은 둘의 모습을 거의 볼 수 없을 정도다.

 끼아아아아아아-!

 마침내 귀곡성이 극에 달한 순간.

 픽!

 홍오의 소맷자락이 세 치 정도 잘려나갔다.

 선수를 풍진이 잡은 탓에 홍오가 밀린 것일까?

 잘린 소맷자락이 너풀거리며 공중으로 떠오르다가 수십 조각으로 갈라져 흩날렸다.

 이런 기회를 풍진이 놓칠 리 없었다.

 귀곡성이 순식간에 사그라지며 홍오와 풍진에게로 흡수되듯 빨려들었다. 귀곡성뿐 아니라 한껏 부풀어 오르던 흙먼지조차 쪼그라들며 둘에게로 응축된다.

 풍경을 손으로 꽉꽉 눌러 우그러뜨려서 홍오와 풍진의 몸에 사이좋게 나누어 집어넣은 듯하다. 둘의 몸은 금방이라도 터질듯 부풀어 있었다.

그리고 풍진이 움직였다.

한 줄기 섬광이 폭발적인 속도로 풍진과 홍오의 사이를 가른다.

풍진의 왼팔이 섬광을 쫓았다.

빛이 길게 이어지고, 그 빛을 검이, 이어지는 검의 자취를 왼팔이 따라간다.

섬광의 궤적은 이미 그려졌지만 풍진의 손은 한참이나 뒤에 궤적을 따르고 있다.

그렇게 궤적을 그리는 데에 홍오가 한 손을 거든다. 홍오의 도는 반대쪽에서부터 풍진이 그리는 궤적을 마주해간다.

풍진이 그리는 섬광이 더 빠르다. 홍오의 섬광이 풍진에 이르기 전인데 이미 홍오의 목이 잘려나갈 듯했다.

하지만 홍오는 피할 생각도 하지 않았다. 아니, 섬광은 피할 수 없는 정도의 속도로 날아들고 있었다. 순식간에 풍진이 그린 섬광이 홍오의 목을 그대로 긋고 지나갔다. 홍오의 섬광은 그보다 늦게 풍진의 가슴을 훑었다.

번쩍!

둘은 검과 도를 벤 자세 그대로 멈추어 있었다.

둘의 대결을 지켜보던 무인들은 눈을 크게 뜨고 둘의 모습을 보려 애썼다. 하나 그들이 본 것은 귀곡성이 고막을 찢을 정도로 크게 울린 순간, 번쩍 하는 하나의 섬광뿐이었다. 검과 도를 벤 궤적으로 뿔뿔거리고 일어나는 흙먼지뿐이었다.

섬광이 지나자 이미 홍오와 풍진의 동작은 끝난 상태였다.

그야말로 가공할 속도였다. 이 정도의 속도면 칼을 맞은 이는 당한 줄도 모르고 죽었을 가능성이 높았다.

이 자리의 누구라도 둘의 공격을 받을 수 없었다. 보이지도 않는 속도를 어떻게 몸으로 따를 수 있단 말인가!

무인들은 말도 못하고 긴장된 어조로 둘을 번갈아본다.

'누가 이긴 거지?'

'누구지?'

그때 누군가가 놀란 외침을 냈다.

"엇!"

콰악!

무언가가 하늘에서부터 떨어져내려 땅에 박혔다.

검이다!

풍진의 검!

그제야 무인들은 풍진의 손에 검이 들려있지 않음을 알았다.

홍오가 자세를 추스르며 들고 있던 도를 옆으로 내던졌다.

와장창!

도신이 산산조각 나며 흩어진다. 빛살 같은 속도와 공력을 평범한 도가 버텨내지 못한 것이다.

"운이 좋았군."

홍오가 히죽거리며 풍진에게 다가섰다.

이내 풍진의 가슴이 크게 갈라지며 피가 뿜어진다.

주르륵.

풍진이 비틀대면서 주저앉았다.

둘을 지켜보던 무인들의 등줄기에 소름이 끼쳤다.

홍오가 풍진을 꺾었다!

소림에 갇혀 살던 홍오가 평생 검 하나만 들고 살아온 풍진을 같은 일초로 제압했다!

"믿을 수가 없어……"

"호, 홍오 대사가 저렇게 강했나?"

풍진이 어떤 사람인가? 비록 장건이 그의 검을 받아냈다고는 해도, 정면에서 그의 일검을 받을 수 있는 사람은 손에 꼽을 정도다.

한데, 단순히 받아내는 것도 아니고 같은 수법으로 풍진을 제압하다니? 풍진의 검을 날려버리기까지 하다니?

그야말로 강호에 대풍운을 몰고 올 일이었다.

우내십존에 끼어 있지도 못했던 홍오가 우내십존 둘을 연속으로 꺾었으니, 이제 강호의 판도는 확연히 변할 터다.

무인들은 앞으로 변화할 강호를 생각하며 저마다의 의문을 떠올렸다.

홍오가 풍진을 꺾은 수법이 소림의 검법인지, 그리고 홍오의 눈에 보이는 혈기는 무엇인지. 이런 무위를 지니고서도 독선이 활개치도록 내버려둔 까닭은…….

당장은 그 어느 것도 답을 알 수 없는 의문들뿐이었다.

하지만 적어도 홍오의 뒤편으로 물러나 있던 원호는 한 가지만큼은 확실히 알 수 있었다.

'검왕이 쓰려 했던 격공장…….'

홍오는 풍진과 반대의 자세를 취하며 풍진이 볼 수 없도록 오른손을 뒤로 하고 있었다. 마치 한 팔이 없는 풍진을 놀리듯 뒷짐이라도 진 것 같았으나 사실은 그런 이유가 아니었던 것이다.

홍오는 풍진이 보지 못하는 상태에서 격공장으로 자신의 등 뒤를 가격했다. 둘이 한창 대치하고 있는 상황에서 홍오의 소매가 잘리며 잠시 밀렸던 것도 바로 그 이유다. 일 푼의 힘을 홍오가 몰래 격공장에 실었기 때문이다.

풍진이 어디를 격공장에 당했는지는 원호도 몰랐다. 풍진과 심각하게 대치한 와중에 홍오가 격공장에 크게 힘을 실었을 리도 없다.

그러나 일 푼의 힘이면 족하다. 일검에 온 힘을 쏟아내던 와중이라 풍진은 적잖은 타격을 받았음이 분명했다. 검의 고수인 그가 자신의 목숨과도 같은 검을 놓칠 정도였으니 말이다.

마치 빨리 달리면 달릴수록 조금만 발을 헛디뎌도 크게 부상을 입기 쉬운 것과 마찬가지이다.

'내공과 무공…… 그 이상의 것이 사숙조에게 있구나.'

원호는 새삼 감탄했다.

단순한 무위로 따지자면 우내십존에게 다소 밀리는 것이 분명한 홍오였다. 그러나 상대의 약점과 심리를 파고들어 결국은 압도적인 승리를 이끌어냈다.

젊었을 때의 홍오는 무공 실력조차도 동년배들을 능가했다. 거기에 이런 타고난 능력까지 갖추었으니, 날뛰는 홍오를 말릴 수 있는 이는 사실상 없었을 것이다.

풍진이 술에 거나하게 취했던 홍오에게 허무하게 졌다는 얘기를 듣고도 긴가민가했었는데, 지금이라면 능히 그럴 수 있다는 생각이 든다.

'하지만……'

원호는 침잠했다.

정파가 정파인 것은 이기기 위해 수단 방법을 가리지 않는 사파와 다르기 때문이다.

홍오가 이긴 것은 다행스러운 일이었으나, 그 와중에 그가 보인 수법들은 불문에 속한 소림의 제자라고 보기 어려운 행동들이었다.

'큰일이구나……'

원호는 불호를 외며 눈을 감았다. 또 무슨 짓을 했기에 눈에 붉은 기운을 띠고 있는지는 모르나, 이번 일로 소림에는 또다시 거센 풍랑이 몰아칠지도 몰랐다.

*   *   *

 서서히 그림자가 길어진다. 어느덧 해는 뉘엿뉘엿 서산으로 넘어가고 있었다.
 수많은 무인들이 몰린 금강문으로 오르는 계단.
 그곳에 선 윤언강의 그림자도 계단 위로 길게 늘어지고 있었다. 지루하리만치 늘어진 그림자…… 하지만 사람도 아닌 그림자의 압박이 상상을 초월했다.
 계단을 오르기 위해 윤언강과 맞선 소림의 방장 굉운은 그 압박을 이겨내기 위해 마음을 가다듬었다.
 수많은 나한승들과 소림승들이 뒤에서 기다리고 있는 것조차, 해번소에서 자신을 기다리는 이들조차 압박의 일부다.
 그러나 이겨내야 한다.
 다른 사람도 아닌 현 강호의 최고수가 상대다. 실낱같은 빈 틈도 보여서는 안 된다.
 부동심(不動心)!
 굉운은 오히려 윤언강의 방심을 유도하며 걸음을 옮겼다.
 이미 한 계단을 올랐다.
 두 계단을 더 오르면 승부는 끝이 난다.
 그러나 화산의 검성 윤언강은 조금도 방심하고 있지 않았다.
 휙!
 굉운의 발이 지면에서 떨어지기가 무섭게 윤언강은 손가락을 움직인다.

 검지와 중지를 뻗고 약지와 계지(季指)를 엄지손가락으로 그러모은 형태의 검결지다.

 '어디인가!'

 굉운은 온 신경을 윤언강과 그의 주변으로 집중했다.

 이미 윤언강은 공명검을 사용하겠다 선언한 터였다. 그가 손에 사정을 두겠다 했지만, 그것은 어디까지나 윤언강의 입장에서나 그러한 것이다.

 츠칵!

 윤언강이 검결지를 내리 그음과 동시에 굉운의 전면에 기의 파동이 생겨났다. 아무것도 없는 공간이 불가사의하게도 갈라지는 듯 보였다.

 그리고 그곳에서 검기가 튀어나왔다.

 굉운은 발을 내딛을 틈도 없이 손을 뻗었다.

 대력금강장(大力金剛掌)!

 쾅!

 어마어마한 내력의 충돌이 일면서 계단의 일부가 파손되고 굉운이 몸을 휘청였다. 내딛지는 못했지만 겨우 중심을 잡아 뒤로는 밀리지 않았다.

 굉운의 눈썹이 슬쩍 일그러졌다.

 단 한 번 공명검을 받아냈을 뿐인데 벌써 속이 울렁거린다.

 '이것이 사정을 둔다는 뜻이었는가?'

아찔한 순간이었다.

윤언강이 마음만 먹었다면 공명검을 굉운의 내장이나 머릿속에서 튀어나오게 하는 것도 어려운 일은 아닐 터였다.

전설의 공명검이 그 창시자인 광왕의 대를 넘어서 왜 강호 역사상 최강의 무공 중 하나로 꼽히는지 알 수 있는 부분이다.

내공 수위의 차이를 떠나, 공명검이라는 검공 자체를 이겨낼 수가 없는 것이다.

윤언강이 여전히 검결지를 쥔 채 말한다.

"공명검은 딱히 정해진 초식이 없으나, 나는 화산의 검초에 공명검을 실었네. 방금의 그것은……."

굉운이 대신 답했다.

"낙영검법(落英劍法)의 지자삼검식(之字三劍式)."

"역시 방장의 안목은 놀랍기만 할 뿐일세. 그렇다네. 광왕의 검초와는 다르나, 이것이 바로 나의 공명검이지."

공명검의 무리를 화산의 검에 담았다. 그 한마디만으로도 이미 윤언강의 경지를 알 수 있다.

곧 굉운이 다시 발을 내딛으려 하자 윤언강은 사선으로 검결지를 그었다.

굉운은 전신의 감각을 곤두세웠다. 어디에서 공명검의 검기가 나타날지 알 수 없었다.

하단에서 섬뜩한 느낌이 전해져왔다. 계단을 오르기 위해 앞으로 내민 발의 정강이 앞에서 공간이 일그러졌다.

굉운은 뒷발로만 돋움을 해 도약했다.

서걱!

발밑 계단이 썩은 두부처럼 깔끔하게 갈라져나갔다.

"아직 한 번 남았네."

윤언강의 말이 선고처럼 들렸다. 윤언강은 자신에게 다시 물을 기회가 없을지도 모른다고 말했다. 그리고 또한 자신의 숨긴 과거를 말하고 싶지도 않을 것이다.

방금 두 번이나 양보했으니 세 번째에는 얼마나 독하게 나올지 모른다.

'물러설 수 없다!'

굉운은 공중에서 가슴에 양손을 모았다가 길게 뻗었다.

반야대수인!

계단 위에 선 윤언강을 향해 직접 장을 뻗어낸다. 굉운이 생각해낸 최선의 방법이었다.

윤언강의 미간이 슬쩍 꿈틀댔다.

물러날 수 없기는 윤언강도 마찬가지다. 그가 물러서는 순간 굉운은 단번에 세 번째 계단을 오를 것이므로.

윤언강은 공명검의 갈지자의 마지막 평획(平劃)을 그었다. 윤언강을 향해 날아들던 반야대수인의 쌍장이 순식간에 반으로 갈렸다.

공명검의 검기는 반야대수인을 가르고도 엿가락처럼 길게 늘어져 굉운을 향했다.

굉운은 땅에 내려서기도 전에 공명검의 검기를 마주할 수밖에 없었다.

소림추풍권(少林追風拳)!

오합이권(五合二拳)!

호신기로 몸을 보호함과 동시에 굉운이 두 차례 절기를 연속으로 펼쳤다.

팡! 파팡!

소매 펄럭이는 소리가 철판을 두드리는 듯하다. 굉운이 공력을 극대로 뿜어낸 것이다.

그러나 정작 날아오던 공명검의 검기는 소림추풍권과 오합권의 권경을 마주치지 않았다.

공명검의 검기가 허공에서 사라져버렸다!

퍼펑!

빗나간 권경이 애꿎은 계단을 부수며 커다랗게 패인 구멍을 만들어냈다.

윤언강이 혀를 차며 고개를 저었다.

"공명검의 앞에서 공간이란 아무 의미가 없네. 앞에서 날아든다 하여 앞에 있는 것이 아니지. 그것은 뒤에 있을 수도, 혹은 어디에도 있지 않을 수도 있는 것일세. 놀이는 이쯤에서 끝내세."

이어 사라진 공명검의 검기가 굉운의 앞에서 나타났다. 마치 둘 사이의 공간을 뛰어넘은 듯했다.

윤언강이 나직하게, 하지만 위엄서린 목소리로 말했다.

"이만 물러서게나."

그러나 굉운은 몸을 돌리지도, 피하지도 않았다.

윤언강이 흠칫했다.

"이런……!"

공명검의 검기가 쇄도하고 있다. 자칫 몸이 반쪽으로 갈릴 수도 있었다.

그럼에도 굉운은 앞에 공명검을 그대로 둔 채 걸음을 옮겼다.

윤언강의 얼굴이 일그러졌다. 그가 급하게 손을 휘저었다. 검을 회수하기에는 너무 늦었다.

촤악!

굉운의 등에서 긴 핏줄기가 솟아올랐다. 놀랍게도 앞에서 날아든 검이 뒤를 벤 것이다.

하나, 검이 어떻게 날아들었건 간에 굉운의 상처는 심각했다. 핏물이 분수처럼 뿜어지는 것이 한눈에 보기에도 범상한 상처가 아니었다.

"방장 사형!"

"방장 사백님!"

굉자배 승려들과 나한승들이 경악하며 소리쳤다.

땅을 밟은 굉운이 고꾸라지듯 몸을 웅크렸다. 등이 길게 갈라진 승포 자락은 벌써 흥건하게 피에 젖어 있었다.

계단 위로 핏물이 죽죽 흘러내린다.

굉운이 서서히 몸을 일으켰다. 힘들게 일어선 굉운이 뒷발을 앞으로 옮겼다.

탁.

굉운이 고개를 들고 윤언강을 향해 미소를 지어 보였다.

"두 번째 계단입니다."

윤언강이 노호성을 질렀다.

"이게 무슨 짓인가! 목숨을 잃을 수도 있었네!"

굉운이 조용히 대답했다.

"내기였지 않습니까. 내기란 때로는 목숨보다도 중할 때가 있는 법이지요."

윤언강은 그 말에 아무런 대답도 하지 않았다. 다만 표정이 심하게 일그러지는 것으로 보아 그의 심정을 충분히 알 수 있었다.

"지금 입은 상처만도 반년은 족히 요양해야 할 것이야. 소림의 방장이 목숨을 담보로 상대의 아량에 기대어 도박을 할 정도의 가벼운 자리였던가? 그렇다면 내 크게 잘못 생각했군!"

"소승의 목숨은 깃털보다 가벼우나, 소림 방장의 자리는 소승의 목숨을 백 번 걸어도 부족할 정도로 무겁지요. 그러니 앞으로 나아갈 수밖에 없지 않겠습니까?"

말을 하던 굉운이 비틀거렸다.

"방장 사형!"

굉자배들의 외침에 굉운이 손을 저었다.

"난 괜찮으니 조용히들 하게. 힘들게 한 계단을 올랐으니 대답은 들어야 할 것 아닌가."

굉운은 지혈조차 하지 않았다. 여전히 계단 위로 굉운의 피가 흥건히 흘러내린다.

삽시간에 얼굴이 핼쑥해진 굉운이 윤언강을 쳐다보았다.

"자, 이제 검성 어르신께 두 번째 질문을 하겠습니다."

윤언강의 표정은 심각할 정도로 굳었다.

한마디를 내뱉는 것도 힘에 겨운 듯 굉운이 말을 이었다.

"사람들이 말하는 이유가 아니라, 진실한 이유…… 과거…… 본사의 홍오 사숙과 어떠한 일이 있었습니까?"

윤언강은 가만히 굉운을 내려다보고 있었다. 늘 평온하던 그의 눈동자가 심하게 흔들린다.

"나는 자네가 피하기를 바랐네. 나 때문이 아니라 자네를, 소림을 위해서."

"……마지막에 손을 거두어 주셨으니 감사드릴 따름입니다만, 내기는 유효합니다."

"내기는 지키겠네. 하지만!"

"말씀하십시오."

"감당할 수 있겠는가?"

굉운의 눈빛이 깊게 잠겨들었다. 도대체 무슨 일이기에 윤언강은 소림이 감당해야 할 정도라 말하는 것일까.

굉운이 힘겹게 윤언강을 직시했다.

이겨서는 안 되는 이유 55

윤언강이 말했다.

"그것은 어떠한 일……이라기보다는 하나의 약속이었네."

"약속……"

윤언강의 표정은 굉운의 대답을 요구하고 있었다. 윤언강의 입이 천천히 열린다.

"자네에게만 말하는 것이네만, 나는 사실 이 지경까지 왔음에도 아직 그때의 약속에 대해 지켜야 할지 말아야 할지를 갈등하고 있는 중이라네. 하지만 일단 입 밖으로 내뱉게 되면 나도 어쩔 수 없이 행할 수밖에 없겠지. 그것은 다름 아닌 나 윤언강의 입에서 나온 말이니까."

그의 말은 묘하게도 굉운을 자극하고 있었다.

마치 더 졸라라, 그래야 내가 그때의 약속을 지킬 수 있게 되지 않겠는가…… 하는 투였다.

그래서 굉운은 쉽사리 대답할 수 없었다.

* * *

홍오는 거만한 자세로 풍진의 앞에 섰다.

풍진은 쿨럭거리며 선혈을 내뱉고 있었다. 그가 코와 입에서까지 피를 흘리며 홍오를 올려다보았다. 그러나 그의 눈은 패배한 자의 것이 아니었다.

"큭큭큭…… 영악한 놈. 격공장에 은풍장을 섞었어?"

"은풍장은 느리긴 해도 기척을 없애는 데는 최고이긴 하지. 내가 말했지? 네놈들은 수백 년이 걸려도 내 발뒤꿈치조차 따라올 수 없다고."

홍오가 살기 띤 얼굴로 풍진을 내려다본다. 도저히 중이라고는 볼 수 없는 살기다.

"죽기 전에 유언이나 들어주마. 도망 나왔다고는 해도 청성에 남길 말은 없느냐?"

"바보 같은 놈."

풍진의 비웃음이 홍오의 혈기를 더 짙게 만들었다.

"뭐라고? 이놈이 뭐라고 지껄이는 게야?"

"크크…… 너는 내 손에 쓰러졌어야 했다. 그게 옳았어. 그래야 너와 관련된 모든 일들이 종결되었을 것이야."

"뭐라고?"

"클클클."

음산한 미소를 지은 풍진이 말했다.

"궁금하냐? 그렇다면 내 조언 한마디 하지."

"유언 한마디라도 더 남겨야 할 시간을 쓸데없는 데 낭비하는군."

"흥. 네놈을 생각해서 하려는 게 아니다. 건이란 녀석 때문에 하는 말이지. 네놈 눈에서야 피눈물을 흘리게 하고 싶지만…… 건이와는 그간 쌓은 정도 있으니까. 얻어먹은 것도 있고."

"건이?"

홍오의 눈이 이채를 띠었다.

"네가 호를 쉽게 쓰러뜨린 건 놀라운 일이었다. 정작 남궁호 그놈 스스로도 잘 모르는 제왕검형의 약점을 완전히 꿰뚫었으니까."

"그깟 것으로 칭찬받을 일 없다. 제왕검형의 파해법 따위는 오래전부터 알고 있었다."

"그래. 넌 거기에서 그쳤어야 했어. 아무래도 기억하지 못하는 것 같은데…… 쿨럭쿨럭."

"무슨 말을 하고 싶은 게냐?"

"다 좋다 이거야. 네놈이 호에 이어서 나까지 쓰러뜨렸다 치자고."

"그렇다 치는 게 아니라 이미 쓰러뜨렸지."

"그래그래. 그러고 난 후엔?"

"후엔?"

잠시 홍오가 멀리 지붕 위 허량을 보았다.

"저놈을 말하는 거냐?"

풍진은 피를 뿜으면서도 킬킬대고 웃었다.

"네가 날 쓰러뜨린 것이 정말 소림을 위한 일일까?"

홍오의 눈에서 혈기가 어른거렸다.

"아무리 들어도 네 녀석이 개수작을 부리려는 것으로밖에 여겨지지 않는데 말이지."

풍진은 냉기가 풀풀 날리는 눈빛으로 홍오를 직시하며 진지하게 말했다.

"정말로 소림을 구하고자 한다면 너는 당장 자결이라도 해야 할 게다."

홍오가 피비린내 가득한 조소를 지었다. 어처구니가 없다는 표정이다.

"그런 말도 안 되는 얘기로 나를 홀리려고? 이거야 원! 그나마 조금이라도 설득력이 있는 얘기를 해야 죽어주기라도 하지!"

풍진은 그럴 줄 알았다는 듯 말했다.

"혹시나 해서 묻는데, 네놈 사부의 의발(衣鉢)은 잘 보관하고 있느냐?"

불가에서는 스승이 제자에게 자신이 쓰던 가사와 식기인 바리를 전수하는데, 이것이 의발이다. 교법의 정통성이 이어진다는 상징적인 의식인데, 무림문파이기도 한 소림에서는 사부의 진전을 온전히 잇는다는 의미도 있다.

그러나 홍오는 사부의 무공을 제대로 물려받지 못하였다. 의발전인이 되지 못한 것이다.

이것은 홍오의 자존심이 크게 상한 일이었다. 사부에게 인정받지 못한 제자라는 낙인이 찍혀 평생을 살아야 했던 탓이다.

아픈 상처를 건드리자 홍오의 눈이 불처럼 타오른다.

"그걸 네 녀석이 왜 걱정해! 유언은 이제 다 끝난 것이냐?"

슬쩍 치켜든 홍오의 손바닥 장심에 투명한 기운이 어른거린다.

풍진의 입꼬리가 슬쩍 올라갔다.

"문각 선사께서 생전에 쓰시던 바리 그릇을 네놈이 아니라 다른 녀석이 가지고 있는 걸 봤거든."

홍오가 잠시 눈을 찌푸리며 무슨 말인가를 생각하다가 갑자기 눈을 크게 부릅떴다.

"뭣이?"

정말로 놀란 모양이었다.

홍오의 눈은 심한 감정 동요로 크게 흔들렸다. 풍진을 죽이려 치켜든 손마저도 심하게 떨리고 있었다.

"이런 미친- 놈이!"

홍오의 고함소리가 쩌렁거리고 울렸다.

* * *

윤언강은 고민하는 굉운을 향해 빙긋 웃었다.

"내가 허세를 부리는 것으로 보이는가?"

"그것은 아닙니다만……."

윤언강이 소매에 손을 넣었다가 조심스레 꺼냈다. 그의 손에는 기름 먹인 종이로 겹겹이 싼 무언가가 있었다. 몇 겹이나 포장한 것으로 보아 중요한 물건임에 분명했다.

그러나 그가 기름 먹인 종이를 떼어내고 보인 것은 다름 아닌 하나의 나무 그릇이었다.

어느 절에서나 흔히 볼 수 있는, 나무를 깎아 만든 바리라고 하는 그릇이다. 다소 투박하고 오래되어 보인다는 것을 빼곤 그 어떤 특이점도 없었다.

"이것이 무엇인지 알겠는가?"

"바리인 듯싶군요. 소중히 간직하신 걸 보니 사연이 있는 물건인 것 같습니다."

윤언강은 대답 없이 웃었다.

자꾸만 종용하는 듯하다. 이 그릇에 얽힌 연유를 듣고 싶으면 제발 과거의 일에 대해 물어달라고 하는 것이다.

굉운의 턱에 힘줄이 생겨났다. 더 이상은 고민할 수 없었다. 굉운은 곧 고개를 끄덕였다.

"감당하겠습니다."

"그리하겠는가?"

윤언강은 웃음…… 하지만 환희와 더불어 다소의 한이 어린 웃음으로 마침내 입을 열었다.

"그것은…… 이십 대 후반…… 한창 강호에서 활동할 때의 일이었네. 언제인지는 굳이 말하지 않아도 알겠지."

그리고 그 뒷이야기가 윤언강의 입에서 흘러나왔다…….

제3장

바리에 얽힌 약속

　윤언강이 홍오의 소문을 들은 것은 십 대 후반이었다.
　당시 홍오는 이미 강호에 명성을 널리 떨치던 중이었다. 소림의 최고 기대주이며 동시에 승려의 신분에 걸맞지 않은 행동을 해 악명도 자자했다.
　아직 강호행을 나서지 않은 윤언강도 무인인 만큼 무인으로서의 홍오가 궁금하지 않을 수 없었다. 윤언강 역시 화산의 기대주로, 같은 기수에서는 그를 상대할 만한 이가 없었다.
　이십 대가 되어 윤언강도 강호행에 나섰다. 그리고 그의 실력을 여실히 드러냈다.
　홍오가 악명과 동시에 무위를 떨쳤다면, 윤언강은 완전한 정파의 기대주로 관심을 모았다.

그런 둘이 강호행을 하게 되며 만나게 된 건 필연적인 일이었다. 정파 최고의 후기지수로 꼽히던 둘이 만나면 어떻게 될까, 누가 이길까 하는 궁금증 때문에 사람들은 둘의 행보를 주목하고 있었다.

하지만 뭇 사람들의 기대와 달리, 정작 홍오와 윤언강은 서로 싸우지 않았다.

서로 간에 너무 다르기 때문이었을까? 다르면서도 무의 극을 보고 싶어 하는 패기어린 두 청년의 마음이 맞았기 때문이었을까?

오히려 둘은 의기투합하여 종종 밤낮을 잊고 무리를 논하며 지냈다.

시간이 흐르면서 둘의 행보는 완연히 갈리었다. 세상의 모든 것을 섭렵하려는 홍오와 검의 길만 가는 윤언강의 행보가 같을 수 없었다.

각기의 길에서 둘은 계속해서 승승장구 하고 있었다. 지금의 우내십존이 된 이들의 대부분이 그때의 인연이었다.

그렇게 몇 년이 더 지나면서, 각 문파의 내로라하는 후기지수들 중에서도 둘은 독보적인 위치에 오르게 되었다.

그때까지 강호행을 하던 무림인들 중 무패의 전적을 기록한 이는 오직 둘뿐이었다.

비주류적인 무위를 보이는 홍오와 정파의 의기를 지키는 주류의 윤언강. 그 둘은 비무든 싸움이든, 심지어 목숨을 건 대결이든 단 한 번도 진 적이 없었다.

나이가 들어 둘의 명성은 점점 더 높아져 갔다. 다만 홍오가 사람들에게 주로 욕을 먹는 반면, 윤언강은 칭송을 받았다. 똑같이 사파의 거물이나 마두를 잡아도 홍오보다 윤언강이 더 사람들에게 인정을 받았다.

그때부터 둘의 사이는 조금씩 벌어지기 시작했다. 술잔을 나누며 무공에 대해 논하다가 언성을 높이는 일도 잦아졌다.

그러던 어느 날.

휘황찬란하게 빛나는 보름달이 고요히 수면을 비추던 때에 일이 벌어지고 말았다.

여느 때와 마찬가지로 그때도 둘은 작은 정자에서 술병을 두고 무공에 대해 토론하던 차였다.

"검이 왜 만병지왕이라 꼽히겠나. 검의 길을 올곧이 가다보면 그 끝에 모든 것을 볼 수 있기 때문이지. 칠백 년 전 삼십오식의 장법으로 강호를 평정했던 탈혼백장(奪魂白掌)이 당시만 해도 무명에 불과했던 광왕(光王)의 일초식 검로에 무릎을 꿇은 것이 좋은 예일세."

윤언강의 말에 홍오가 술잔을 대번에 비우며 반론했다.

"세상에 상대적이지 않은 무공은 없어. 당시 탈혼백장이 광왕을 상대로 쓴 이십칠식은 정(丁)의 형태에 취약한 점이 있다고. 팔방조차 베지 못하고 육방을 베는 광왕이 이긴 건 그 같은 이유라 봐야지."

"그렇지 않네!"

그날따라 취기가 오른 윤언강이 유독 자신의 의견을 강조했다.

"무림사를 통틀어 권과 장, 기문병기로 지존의 자리에 오른 이를 모두 합해도 검으로 지존이 된 이의 수에 못 미친다는 건 알고 있나?"

홍오의 숯검정 같은 짙은 눈썹이 꿈틀거렸다.

"멀리까지 따질 필요가 뭐 있나? 당장의 현실을 봐. 천하오절에 검, 도, 궁, 권, 장이 있으나 그중 가장 뛰어난 무공을 무엇으로 치지?"

천하오절은 은퇴를 선언한 일황이제삼왕(一皇二帝三王)의 뒤를 이어 각자의 무공으로 당대를 호령하는 절대의 고수들이었다. 그러나 굳이 따지지는 않아도 문각의 백보신권을 수좌로 놓는 경우가 많았다.

천하오절에는 윤언강의 사백인 우하검(宇河劍)이 포함되어 있었기에 윤언강도 발끈했다.

"자네의 사부 문각 대사께서는 가진 바 무공의 대자대비함 때문에 최고로 꼽히는 것일세. 문각 대사께서도 당금의 일대종사(一大宗師)로는 능히 손색이 없으시나, 무공으로 천하제일인을 논한다면 본문의 우하검 진여립 사백님을 단연코 첫 순위로 놓아야 하네!"

사실상 문각과 우하검 진여립이 서로 맞선 적이 없는데도 우하검이 두 번째로 꼽히는 것은 소림이 천하제일의 문파인 까닭이라 생각하는 윤언강이었다.

화산이 천하제일 문파였다면 당연히 우하검이 천하제일인이 되었을 것이다.

그러나 벌써 얼굴이 벌겋게 달아오른 홍오도 취기를 누르지 못하고 반발했다.

"허어, 이 망할 화산파의 제자 좀 보게? 남의 사부에 사문까지 들먹이면서 자파가 최고라 하는 거냐, 지금?"

"사문 얘기는 자네가 먼저 꺼내지 않았는가! 말이 나온 김에 하지. 나는 본문이 소림에 뒤진다고는 조금도 생각지 않네!"

"그래서? 그래서 지금 화산이 천하제일 문파라고 우기는 거라고? 내가 잘못 들은 거 맞지?"

평소 언제나 온화함을 견지하며 언쟁에서 한 걸음 물러서던 윤언강도 더 이상 참을 수 없었다. 사문의 명예가 걸린 일이었다.

윤언강이 벌떡 일어섰다.

"소림이 지금 천하제일 문파라 하더라도 언제까지 그대로일 수는 없을 거야!"

"이 자식이?"

홍오도 자리에서 일어났다.

"사람들이 좀 오냐오냐 해주니 눈에 뵈는 것이 없는 모양이구나. 네가 감히 본사를 우습게 여겨?"

"나는 소림이 우습다고 생각하지 않았네! 하지만 우리 화산

역시 소림에 못지않다고 말했을 뿐!"
"그게 그 말이지!"
갑자기 홍오의 표정이 돌변했다. 화를 내던 얼굴에 미미한 웃음이 걸린다.
"지금까지 네 전적이 얼마나 되지?"
"이백칠십이 번을 싸웠으나 한 번도 지지 않았네!"
"잘 됐군! 나도 삼백오십여 번을 싸웠지만 한 번도 진 적이 없지!"
홍오가 입버릇처럼 히히덕거리며 말했다.
"누가 옳은지 말로만 떠들 필요가 뭐 있겠어? 너와 내가 증명하면 될 일을."
윤언강도 홍오의 도발을 그냥 넘기지 않았다.
"잘 됐군! 내 오늘 화산의 검이 얼마나 매서운지, 자네의 말이 얼마나 허황된 것인지를 증명해줌세!"
윤언강은 곧바로 취기를 날려버리고 검을 들었다. 홍오 역시 정자를 내려와 공터에서 몸을 풀었다.
"그렇잖아도 슬슬 결판을 내야 하지 않나 생각하던 참이었지."
한 산에 두 마리의 호랑이가 있을 수는 없는 법이다. 하물며 피가 끓는 나이의 둘이었다.
둘의 충돌은 이미 오래전부터 예상되던 바였다.
그러나 승부는 의외로 허망하게 끝나고 말았다.
온갖 무공을 섭렵한 홍오의 공세를 윤언강은 제대로 버텨낼 수 없었다. 더구나 홍오의 내공은 물론이고, 무공에 대한 깊은 이해도까지 윤언강은 따라가지 못했다.

홍오는 벌써 소림의 문자배를 넘어설 정도로 성장해 있었다. 아니, 굳이 비교하자면 애초에 천재인 그를 천재에 버금가는 기재인 윤언강이 이기기는 어려운 노릇이었는지도 몰랐다.

윤언강의 매화검은 매 초식 초식마다 홍오의 대응에 여지없이 무너졌다.

암향매우(暗香梅雨)는 소림의 권법인 금강권에 밀렸고, 선리저매(先異著梅)는 종남의 보법인 유운비(流雲飛)를 따라잡지 못했으며, 소화설한(素花雪寒)은 아미의 금나수인 주렴삼수(珠簾三手)를 뚫을 수 없었다.

마지막에는 주렴삼수에 손등을 찍혀 검을 놓치는 최악의 실수까지 하고 말았다.

"이거야 원, 화산의 매화검을 상대하긴 이번이 처음이었는데, 고작 이게 다였어?"

홍오의 말에 윤언강은 분노했다.

그동안 홍오에게 진 이들이 얼마나 굴욕적으로 당했는지 잘 알고 있었다. 그것이 자신이 되리라고는 꿈에도 생각하지 못했다.

그래도 자신은 후기지수 중 홍오와 함께 최고로 손꼽히지 않았던가. 그런데 홍오에게는 어떻게 손을 써 볼 도리도 없이 당하고 만 것이다.

"내가 모자라긴 했으나, 결국 검파인 아미의 무공에 당한 것이니 내가 진건 아니다. 주렴삼수는 아미의 검공에서 파생된 금나수니까!"

홍오는 상대할 가치도 없다는 듯 피식 웃었다.

"딴 건 몰라도 모자란 건 맞는 것 같네. 졌으면 졌다 인정할 것이지, 괜히 우기긴."

홍오가 주변을 두리번거리더니 어디서 긴 나뭇가지를 들고 왔다. 그리고는 검을 쥐듯 나뭇가지를 들었다.

"무식하게 같은 초식을 천 번 만 번 반복하며 검만 휘두르면 너처럼 되겠지. 하지만 내가 매화검을 펼친다면 어떻게 될까?"

"뭣이?"

윤언강은 화를 참지 못하고 다시 홍오에게 달려들었다.

"내 볼 땐, 암향매우는 어둠 속에서 풍겨오는 매화의 깊고 그윽한 향이 비처럼 뿌려지는 것이야. 천천히 향을 음미하다가 어느덧 정신을 차리고 보면 매화의 비에 온몸이 축축이 젖어있는 거지. 이런 유들거리는 초식으로 강맹한 금강권에 힘으로 대항하는 건 당연히 무리다."

홍오는 나뭇가지를 들고 매화검의 초식 암향매우를 펼쳤다.

윤언강이 보인 암향매우와는 전연 달랐다. 딱딱하고 살기어린 초식이 아니라 부드럽게 펼쳐지는데, 윤언강은 마치 매화의 숲에 갇힌 듯한 착각마저 들었다.

꼼짝할 수가 없었다.

그것은 그가 수천수만 번을 머릿속에서 그려오던 암향매우의 완성된 초식이었다.

떨그렁.

검이 땅으로 떨어졌다.

"이럴 수가……."

윤언강은 망연자실했다.

이십여 년을 매일같이 수련해오던 초식이었다. 그럼에도 늘 부족하고 부족하다 생각했다.

그런데 단 한 번 펼친 홍오의 매화검은 그가 따라갈 수 없을 정도의 완성도를 보여주고 있었다.

하늘도 무심하다.

천하제일인 소림에 천하제일의 기재를 내려주었다. 지금도 최고인 소림에 홍오의 무공에 대한 이해도가 더해지면 소림은 앞으로 어떻게 될까?

왜 하늘은 하필이면 홍오같은 개차반에게 그런 재능을 준 것일까…….

윤언강은 고개를 떨구고 아무 말도 할 수가 없었다.

곧 홍오는 암향매우의 초식을 거두었다. 윤언강의 장포에는 벌써 수많은 작은 구멍이 뚫려 있었다.

그래도 십 년여를 알고 지냈는데 망연자실해 서 있는 윤언강이 조금은 애처로워 보였을까? 아니면 윤언강만 한 술친구가 없기 때문이었을까.

혹은 상대도 안 되는 윤언강이 더 이상 눈에 거슬리지 않은 때문이었을지도 몰랐다.

그 어느 쪽이든, 홍오가 그답지 않게 말을 건넸다.

"뭐, 쓸데없는 짓 그만하고 이리 와서 술이나 마저 하지. 달도 밝고 운치도 좋은데, 실연당한 사람처럼 거 서 있지 말자고. 이런 날 독작(獨酌)하는 건 정말 애처롭지 않겠냐."

그러나 윤언강은 술을 마실 기분이 아니었다.

윤언강은 독기 어린 눈으로 홍오를 쳐다보았다.

"오늘은 패했지만…… 나는…… 언젠가 너를…… 그리고 소림을 넘어서고 말 거다."

홍오가 술잔에 술을 따라 단번에 들이켠 후 웃었다.

"그것 좋지! 어려울 것도 없어. 난 사부님의 뒤를 이어 소림의 최고가 될 테니, 네가 만약 나를 이긴다면 넌 이미 소림을 넘어선 거다. 까짓 것, 그땐 화산이 천하제일이라고 인정해주지!"

"정말이냐? 내가 너를 넘어서면 화산을 천하제일로 인정해 줄 테냐?"

홍오는 다시 술 한 병을 훌쩍 비워버렸다.

"아무렴. 네가 해달라는 대로 다 해주마. 사람들 앞에 가서 화산이 최고라고 소리를 지르라 해도 하고, 개처럼 짖으라 해도 그대로 하지."

윤언강은 가슴이 뛰었다. 비록 술김에 한 말이라 해도, 홍오는 결코 그럴 일이 없을 거라 생각하고 한 말이라 해도, 그에게는 목표가 생긴 셈이었다.

"남아일언 중천금이다."

"아, 알았으니 와서 술이나 마시라니까. 내 방금 일도 다 잊어줄게. 아니, 아예 내가 진 걸로 할까? 화산의 신성 윤언강, 이백칠십삼전 이백칠십삼승!"

윤언강이 고개를 저었다.

"그런 건 됐으니 약속에 대한 맹세를 해."

"맹세까지 무슨…… 귀찮게."

"맹세라도 받아두지 않으면 네가 언제 말을 바꿀지 모르니까."

홍오는 툴툴거리다가 문득 술잔으로 쓰던 바리 그릇을 윤언강에게 던졌다.

"이거나 가져가라. 천하오절 우리 사부가 쓰시던 거니, 그 정도면 충분히 증표가 되겠지?"

"문각 대사님의 바리? 사부님의 바리라면 이렇게 함부로 굴릴 물건이 아니잖으냐. 의발에 쓰는 물건인데……."

"그러니까 그걸 주겠다고."

나중에 알고 보니, 그 바리는 문각이 의발로 전한 게 아니었다. 홍오가 문각에게 대들다가 문각이 화가 나 집어던진 걸 주워 다니는 것이었다. 그것도 술잔으로 쓰기 딱 좋다며…….

"나중에 증인도 세워야 한다. 내가 너를 이기면 넌 내가 원하는 걸 들어줘야 해."

재차 다짐받는 윤언강을 보면서 홍오는 조금 손해를 보는 기분이 들었다. 어차피 자신이 윤언강에게 질 일은 없겠지만, 그래도 자기만 주는 건 왠지 아깝다.

잠깐 고민하던 홍오가 말했다.

"좋다. 대신 한 가지만이다. 그리고 너는 날 이길 때까지 제자들을 데리고 와 내게 인사를 시켜라. 평생 이기지 못한다면 평생을 찾아와야 한다. 제자들끼리 비무도 시키고, 논검도 하면 꽤 재미날 거야."

대형(大兄) 노릇을 하겠다는 홍오다. 마치 약소국이 대국에 매해 조공을 바치는 사절을 보내야 하듯 굴욕적인 조건이었지만 윤언강은 고개를 끄덕였다.

그리고 결국 나중에 증인까지 구해 바리를 두고 다시 약속을 했다.

홍오가 귀찮다고 몇 번이나 불평한 것은 당연한 일이었다……

* * *

윤언강의 이야기를 듣고 난 굉운은 마음이 착잡해졌다.

젊은 날 끓어오르는 혈기에 별다른 무게감 없이 오고간 약속이었다. 한데 지금은 그것이 소림을 파국으로 몰아넣을 만한 위협이 되고 있었다.

홍오가 사부의 바리를 증표로 준 것만 해도 얼마나 그때의 약속을 우습게 여기는지 알 만했다. 사문의 존장이 쓰던 물건을 함부로 남에게 주어서는 안 되는 것이다.

홍오에게야 그것이 술잔일지 몰라도, 나중에 일이 잘못되면 소림으로서는 무시할 수 없는 증거가 되는 셈이다.

물론 홍오는 그 뒤에 지금처럼 일이 진행될 거라고는 꿈에도 생각지 못했을 터였다.

그러나 홍오는 몰라도 윤언강은 지금껏 충실히 약속을 지켜 왔다. 비록 세간에는 그것이 홍오와의 친분 때문이라 알려져 있었으나, 새로운 제자를 들일 때마다 홍오를 찾아왔다.

'그것이 단순한 친분이 아니라 지난날의 약속 때문이었던가……'

자존심 하나로 사는 무인이 수십 년의 세월 동안 조공을 바치듯 홍오에게 찾아와 제자를 보이느라 얼마나 자존심이 상했을까.

수십 년 맺힌 한은 얼마나 클 것인가…….

굉운은 나지막히 한숨을 내쉬었다.

"이제 되었는가?"

말을 마친 윤언강은 후련하다는 표정에 가까웠다. 그러나 굉운은 조금도 웃을 수 없었다.

"그렇다면 그 바리 그릇이…… 본사의……."

"문각 선사께서 쓰시던 바리일세. 내 나중에 소림에 왔을 때 확인을 했네. 생전에 문각 선사께서 홍오가 바리를 훔쳐가 새로 장만하셨다며 노발대발하셨다더군. 증인도 있었으니 얼마든지 확인해보게나."

굉운이 조용히 물었다.

"그래서…… 지금 그 약속을 지키시겠다는 것입니까?"

"굳이 말하자면 그렇다네."

윤언강이 크게 껄껄 웃었다.

"자네는 왜 꼭 그것이 지금이어야 하느냐고 묻고 싶겠지?"

"그렇습니다."

"당연하지! 아무리 증인이 있고 물증이 있다 한들, 기억도 못하는 홍오에게 어떻게 이 바리를 내보일 수 있겠는가! 심지어 홍오는 마지막에 한 말을 제자들을 내세워 비무를 하자는 것으로 잘못 알고 있더구만. 나도 처음 한 이십 년 동안은 홍오가 장난치는 줄 알았다네."

굉운이 흠칫했다.

윤언강의 말을 되새겨보면 홍오가 기억을 되찾았다는 뜻이 아닌가!

윤언강이 수염을 훑듯이 매만지며 혼잣말을 했다.

"그것 참 이상하군. 방장 대사는 홍오가 기억을 되찾았다는 걸 모르는 겐가? 소림이 손을 쓴 줄 알았더니 다른 연유에서 비롯된 것이었군."

윤언강이 재미있다는 듯 말했다.

"뭐, 좋네. 이유야 어떻든 간에, 자네는 모르고 있겠지만, 현재 홍오는 과거의 기억은 물론이고 그 이상의 무공까지 되찾았네."

굉운은 적이 놀랐다.

어떻게 홍오가 무공을 되찾게 되었단 말인가!

"그럴 리가 없습니다……."

"그럴 리가 없다라…… 나라밀대금침술 때문에 말인가?"

굉운이 애써 놀람을 감추며 윤언강을 쳐다보았다. 윤언강이 빙긋이 웃으며 말을 이었다.

"역시 그것이었군. 정말 그것인가 긴가민가하고 있었다네. 참으로 궁금한 일이었지. 왜 문각 선사께서 갑작스레 입적하시며 홍오는 기억을 잃고…… 무공까지 답보(踏步)의 상태였을까 말일세."

굉운은 이를 꾹 깨물었다. 입에서 계속 쓴맛만 난다.

윤언강이 말했다.

"그래서 그랬는가? 홍오의 상태가 썩 좋아 보이지 않더라니. 소림의 도움이 없이 스스로 나라밀대금침술을 제거할 수는 없었을 것이니 그럴 만도 했을 터."

"좋아 보이지 않는다 하셨습니까? 사숙께서 말입니까?"

"내가 지금이 아니면 안 된다 한 이유에는 그것도 있네. 홍오에게는 지금이 마지막 시간일 수도 있기 때문일세. 즉, 주어진 기회가 지금밖에는 없다는 뜻이지."

굉운은 금세 그 말의 의미를 알아들었다.

"주화……입마……."

"아마도 그럴 것일세. 홍오는 자신의 잠력까지 쏟아내어 최후의 불꽃을 피우고 있네. 때문에 지금의 홍오는 그 어느 때보다도 강하지!"

굉운은 대답하지 않았다.

"나는 이 시간만을 기다리고 있었네. 홍오가 자신의 말을 검증할 때가 오기를! 예전의 무공을 되찾기를!"

굉운의 이마에 핏기어린 식은땀이 맺혔다.

윤언강의 말이 사실이라면 홍오는 이제껏 그 누구도 받아낼 수 없었다던 공명검을 파훼해야 하는 것이다. 주화입마의 상태에서는 평소보다 몇 배 이상의 능력을 발휘한다지만, 과연 그래도 공명검을 막아낼 수 있을까?

윤언강이 인자한 얼굴로 식은땀을 흘리는 굉운을 바라본다. 굉운이 억지로 기운을 짜내 물었다.

"한데, 이상한 점이 있군요."

"무언가?"

"그렇다면 사숙을 만나셔야지 왜 이곳에서 저희의 앞을 막고 계시는 겁니까?"

윤언강의 입가에 미소가 걸렸다.

"이거야 원! 나를 어떻게 보기에 그런 말을 하는 겐가. 나는 그렇게 모진 사람이 아닐세. 나보다 먼저 해결할 일이 있는 친구들이 있질 않은가 말일세."

풍진!

굉운이 말을 하기도 전에 윤언강이 먼저 말을 잘랐다.

"홍오가 만약 남궁호에 이어 풍진의 검까지 파훼하게 된다면…… 확실히 무공을 되찾았음을 세상에 증명하는 것이 될 터. 그때에야 나와의 약속이 이행될 자격이 생기는 것일세."

검왕 남궁호까지!

홍오가 검왕과 청성일검을 연이어 상대한다는 말에 굉운은 머리가 아득해졌다.

그러나 그보다도 더 끔찍한 것은, 윤언강은 당연히 홍오가 이길 거라 생각하고 있다는 점이었다.

겉으로는 풍진과 남궁호에게 양보하는 듯 보이지만, 굳이 그때의 약속을 이행하고 싶지 않다는 듯 보이지만…… 이미 윤언강은 그 둘이 홍오를 이길 수 없다는 사실을 알고 있는 것이다.

만일 홍오가 우내십존의 둘을 꺾는다면 엄청난 파란이 닥칠 터였다. 그러나 그때에 윤언강이 나서서 홍오를 꺾어 버린다면?

우내십존의 둘을 이긴 홍오가 윤언강에게 패배하는 꼴이다. 우내십존이 셋이나 덤볐다는 꼴사나운 사실도 공명검의 재림 앞에서는 묻힐 수밖에 없다.

결국 모든 공은 윤언강이 가져가고, 윤언강은 그가 원하던 대로 현 강호의 천하제일인으로 확고히 자리하게 될 것이었다.

굉운은 그가 극적인 효과를 노린 치밀한 계산 속에 움직이고 있음을 알았다.

오랜 수양에도 불구하고 굉운은 자기도 모르게 말을 내뱉었다.

"실로 역겹군요."

모든 사실을 알고도 때만 기다리며 속내를 감추고 행동한 윤언강의 행동이 역겹다. 수십 년간 타인의 이목을 속여 왔던 그의 행보가 토악질이 나올 정도로 역겹다.

그러나 윤언강은 개의치 않고 웃었다.

"자네가 뭐라고 말하든, 홍오는 비로소 그때 스스로 한 말에 책임을 지게 될 것일세! 오랜 세월 기다려온 내게 자신의 말을 입증해야 할 것일세!"

말을 할 때와 달리, 다 털어놓고 나서는 정말로 즐거운 듯 보이는 윤언강이다.

굉운은 안타까웠다.

윤언강은 막 소림을 떠나려던 차였다.

홍오가 왜인지 몰라도 갑자기 무공을 되찾지 않았더라면…… 아니, 적어도 반나절만 늦게 무공을 발휘했더라도 이런 사태까지는 이르지 않았을 터였다.

어찌하여 우연과 필연은 이런 식으로 소림에 시련을 안겨주는가!

 굉운은 고뇌했다.

 피를 많이 흘려 머리가 어지러웠으나 소림의 위기 앞에서 정신을 잃을 수는 없었다.

 굉운은 필사적으로 생각하고 또 생각했다. 윤언강을 막을 수는 없으나, 윤언강을 이대로 보낼 수도 없다.

 '이건 단순히 검성이 천하제일인의 명성을 얻기 위해서 꾸민 일이 아니다. 사숙을 쓰러뜨리고 난 후에 그 대가로 요구할 것이 더 중요한 게다.'

 윤언강이 홍오를 꺾어봐야 그 혼자만이 천하제일인이 될 뿐이다. 그가 진실로 원하는 것은 화산이 소림의 위에 서는 것이다.

 하지만 윤언강이 승리의 대가로 요구할 수 있는 것은 단 한 가지뿐이다. 그가 마음에 품고 있는 한 가지의 요구가 소림을 화산에 굴복시킬 수 있다는 뜻이다.

 '그것이 뭐지?'

 남들의 눈이 있고 체면이 있는데 상승무공의 구결을 전해달라는 등의 요구는 하지 않을 터였다. 그래봐야 소림은 한 가지 무공을 잃을 뿐이고, 그로 인해 화산이 소림을 앞선다고는 할 수 없다.

 '잠깐……'

 굉운은 반대로 생각했다. 겨우 단 한 가지로 인해 소림이 무너질 수 있는 것.

그것을 생각해내야 했다.
거기까지 생각이 미친 굉운은 불현듯 무언가가 떠올랐다.
'설마!'
소림의 전답이든 본사의 건물이든 마음대로 내줄 수 있다. 그러나 단 한 가지 내줄 수 없는 것이 있다.
'장경각!'
장경각에 보관된 소림의 무공 비급들!
'만일 검성이 장경각의 출입을 요구한다면……'
소름이 끼쳤다.
윤언강은 분명 그럴 것이다. 홍오가 타 문파의 무공을 훔쳤듯, 그 역시 같은 것을 요구할 게 확실하다.
장경각을 통째로 요구하지 않아도 충분하다. 장경각을 며칠만 출입할 수 있도록 요구한다 하더라도, 검성이라면 충분히 소림에 전해지는 모든 무공의 요체를 알아낼 수 있을 것이다.
'그것만은 막아야 한다. 그것만은!'
소림의 무공 요결이 모두 드러나게 된다면 소림은 앞으로도 영원히 화산의 무공을 앞설 수 없을 것이다.
단순히 그 정도가 아니라 강호에 알려지기라도 한다면?
소림은 걷잡을 수 없이 나락의 길에 빠져들고 말 터다. 윤언강이 그 정도까지는 원하지 않는다 하더라도 훗날의 일은 아무도 모르는 것이다.
'지독하구나. 참으로 지독한 일이야!'

소림을 넘어서기 위해, 홍오를 넘어서기 위해 윤언강은 광왕의 공명검까지 부활시켰다.

그가 얼마나 이를 갈았으며, 얼마나 부단히 노력하였는지 추측하고도 남는다.

'공명검은 아무도 막지 못한다. 설사 사숙이라 할지라도……'

직접 공명검을 상대해 본 굉운은 참담한 기분을 참을 수가 없었다.

전력을 다하지 않은 검성의 일초도 막기가 어려웠다.

어디에서 튀어나올지 모르는, 심검 수준의 검을 홍오라고 해서 무슨 수로 막을 수가 있겠는가!

'내 진작 문원 사숙조의 말씀에 따랐어야 할 것을……'

이미 공명검을 얻은 윤언강을 상대로 수의 단계에 올랐어도 이길 수 있을지는 장담할 수 없었다. 그러나 굉운이 수의 경지에만 올랐어도 상황이 어떻게 바뀌었을지는 또 모르는 일이다.

굉운은 결단을 내려야 할 때임을 알았다.

고요한 모습으로 굉운은 뒤로 돌았다. 수많은 소림의 제자들이 걱정스러운 얼굴로 굉운을 보고 있었다.

"모두들, 잘 듣거라. 나는 이번 한 걸음에 내 평생을 바치려 한다."

"방장 사형! 이미 몸이 많이 상했습니다."

"사백님! 그건 무리입니다."

굉운이 그들의 말을 잠재우며 다시 말했다.
"내가 만일 실패한다 하더라도 누구도 멈춰서는 안 될 것이야. 최후의 한 사람이 남더라도…… 검성을 반드시 막아야 한다."
비장한 각오가 소림승들의 얼굴에 떠오른다. 굉자배도 원자배도…… 무자배의 승려들까지 모두가 한 마음이 되어 갔다.
결연한 표정과 죽음을 각오한 투지가 계단을 넘실거려 윤언강에게까지 닿아갔다.
윤언강이 고개를 가로저었다.
"쓸데없는 희생이 될 뿐이야. 나는 홍오의 대결이 끝날 때까지 누구도 보낼 수 없네."
굉운은 소림승들을 향해 가벼운 눈인사로 마지막 말을 대신했다.
그리고는 당당히 윤언강을 향해 당당히 몸을 돌렸다.
"오르겠습니다."
윤언강은 마다하지 않았다.
그의 얼굴에 소림승들의 비장함만큼이나 지독한 살기가 어렸다.
"혈향이 더 짙어지겠군……."
그가 내뱉은 말은 겨우 그것이 다였다.
굉운은 조용히 마지막 일전을 준비했다. 지독한 내외상을 입은 상태에서 그가 할 수 있는 것은 단 하나였다.
'버리자. 버려야 한다…… 승부도…… 소림도…… 내 안에

남아 있는 모든 것을…….'

그러나 그것이 결코 쉬운 일은 아니었다. 무엇보다 소림을 위해 목숨을 걸어야 하는 상황 자체에서 평온한 마음을 유지하기는 너무나 어려운 일이었다.

'진원진기까지 모두 쏟아내서라도!'

계인이 찍힌 굉운의 민머리에서 뿌연 김이 피어오른다. 눈의 광채가 밝아지고 전신에서 땀이 흐른다.

소림승들이 탄식과 비명을 참기 위해 이를 깨문다. 목숨을 건 굉운의 눈물어린 투혼을 차마 볼 수 없음에도 눈을 뗄 수가 없다.

공력에는 별 도움이 되지 않고 얼마 되지도 않는, 하지만 사용하면 반드시 죽을 수밖에 없는…… 생명의 원천 진원진기를 사용하고 있음을 안 것이다.

그러나 그때.

돌연 윤언강이 살기를 거두었다.

"방장 대사, 이제 그만 놀이를 끝내야겠네."

굉운이 막 걸음을 내딛으려다가 놀라 멈추었다.

"그게 무슨 말씀입니까?"

윤언강이 큰 소리로 웃었다.

"껄껄껄! 이게 웬일인가! 정말로 홍오가 해냈네!"

"설마!"

윤언강은 굉운에게서 관심을 거두고 반대로 몸을 돌렸다.

그러더니 천천히 걸음을 옮겨 계단을 오른다.

갈(喝)-!

우르르릉.
하늘을 찢어발기는 뇌성벽력처럼, 소림의 본산은 물론이고 온 천지를 뒤집어엎을 듯 거대한 사자후가 울려 퍼졌다.
그 사자후는 금강문으로 달려오는 홍오의 입에서 나온 소리였다. 금강문의 지붕 위에 있던 허량이 인상을 쓰며 옆으로 멀찍이 비켜나고 있었다.
금강문의 지붕 아래까지 오른 윤언강이 기쁜 기색을 감추지 못하며 소리쳤다.
"남궁호에 이어 풍진마저도 쓰러지다니! 홍오야, 정말 대단하구나!"
그러나 굉운은 막막한 심정이 되어 하늘을 올려다보았다. 어두워져 가는 하늘에 붉게 물든 구름들이 처연히 흘러가고 있다.
차라리 홍오가 검왕이나 청성일검의 손에 쓰러졌다면 적어도 소림이 끝날 일은 없지 않겠는가!
그런데 결국 윤언강이 의도한 대로 홍오는 강호의 절대 강자인 우내십존의 둘을 쓰러뜨리고 말았다.
홍오를 말리고 싶으나, 윤언강이 막고 있으니 그럴 수도 없다.

'이렇게 끝나는 것인가······.'
이렇게 끝나서는 아니 되었다.
그러나 그것을 알면서도 어찌할 도리가 없었다.
굉운은 눈을 감았다.
'나무아미타불······.'
고래고래 소리를 지르며 윤언강에게 달려오는 홍오의 목소리가 귓가로 아스라이 흘러갔다.

                  *   *   *

풍진과 대화를 나누던 홍오가 돌연 욕설을 내뱉으며 금강문으로 달려간다.
뒤에서 이를 지켜보던 원호는 깜짝 놀랐다.
홍오가 풍진까지 쓰러뜨리긴 했으나, 아직 무당의 환야와 화산의 검성이 남아있다. 홍오가 이긴다면 좋으나 둘을 이긴다는 것은, 특히나 검성까지도 상대한다는 건 무리다.
불길한 느낌이 원호의 정신을 일깨웠다.
"막아야 한다!"
그러나 원호가 막 공력을 끌어 올리며 발을 떼려는 순간, 무언가 묵직한 것이 그의 어깨를 눌렀다.
"크윽!"
몸을 옴짝달싹할 수가 없다.

"아무도 말릴 수 없다!"

무지막지한 압박감이 실린 남궁호의 고성(高聲)이었다.

원호는 끌어올린 공력이 절로 해소되며 누군가가 자신의 몸을 조종하는 듯 기이한 감각에 사로잡혔다.

제왕검형!

"크으으으!"

원호가 제왕검형의 권역을 벗어나기 위해 애썼으나 조금도 움직일 수가 없었다. 마치 몸이 수천 가닥의 천잠사에 결박된 것 같았다.

'어떻게 사숙조는 이런 압박을 견뎌냈단 말인가!'

문득 홍오가 한 말이 떠오른다.

― 제마보를 쓰면 제왕검형의 압박을 벗어날 수 있다.

그러나 그것은 어디까지나 홍오에게나 가능한 일이었다. 소림의 무공만 배우고 익힌 원호가 공동파의 제마보를 어떻게 알 것인가.

그리고 안다고 해도 제마보를 펼칠 수 없었다. 운신이 제약되고 기를 완전히 제압당해, 제마보고 뭐고 무공을 쓸 수 있는 상황이 아니었다.

홍오가 쉽게 남궁호를 제압했다고 해서 결코 남궁호가 쉬운 상대는 아닌 것이다.

새삼 홍오가 대단하다는 걸 깨달았으나, 어쨌거나 원호는 아무것도 할 수 없었다.

그가 할 수 있는 건 그저 소리를 지르는 것뿐이었다.

"마, 막아라!"

해변소에 있던 소림의 나한승들이 급히 움직이려 했다. 그러나 그들 역시 남궁호에 의해 몸을 속박당했다. 소림의 제자들은 하나같이 남궁호의 손짓에 의해 무릎을 꿇고 있었다.

원호는 억지로 버티고 또 버티려 했으나 버틸 수 없었다.

털썩.

의도하지 않았음에도 무릎이 바닥으로 꿇려진다.

"검왕-!"

원호의 부르짖음도 남궁호의 귀에는 들리지 않는 모양이었다. 원호는 무릎을 꿇는 와중에도 유독 장건만이 남궁호의 속박에 걸려들지 않았음을 보았다.

"건아-!"

장건이 원호를 쳐다보았다.

"원호 사백님!"

원호가 필사적으로 외쳤다.

"사숙조를…… 홍오 사숙조를 막아야 한다!"

장건은 대답할 틈도 없이 쭉 앞으로 미끄러져 나갔다. 상황이 너무 급박해서 이런저런 생각을 할 겨를이 없었다.

원호의 판단이 옳았다. 미친 듯 날뛰는 홍오를 말려야 어떻게든 진정될 분위기였다.

그러나 그런 장건의 앞을 퉁퉁한 체구의 중년 도장이 막아섰다. 풍진의 제자인 송덕이었다.

"비키세요!"

"안 돼!"

송덕은 어쩔 수 없이 장건을 가로막았다는 기색이 역력했다.

"나는…… 사부님의 말을 따를 수밖에 없어. 이해해 줘."

"시간이 없다구요!"

장건은 그냥 송덕을 지나쳐 가려 했다. 앞발을 축으로 몸을 반회전시켜 송덕을 옆으로 타고 넘듯 스쳐갔다.

하지만 송덕은 장건을 그냥 보내주지 않았다. 송덕은 청성의 보법을 밟으며 장건과 반대로 몸을 돌렸다. 결국 둘은 다시 마주보는 상태가 되었다.

송덕이 수련용의 목검을 갑자기 내지르며 소리쳤다.

"미안하다! 미안해!"

순둥이 같은 인상에 후덕한 몸집인데도 송덕의 검은 도저히 무시할 수 없는 성질의 것이었다.

순식간에 십여 개의 검광이 장건을 짓쳐들었다.

담긴 공력보다도 필사적인 송덕의 검은 무당의 청우보다도 훨씬 빨랐다. 장건은 두 개의 검광을 나한보를 밟아 슬쩍 피하고, 세 개의 검광은 용조수로 흘려버렸으나 나머지 검광을 미처 해결하지 못했다.

무리하게 지나치려다가 제대로 대처를 하지 못한 탓이 컸고, 송덕이 그만큼의 무위를 가지고 있음을 예상하지 못한 탓도 있었다.

장건은 재차 금강부동보와 천종미리보까지 사용하며 뒤로 물러나 겨우 나머지 검광을 피해냈다.

송덕의 눈이 휘둥그레졌다.

"저, 정말…… 대단하구나, 너. 내가 겨우 한 개 검초를 쓰는 동안 몇 개의 보법을 밟다니……."

"지금 그런 말을 할 때가 아니잖아요!"

장건이 안타까운 눈으로 송덕의 뒤를 바라보았다. 이미 홍오를 쫓기는 늦었다.

홍오는 벌써 윤언강과 이십여 걸음을 앞둔 상태다.

"이놈! 네가 그것 때문에 이따위 짓을 꾸몄느냐!"

거친 파도처럼 윤언강을 향해 달려가며 내지른 홍오의 일갈, 그것과 함께 윤언강이 천천히 손을 올리는 모습이 보인다.

윤언강의 눈가에, 흰 머리칼과 수염의 끄트머리에 영롱한 자줏빛이 어린다. 자하신공을 극대로 끌어올린 것이다!

윤언강이 입을 열었다.

"약속을 지킬 때가 왔구나, 친구여."

"개소리 작작하고 내 사부의 유품이나 내놓아라!"

홍오는 양손에 엄청난 공력을 품었다. 두 손에서 아지랑이가 피어오르고, 공기가 일그러져 손의 형태가 제대로 드러나

지도 않는다.
 그때.
 장건은 보았다.
 윤언강의 손끝에서 길게 이어진 가는 선을.
 명주실보다도 훨씬 가느다란 선 하나가 윤언강의 손끝에서부터 홍오의 가슴에 닿아 있다. 그러나 홍오는 그것도 모른 채 계속 윤언강을 향해 달려들고 있다.
 '대사님은 저걸 못 보고 계신 건가?'
 풍진이 내뿜는 기의 그물과는 다르다. 기의 그물은 피할 수나 있었는데, 윤언강의 선은 언제 홍오에게 닿았는지 보지도 못했다.
 믿을 수 없는 일이지만 정확하게 말하자면, 선이 생기는 순간 이미 홍오의 가슴과 연결되어 있었다고 해야 했다.
 그것이 어떤 의미인지, 무엇인지는 몰라도 불길한 느낌이 드는 것은 확실했다.
 장건은 공양간에서 그 선을 본 적이 있었지만, 지금처럼 위협적으로 느끼진 못했었다.
 지금은 손발이 저릿할 정도로 보인다.
 죽음을 부르는 선(線)!
 오싹해진 장건이 홍오를 불렀다.
 "대사님-, 홍오 대사님-!"
 그러나 홍오는 듣지 못했다. 고함을 지르며 달릴 따름이다.

"이번엔 확실히 죽여 버릴 테다!"

홍오의 눈에서 빗발치듯 뿜어져 나오는 혈기는 거의 핏물에 가까웠다. 극도의 감정 폭발로, 홍오의 눈에 들어오는 것은 오직 윤언강뿐이었다.

그리고.

윤언강의 입이 열렸다.

묵직한 저음이 그의 입에서 흘러나온다.

"쓰러져라."

그의 목소리는 결코 크지 않았다. 내공을 싣지도 않아 몸을 울리는 소리도 아니었다.

그저 혼자서 읊조리는 말에 비슷했다.

온화한 표정의 노인이 내뱉은 혼잣말이었다.

그럼에도 불구하고 해변소 내의 모든 무인들은 그의 목소리를 들을 수 있었다.

시간이 멈춘 듯, 모든 것이 고요하게 숨을 죽이고 있는 덕이었다. 한창 지저귀던 새소리도, 벌레울음 소리도…… 바람이 숲을 흔드는 소리도 들려오지 않았다.

심지어 무인들은 숨소리조차 내지 않았다.

모든 적막과 모든 고요함이 한곳에 몰린 듯했다.

아무런 소리도 들려오지 않는 비현실적인 현실이 어리둥절하기까지 했다.

정말로 시간이 멈춘 것인지…….

달려들던 홍오가 제자리에 우두커니 섰다.

윤언강을 겨우 대여섯 걸음 앞에 둔 거리였다.

그 상태에서 홍오와 윤언강은 서로를 노려보고 있었다.

문득 윤언강이 들었던 손을 내려놓았다.

툭.

투툭.

다 해진 옷소매가 모서리에 걸려 뜯기는 듯한 소리가 났다.

하나둘 쏟아지던 가랑비가 굵은 소나기의 빗줄기가 되듯, 그 소리는 연이어 터져 나왔다.

투투툭! 투투투투-

정말로 비가 내렸다.

홍오의 몸에서 피의 비가 뿌려지고 있다.

삐딱하게 고개가 뉘여진 홍오의 몸에서 분수처럼 뿜어진 피가 바닥으로 떨어지며 혈우(血雨)를 만들어 낸다. 뿌려지는 혈우가 서로 부딪치며 아스라한 피안개를 피워 올린다.

"크크……"

홍오가 고개를 떨어뜨린 채 웃었다.

"크크크크……"

홍오는 크지도 않은 목소리로 웃었다.

장건이 울부짖었다.

"홍- 오- 대- 사- 님!"

홍오가 장건의 목소리에 힘겹게 고개를 돌렸다.

피범벅이 된 끔찍한 얼굴로 홍오가 장건을 보며 웃어 보였다. 두 눈은 벌써 생기를 잃고 핏물에 젖어 침잠해 있다.
"분하다…… 분해……."
홍오는 꺼질 듯 말 듯한 목소리로 몇 번이나 같은 소리를 되뇌었다.
처절하고 처참한 표정…….
그만큼이나 분한 어조.
그리고 홍오의 작은 몸은 차차 옆으로 기울어져 갔다.
털퍼덕.
피를 많이 뿜어낸 탓인지, 홍오의 작은 몸이 땅과 맞닿는 소리는 아주 조그맣게 들려왔다.
몸서리가 쳐질 정도의 새빨간 피안개가 홍오의 쓰러진 몸을 덮으며 서서히 가라앉았다…….
"이이익!"
찢어지도록 입술을 깨문 장건이 눈물을 그렁거리며 윤언강을 쏘아보았다.
윤언강은 양팔을 길게 늘어뜨린 채 고개를 약간 들었다. 눈은 가볍게 감고, 이 순간을 음미하는 듯 만족스런 표정을 짓고 있었다.
그리고 그때.
그의 입이 중얼거리는 모양을, 장건은 똑똑히 보았다.

"이제 소림은 내 것이다."

소리는 밖으로 내지 않았지만, 윤언강은 분명히 그렇게 말했다.

장건은 소름이 끼쳤다.

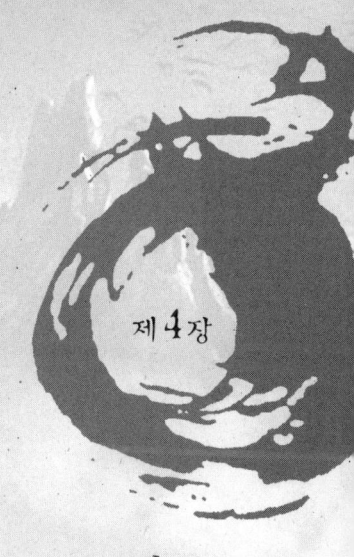

제4장

소림……

 소문은 순식간에 전 중원으로 퍼졌다.
 수많은 사람들의 입을 거치면서 대체로 진실과 동떨어진 소문들도 횡행했으나, 적어도 하나만은 같았다.

 - 소림이 거덜 났다!

 소림을 거덜 낸 이가 누구냐, 왜 그런 일이 벌어졌느냐는 차후의 얘기였다.
 강호가 크게 술렁였다.
 이번 사태는 그들이 예상한 정도를 훌쩍 뛰어넘은 것이었다. 강호의 판도가 송두리째 뒤집힐 일이었다.
 중원의 전 무림문파들은 온갖 인맥과 정보망을 총동원해 전후 사정의 파악에 나섰다. 개인적으로 궁금해 하던 무림인들도 사방을 쏘다니며 하나의 정보라도 더 얻으려 애썼다.
 강호의 정보를 가장 손쉽게 들을 수 있는 곳은 차를 파는 다관(茶館)과 객잔 등이었다. 낮밤을 가리지 않고 무림인들이 몰려드는 바람에 다관과 객잔 등은 때 아닌 호황을 누리고 있었다.
 심지어 일반인들조차 관심을 가질 수밖에 없었다. 천하제일 사찰로 알려진 소림이 무너졌다는 얘기는 일반인들도 놀라게 할 만한 일이었다. 하남에서는 동네 꼬마들도 소림의 일을 모르지 않는다고 할 정도였다.

*   *   *

 갑자기 날이 쌀쌀해지더니 눈발이 희끗거리기 시작했다.
 장건은 무심코 하늘을 올려다보았다.
 "눈이 오네······."
 장건의 중얼거림에 다른 속가 제자 아이들도 하늘을 쳐다보았다.
 눈발이 조용히 흩날렸다.
 소림은 고요했다.
 일반 향객들은 물론이고 그 많던 무인들도 하나도 보이지 않아, 사위는 적막하기만 했다.

눈이 내리기 때문일까?

모처럼의 수련이 재개되었음에도 왠지 더 쓸쓸한 기분이 드는 아이들이었다.

임시 교관을 하고 있던 무진이 혀를 찼다.

"이 녀석들아, 수련 중에 정신을 어디에 파는 거야?"

아이들은 힘없이 고개를 떨어뜨렸다. 기운이 하나도 없는 표정이었다.

장건도 마찬가지였다. 친구들과의 수련을 그렇게나 기대했는데 막상 시작하니 어딘가 마음이 허전했다. 텅 빈 마음만큼 몸에도 기운이 없었다.

무진이 엄한 목소리로 꾸짖었다.

"너희들! 혼 좀 나 볼 테냐?"

한숨만 푹푹 내쉬고 있던 대팔이 퉁명스럽게 물었다.

"대사형은 지금 수련을 할 기분이 드세요?"

무진이 가만히 대팔과 아이들을 보더니 고개를 끄덕였다.

"좋다. 너희들이 정 그렇다면 잠시 앉거라. 얘기라도 좀 하자꾸나."

연무장의 한구석 나무 그늘에서 아이들은 무진을 둘러싸고 원을 그리며 앉았다.

"그래, 너희들이 왜 그러는지 이유를 들어볼까?"

속가 제자 아이들 중 한 명이 물었다.

"이제 우리는 어떻게 되는 건가요?"

"어떻게 되긴? 소림이 없어지길 하니, 아니면 너희가 갈 데가 없니. 이제까지 그랬듯 계속 수련을 하고 수양에 정진해야지."

아이들은 다시 한숨을 푹푹 내쉬었다.

"허어! 땅이 꺼지겠구나. 입은 말을 하라고 있는 것인데, 왜 말은 안하고 답답하게 한숨만 쉬는 거냐?"

소왕무가 잔뜩 인상을 쓰고 말했다.

"홍오 태사백조께서 검성에게 졌잖아요."

"그래서?"

"사형들끼리 하시는 말을 들었는데, 소림이 화산에 넘어갈지도 모른다면서요."

무진이 웃음을 터뜨렸다.

"누가 그러더냐? 소림이 무슨 물건이라도 된 다더냐? 넘어가긴 어딜 간다고."

"저희도 알 만큼은 알아요. 검성이……."

무진이 소왕무의 말을 끊었다.

"검성 어르신이 직접 본사를 내달라고 한 적은 없는 것으로 안다만."

"그게 그거잖아요. 얘기를 들어보니 화산을 천하제일 문파로 만들기 위해 무리한 요구를 할 거라면서요."

"그것은 너희들이 걱정할 바가 아니다. 윗분들이야 머리가 좀 아프시겠지만, 너희가 고민할 필요는 없어요."

"저희도 소림의 제자잖아요. 왜 걱정이 안 되겠어요. 정말로 화산이 천하제일 문파가 되면 어쩌죠?"

아이들의 시선이 무진에게 쏠렸다.

무진은 부드럽게 웃으며 되물었다.

"화산이 천하제일 문파가 되면 안 되는 이유라도 있고?"

전혀 생각지도 못한 무진의 말에 아이들의 얼굴은 어이없는 표정으로 가득해졌다.

"아니, 그럼 당장에 '천하제일사찰'이라고 쓰여 있는 정문의 현판도 갈아야 하구요. 그리고 또……."

무진이 고개를 저었다.

"너희들은 무언가 잘못 알고 있는 것 같구나."

"네?"

"우리 소림은 무림 문파이면서 절이다. 천하제일 문파가 될 수 없다 해도 천하제일 사찰임에는 변함이 없잖으냐. 오히려 일등을 하나밖에 할 수 없는 남들보다 더 유리하다고 봐야지. 그리고 정문의 현판은 함부로 갈 수 있는 것도 아니란다."

아이들은 웃으라고 한 말인지, 아니면 진담인지 알 수 없어 자신들의 얼굴을 돌아보았다.

"하지만……."

무진은 가만히 눈을 감고 부처와도 같은 표정으로 말했다.

"오욕칠정(五慾七情)조차 경계해야 할 사찰에서 어찌 속세의 허명에 연연한단 말이냐. 우리가 그동안 천하제일 문파라는 허명을 좇다가 사찰로서의 본분을 잊었던 것은 아닌지, 이번 기회에 모두가 생각해 보아야 할 것이다."

대팔이 조그맣게 투덜거렸다.

"우리가 본산 제자도 아니고…… 멀쩡한 속가인데 무슨 오욕칠정이람."

눈을 뜬 무진이 번개처럼 대팔의 머리를 쥐어박았다.

딱!

"이놈아, 속가라는 게 어디 무공만 배운 제자를 말하느냐? 불가의 가르침을 이었으나 피치 못할 사정으로 속세에 나갈 수밖에 없는 이들이 속가 제자인 것을."

대팔이 눈물을 찔끔거리며 말했다.

"전 무공을 배우러 온 건데요."

"무공을 배우러 왔으면 무공이나 배울 것이지, 수련 시간에 딴짓만 하는 녀석이 무슨 무공을 배우러 왔다고?"

대팔이 머리를 감싸 쥐고 물었다.

"그럼 대사형은 정말로 하나도 걱정되지 않으세요?"

무진은 잠시 대팔을 보더니 고개를 가로저었다.

"그럴 리가 있겠느냐. 나는 아직 속세의 때조차 벗지 못한 수행자거늘. 세상의 근심에서 오롯이 벗어날 수 있으려면 아직 멀었느니라."

"그럼 대사형은 뭐가 걱정되시는 건데요?"

무진이 안쓰러운 눈길로 속가 제자 아이들을 한 명씩 돌아

보며 대답했다.

"생각해 보면 아무것도 아닌 일일 수도 있는데, 본산의 사숙들과 사형제…… 모두가 너희처럼 고민하고 괴로워할까, 그게 걱정이란다."

아이들은 입을 삐죽 내밀고 무진을 쳐다보았다. 뜬구름을 잡는 듯한 무진의 말을 이해하기 어려웠다.

무진은 의문 가득한 아이들의 눈길을 보다가 낮은 한숨을 쉬며 먼 곳으로 시선을 옮겼다.

"실체가 없는 공(空)을 좇다가 더 중한 것을 잃지 않을지…… 그게 걱정인 것이지."

무진의 눈이 깊게 침잠했다.

"나무아미타불 관세음보살."

무진은 불호를 외며 조용히 고개를 수그렸다.

눈발이 조금씩 거세지고 있었다.

* * *

저녁 공양을 마치고 소왕무와 대팔, 장건은 사람도 없는 외원으로 산책을 나왔다. 땅거미가 진 외원은 오가는 사람이 없어 한적했다.

대팔이 걷다가 문득 튀어나온 혹을 만지며 화를 냈다.

"대사형은 사람이 갑자기 활불이 됐어. 무슨 부처님이야?

이래도 좋고, 저래도 좋게."

소왕무도 고개를 끄덕였다.

"맞아. 대사형은 사람이 변했어. 가끔은 정말 사백님들보다도 더 고승 같은 느낌이 든다니까."

"너, 그거 알아? 엊그제 무진 대사형은 해번소에 안 나왔던 거?"

소왕무와 장건이 놀란 눈으로 대팔을 보았다.

"정말?"

"다른 사형들도 그래서 대사형을 별로 안 좋게 보더라고."

소왕무가 벌컥 화를 냈다.

"아니, 그럼 뭐 했대? 뒷간에서 똥이라도 눴대?"

"아니. 법당에서 불공을 드리고 있었대. 진짜 어이가 없지. 다들 죽어라 싸우고 있는데 혼자만 그러고 있었다는 거야."

장건이 한숨을 내쉬며 고개를 저었다.

"너무 그러지 마. 대사형도 무슨 생각이 있어서 그런 거겠지."

소왕무가 콧김을 강하게 뿜어내며 말했다.

"아냐, 아냐. 이건 완전히 배신이야. 대사형은 겁쟁이가 된 게 틀림없어."

대팔이 맞장구를 쳤다.

"그러면서 우리한테는 걱정하지 말라 그러냐. 아니, 소림을 이끌어 갈 대사형이 그러고 있는데, 우리가 걱정 안 하게 생겼냐고."

소왕무와 대팔은 동시에 한숨을 내쉬었다.

"정말, 우리 소림은 어떻게 되는 걸까."

장건도 다시 따라서 한숨을 내뱉었다. 자신 때문에 이런 일이 벌어진 것 같아서 요즘은 잠도 잘 못자고 있다.

"그나저나, 검성은 도대체 우리한테 뭘 요구하려는 거 같냐?"

"낸들 아냐."

소왕무가 장건에게 물었다.

"넌 뭐 아는 거 없어?"

"음……."

장건은 해변소에서 보았던 검성 윤언강의 마지막 모습을 생각하자 다시금 몸서리가 쳐졌다.

"소림은 내 것이다……."

"뭐? 그게 무슨 소리야? 검성이 그런 말을 했어?"

"응."

대팔은 성질이 났는지 가래침을 뱉었다.

"퉤! 정말 너무한다. 아무리 약속이 그랬다고 해도 소림이 자기 꺼라고? 그건 아니잖아."

소왕무가 혼잣말처럼 물었다.

"사백님들은 아직도 회의 중이신가? 오늘 공양 시간에도 대부분 안 보이시던데."

"대책이 시급하지. 검성이 뭘 달라고 할지 어떻게 알겠어. 막말로 소림을 내놓으라고 하면 어쩔 거야."

장건은 고개를 갸웃했다.

"검성 할아버지도 그렇게까진 안 하시지 않을까?"

"무슨 소리. 일 갑자도 전에 한 약속을 지키겠다고 홍오 태사백조님을 죽이려고 든 사람이야."

갑자기 소왕무가 대팔을 쳐다보며 말했다.

"야, 우리가 뭔가 해야 되는 거 아니냐?"

"우리가 뭘 해, 임마."

"아냐, 아냐. 우리라도 어떻게 해봐야지. 우리는 소림의 제자잖아."

"그래서? 우리가 뭘 할 수 있는데? 검성에게 가서 싸우자고 할까?"

"뭔가 사문에 도움이 될 일을 하자고 했지, 누가 죽으러 가자 그랬냐?"

"검성을 찾아가자 그랬지 누가 죽자 그랬어?"

"그게 죽으러 가잔 말과 뭐가 다른데!"

소왕무사 손을 내저었다.

"아, 관둬! 너 같은 병신하고 내가 무슨 일을 하겠다고."

"이 새끼가 미쳤나. 왜 가만히 있는 사람을 건드려?"

소왕무와 대팔이 투닥대는 모습을 보던 장건이 걸음을 멈추고는 몸을 돌렸다.

"나 먼저 갈게. 이따 숙소에서 보자."

소왕무와 대팔이 싸우다 말고 팔을 내렸다. 장건은 벌써 내원으로 돌아가고 있었다.

"건이가 또 굉목 대사님께 가나보다."

"그러게. 쩝······."

"대사님도 안 되셨지. 어쩌다가······."

"누가 아니래냐. 어휴······ 정말 우리 소림이 어떻게 될지 원······."

*   *   *

굉목은 내원 깊은 곳의 작은 승방(僧房)에서 요양하고 있었다.

암자의 마당에서 심한 부상을 입고 쓰러져 있던 것을 문원이 내원까지 옮겨왔다. 워낙 내상이 심해서 거의 이틀을 넘도록 깨어나지 못했다가 오늘 아침에야 정신을 차렸다.

"일어나셨어요?"

침상에 누워 천장을 바라보고 있던 굉목은 장건의 목소리에 고개를 돌렸다.

"약 드세요."

장건은 약이 담긴 사기그릇을 굉목의 앞에 들고 와 앉았다. 진한 탕약의 냄새 때문에 굉목은 잠시 눈을 찡그렸다.

"됐다."

"의원님이 일부러 처방해주신 거예요. 점심에도 안 드셨다면서요. 빨리 먹고 나으셔야죠."
"됐다니까."
"노사님, 고집피우지 말고 드세요. 아~ 하시면 제가 먹여드릴게요."
"귀찮으니 저리 비…… 큭!"
굉목은 가슴을 움켜쥐었다.
아프다.
참을 수 없이 가슴이 아려왔다.
내상 때문에 아픈 것이 아니라 마음이 아팠다.

- 내가 널 위해 어떻게 했는데! 내가 무슨 소리를 들으면서까지 널 위해 그렇게 했는데…… 그런데 네가 어떻게 내게 그럴 수 있어!

홍오가 절규하듯 내뱉은 말을 생각할 때마다 가슴이, 심장이 욱신거렸다.
한 번도 그렇게 생각해 본 적이 없었다. 자신이 피해자라고만 생각했지, 홍오 역시 힘들어 할 거라고는 생각한 적이 없었다.
홍오는 늘 쾌활했고, 심하게 말하면 철없이 까불거렸다. 그게 너무 미워서 사부에게도 자신이 당한 만큼의 아픔을 전해주고 싶었다.

그러나…… 그때 홍오의 외침은 몸서리가 쳐질 만큼 절박했고 애절했다.

지금도 홍오를 용서하고 싶은 마음은 없었다. 다만 수십 년을 아무렇지 않은 듯 지내다가 갑자기 폭발하여 감정을 드러낸 홍오가 가련했다.

굉목은 억지로 몸을 일으켰다. 그러나 다리가 후들거려 제대로 설 수도 없었다.

"노사님!"

"약은 거기 두고 날 부축하거라."

"아직 더 쉬셔야 돼요. 변소 가실 거면 요강이라도 가져다드릴게요."

"해우소 가려는 게 아니니, 두 번 말하게 하지 말고!"

"안 돼요. 약 안 드시면 못가요."

굉목이 인상을 잔뜩 썼다.

"다녀와서 먹으마."

장건은 한숨을 내쉬더니 걱정스러운 얼굴로 굉목을 부축했다.

"어디 가시게요?"

굉목이 검게 그늘이 드리워진 눈을 감았다가 떴다.

"사부에게…… 가자."

"노사님……."

장건은 안타까운 얼굴로 기를 쓰고 움직이려는 굉목의 얼굴을 올려다보았다.

홍오는 같은 전각의 반대편 승방에 있었다. 굉목과 달리 홍오는 당한 지 반나절도 되지 않아 깨어나긴 했다.

그러나 깨어 있다고 할 수도 없는 게, 잠시도 쉬지 않고 계속해서 헛소리를 해대는 것이었다. 눈은 뜨고 있는데 주위를 인식하지 못해 말려도 소용이 없었다.

초점이 사라진 눈으로 광인(狂人)처럼 울다가 웃다가, 혹은 소리를 지르고 노래를 하기도 했다.

굉목보다도 월등히 심한 부상을 입어 요양을 해도 부족한 마당이었다. 몸은 거의 움직이지 못하는데 목이 쉬도록 떠들어대며 진기를 소모하니, 홍오의 증상은 점점 더 심각해지고 있었다.

결국 혈을 짚고 침을 놓아, 하루 열두 시진을 계속해서 억지로 재우고 나서야 안정을 되찾기 시작한 참이었다.

홍오를 간병하던 무자배의 제자가 승방의 입구에 선 굉목과 장건을 보고 난처한 얼굴을 했다.

"원강 사백께서 반 시진 후에 수혈을 짚기 위해 오시기로 되어 있습니다. 극도로 신경이 예민하셔서 거의 점혈이 풀릴 때가 되면 작은 소리에도 깨어나십니다."

굉목이 무자배의 제자를 보고 말했다.

"내 사부다."

"하지만……."

무자배의 제자가 망설였다.

홍오가 굉목을 공격해 크게 다치게 했다는 것은 오전 중에 알려진 일이었다. 둘의 사이가 좋지 않다는 건 알고 있어도 심하게 다친 경우는 처음인지라 무자배의 제자도 선뜻 결정하기 어려운 모양이었다.

"잠시만 보고 갈 테니 비켜다오."

굉목은 말을 하다가 통증 때문인지 얼굴을 찡그렸다. 무자배의 제자는 어쩔 수 없다는 듯 반장을 하며 뒤로 물러섰다.

굉목과 장건이 조심스럽게 승방의 안으로 들어섰다.

홍오의 몸은 완전히 엉망이었다.

거의 전신을 면포로 감쌌는데 아직도 피가 곳곳에 배어 나오고 있었다. 심하게 갈라진 상처들에는 주먹만 한 크기의 고약을 붙여 놓아 흉물스러웠다.

해혈될 때가 되었는지 홍오가 잠결처럼 중얼거렸다.

"분하다…… 분해……."

완전히 쉬어버린 목소리로 홍오가 말을 내뱉는다.

"사부…… 정말 이러실 게요? 나…… 나 홍오…… 이렇게 무시당하고…… 소림이 무시당하고…… 보기 좋소? 보기 좋으냔 말이오……."

의식이 있는 게 아니라 잠든 상태임이 분명했다. 그런데도 홍오는 쓰러질 때와 같은 말만 반복한다.

굉목은 비틀거리다가 장건에게 의지해 바로 섰다. 그리고는 홍오를 가만히 내려다보기만 했다. 우물거리며 몇 마디를 한 홍오는 다시 잠에 빠져들었는지 잠잠해졌다.

검성 윤언강의 공명검은 지독했다.

마음만 먹는다면 숨을 끊는 것도 어렵지 않았을 텐데, 잔인하게 난도질을 해놓고도 딱 숨만 붙여 놓았다. 그것이 겨우 일검으로, 한 번의 손짓으로 벌인 일이었다.

장건의 어깨를 두른 굉목의 팔이 후들거렸다. 장건은 굉목을 잡아끌었다.

굉목의 상태도 결코 좋지 않은지라 쉬어야 한다.

홍오를 두고 굉목과 장건은 밖으로 나왔다.

"조금만…… 걷자. 답답하구나."

장건은 고개를 끄덕였다.

승방 옆 소로(小路)의 산책길에는 차가운 겨울바람이 눈송이와 더불어 불어왔다.

오래 걷지도 못하고, 한 스무 걸음을 가기도 전에 굉목의 몸에서 힘이 빠졌다. 장건은 급히 옆의 나무 그루터기에 굉목을 앉혔다.

굉목의 어깨와 머리에 쌓인 눈을 털어주며 장건이 말했다.

"바람이 차요. 들어가시는 게 낫겠어요."

굉목은 장건의 말에 대꾸하지 않고 물었다.

"너도 내가 잘못했다고 생각하느냐?"

"노사님이 잘못하신 게 뭐가 있어요."

"사부를 저버린 죄…… 소림의 제자로서 충실하지 않은

죄…… 스스로의 안위만 생각하며 안분지족(安分知足)한 죄…… 그것들이 다 내가 한 잘못이지."

"그렇지 않아요."

장건은 굉목을 달래고 싶었으나 딱히 좋은 말이 생각나지 않았다.

"음…… 그래도 노사님은 제게는 정말 잘해주셨잖아요."

"내가 네게 잘해줘?"

굉목은 핏기 없는 얼굴로 피식하고 웃었다.

"내가 널 얼마나 귀찮아했는지 아느냐? 그 어리고 똘망똘망한 것이 따박따박 말대꾸를 해대는데…… 마음 같아서야 바로 쫓아버리고 싶었다."

"치잇. 그래도 결국 안 쫓으셨으면서."

웃음기를 거둔 굉목이 진지하게…… 하지만 자조어린 목소리로 묻는다.

"다들 날 싫어하는데, 넌 왜 날 싫어하지 않느냐?"

"그거, 지난번에도 물으셨었잖아요."

"그래도."

장건은 입맛을 쩝 하고 다시더니 곰곰이 생각하고는 대답했다.

"믿을 사람이 노사님밖에 없어서 아니었을까요? 싫든 좋든 노사님과 있어야 했는데, 어쨌거나 노사님은 절 버리지 않으셨잖아요. 아, 원래 이런 성격이시구나…… 하고 생각하니까 구박은 들을지언정 무섭진 않더라고요. 제가 아무리 노사님께 잘못해도 절 버리지 않으실 거라는 걸 알게 되니까요."

"나를 믿었다고······."

굉목은 눈을 감았다.

자신도 홍오도 같은 입장이었다. 그러나 굉목은 홍오를 버렸고, 홍오도 굉목을 포기했다.

장건처럼 조금만 더 긍정적으로 생각하고, 조금만 더 서로간에 대화를 나누었다면 어땠을까. 조금만 더 양보하고 서로를 이해하려 했으면 얼마나 좋았을까.

그랬다면 이런 일은 벌어지지 않았을 텐데······ 지금 장건과 함께 있는 것처럼 홍오와도 사이좋게 지낼 수 있었을 텐데.

사조 문각조차 입적하였으니 정말로 홍오에게 남은 것은 자신뿐이었을 텐데······.

굉목은 점점 더 아파오는 가슴을 쥐어뜯으며 괴로워했다. 장건의 앞이 아니었다면 소리 내어 울고 싶기까지 했다.

그런 굉목을 보는 장건의 눈가에도 작게 눈물이 맺히기 시작했다.

쏴아아아.

하얀 눈이 세상을 뒤엎어 가는 외로운 밤. 겨울 바람이 나뭇잎을 흔들며 더 깊은 외로움을 적시고 있었다.

승방으로 돌아온 장건은 방에 불을 지펴 훈훈하게 만들고 식어버린 탕약도 다시 데워왔다. 약속대로 굉목은 순순히 탕약을 받아 마셨다.

 굉목을 자리에 눕히고 장건은 다시 침상 옆에 앉았다.

 누운 채로 몇 번 기침을 한 굉목이 아련한 눈길로 장건을 보았다.

 장건은 괜히 쑥스러워져서 시선을 회피했다.

 "왜 그러세요?"

 "이제 보니 너는 비록 합당한 절차를 밟은 것은 아니지만 내 제자나 다름없다는 생각이 들어서 말이다."

 "에이, 이제 아셨어요? 노사님은 저한테 무공도 가르쳐주시고 살아가는 방법도 가르쳐주신 왕사부님이에요."

 "이놈이? 큰일 날 소리를 하는구나. 내가 언제 네게 무공을 가르쳤느냐."

 다소 풀어진 굉목의 표정에 장건이 안심했다.

 "말로 알려줘야 가르치는 건가요? 보여주는 것도 다 가르치는 거죠. 제가 눈썰미가 좀 있어서 금방 배우잖아요."

 "난 보여준 적도 없다. 네가 몰래 훔쳐 본 거지. 나 같은 사람이 귀찮게 너한테 보여주려 무공을 했겠느냐?"

 "그래도 만날 제가 뭐 물어보면 설명은 다 해주셨으면서. 하여튼 노사님은 말과 행동이 영 다르시다니까요."

 굉목과 장건은 옛날 생각이 떠올라 절로 미소가 지어졌다. 그때로 다시 돌아갈 수 있다면 어떤 대가를 치러도 나쁘지 않을 것 같았다.

잠시의 침묵이 지나간 후, 굉목이 입을 열었다.
"그동안 참 잘 버텨주었다."
장건이 손사래를 쳤다.
"에에? 갑자기 어디 멀리 가실 사람처럼 왜 그런 말을 하세요?"
"네가 날 만나지 않았다면 너도 이만한 고생을 겪지 않았을 테니 하는 말이다."
"전 괜찮아요."
굉목이 지긋한 눈으로 장건을 보았다.
"이제 그만…… 돌아가거라."
"네?"
"집으로 가란 말이다. 가서 어머니가 해주시는 따뜻한 밥도 먹고, 다른 아이들처럼 혼인도 하고, 그렇게 살아야지. 어린놈이 발랑 까져서 벌써 여자는 줄을 섰으니 걱정 없겠다만."
"까지긴 누가 까져요. 칫, 하지만…… 전 아직 1년도 넘게 더 있어야 하는데요."
"내 방장 사형에게 말해둘 테니 돌아가거라."
"갑자기 왜 그러세요, 진짜?"
장건이 눈을 동그랗게 뜨고 되물었다. 굉목은 장난기도 없이 진지하게 말했다.
"지금이 아니면 돌아가기가 어려울지 모른다."
"왜요? 검성 할아버지 때문에요?"

네가 그것을 다 아느냐는 듯, 굉목이 장건을 쳐다보았다.

장건이 고개를 끄덕였다.

"저도 이제 다 알아요. 그동안 일어났던 일들도 그렇고…… 다 왜 그랬는지."

장건이 다시 물었다.

"홍오 대사님이 그렇게 못된 분인가요? 수십 년도 넘게 원한을 살 만큼요?"

"그것이 핑계일지…… 아니면 진짜 이유인지는 나도 모르겠다. 하지만 본래 사유(事由)라는 것은 한 가지로만 존재하는 게 아니다. 어떤 사람에게 돈 한 푼이 목숨보다도 더 중한 것일 수도 있고, 또 어떤 사람에게는 체면이 목숨보다 우선시될 수도 있다. 목적은 같아도 이유는 모두 다른 법이지."

굉목의 말을 듣고 장건이 묵묵히 고개를 끄덕였다.

"공명검은…… 지난 칠백 년간 아무도 복원하지 못한 전설의 무공이었다. 그것을 복원하는 데에 얼마나 많은 노력이 필요했겠느냐. 만일 그 원동력이 사부에 대한 원한이나 소림에 대한 욕심 때문이었다면, 얼마나 지독한 것이겠느냐."

굉목이 숨을 고른 후 계속해서 말했다.

"너는 본의 아니게 사조의 무공을 이었고, 내 사부와도 관계가 되어 있다. 그런 지독한 한을 품었는데 기회를 맞게 되었으니, 검성은 모질게 마음을 먹을 게다. 소림에 계속 있다간 너도 벗어나기 힘들게 될 거야."

집으로 가라고 재촉한 것이 결국 장건을 위해서 한 말이었다. 장건은 콧잔등이 시큰해졌다.

"저는 소림의 제자예요. 가더라도 십 년은 꼭 채우고 갈 거예요."

"바보 같은 소리 하지 마라. 너는 소림의 제자가 되기 위해 온 것도 아니고, 정식으로 스승을 섬긴 적도 없다. 그런데 네가 왜 소림의 제자란 말이냐?"

"소림의 무공을 배웠잖아요."

굉목이 가뜩이나 찌푸린 얼굴을 더 찡그렸다.

"네가 배운 것이 어디 소림의 무공뿐이더냐? 그렇게 따지자면 넌 사천당가의 제자이기도 하고, 공동파의 제자이며, 또 무당의 제자이기도 하다."

생각해보던 장건이 머쓱하게 웃었다.

"어? 그건 그러네요?"

"검성뿐 아니라 모두가 너와 내 사부의 관계를 의심하고 있다. 자칫 헤어 나올 수 없는 수렁에 빠지기 전에 빨리 집으로 돌아가거라."

"안 돼요."

"허어! 이제 너는 네 한 몸은 물론이고 가족을 지킬 힘도 생겼는데 뭐가 걱정이냐. 귀찮게 하는 놈들은 있을지언정 너와 네 가족을 해할 수 있는 놈들은 없어."

"그래도 안 돼요."

"왜!"

굉목이 빽 소리를 질렀다.

장건이 몸을 부르르 떨었다.

"돈이…… 돈이 막 나간대요. 팔자가 드세서 돈이 술술 빠져나간대요."

"이놈아! 그깟 돈이 목숨보다 중하다더냐! 너는 네 집안의 독자라며!"

참다못한 굉목이 소리를 치다가 기침을 했다. 기침에 피가 섞여 나왔다.

장건이 얼른 피를 닦아주며 말했다.

"노사님이 말씀하셨잖아요. 사람마다 목숨보다 중한 것이 다 다르다구요."

"네 녀석은 돈이 목숨보다 좋더냐?"

"아뇨! 당연히 그럴 리 없죠. 돈이고 뭐고 제가 죽으면 끝인데요!"

굉목의 얼굴이 일그러졌다.

"그럼 뭐가 문제냐. 거지꼴이 되어 이승을 굴러도 죽는 것보다는 낫다는데."

"그래도…… 이대로 돌아가기는 너무 미안해요. 소왕무도 있고 대팔도 그런데 저만……."

"걱정마라. 내가 다 돌려보내라 할 테니까."

"그게 아니에요."

"뭐가 아니라고?"

장건이 주저하다가 말했다.

"지난번에 병가…… 해번소에서요. 걔들은 자기들이 소림의 제자라고, 소림을 위해서는 목숨을 걸고 싸울 수 있다 했거든요. 저는 걔들보다 더 오래 여기에 몸을 의탁하고 있었는데…… 조금도 그런 생각을 하지 못했어요. 그게 부끄러워요."

"바보짓이다. 그런 건 고지식한 놈들이나 할 법한 생각이지."

굉목이 혀를 찼다.

"속가 제자는 그런 데에 굳이 얽매일 필요가 없다. 애초에 세속에서의 삶을 다 버릴 수 없는 처지라 속가가 된 것인데, 왜 사문의 일 때문에 세속의 삶을 포기한단 말이냐. 그럴 거라면 처음부터 삭발하고 중이 되었어야 옳지."

장건이 입을 삐죽 내밀었다.

"그래도 싫어요."

"이놈이?"

굉목이 핏대를 세우며 왈칵 성을 냈다.

"검성은 화산을 천하제일 문파로 만들고 싶어 한다. 물론 당장에는 그렇게 될 수도 있겠지. 하나 검성의 사후에도 계속 그러리란 법이 있느냐? 이후에도 공명검을 얻어 화산에서 천하제일인이 나오란 법 있겠느냐!"

장건은 대답을 못하고 뒷머리만 긁적였다. 굉목이 칼칼해진 목소리로 장건을 다그쳤다.

 "너는 절세의 무공이라 일컬어지던 사조의 진전을 얻은 본산의 유일무이한 제자다. 그런 눈엣가시인 너를 검성이 가만둘 것 같으냐고!"

 기운이 있으면 때릴 것 같은 기세였다.

 장건은 뚱한 표정을 지으며 대꾸했다.

 "그렇다면 오히려 전 더더욱 여기에 남아 있어야 하는 거 아닌가요?"

 "네가 왜 남아! 넌 그냥 집으로 돌아가서 남들처럼 행복하게 살아야지. 이런 복잡한 강호의 일에 끼어들어서 쓸데없이 네 놈 부모의 눈에 피눈물이 나게 하지 말란 말이다."

 굉목은 소림보다도 오히려 장건을 더 생각해주고 있었다. 겉으로 표현과 달리 따뜻하고 깊은 정이 있는 굉목이다.

 장건은 가슴이 찡해졌다.

 "안 돼요."

 "허어, 이놈이 나를 열 받아 죽게 만들려고 하는구나. 내 말이 그리 우습게 들리느냐?"

 "안 된다니까요!"

 "이 망할 놈. 꺼져라. 내 눈 앞에서 당장 사라져!"

 장건이 울음 섞인 목소리로 마주 외쳤다.

 "팔자 같은 거 아무래도 좋아요! 하지만…… 노사님을 두고 그냥 갈 수는 없어요. 노사님도 그러셨잖아요!"

굉목은 충격을 받고 입을 다물었다.

장건이 촉촉해진 눈으로 말했다.

"제가 당가로 가야 하는 처지에 놓였을 때 노사님도 그러셨잖아요. 저 때문에 독선 할아버지를 찾아가셨잖아요. 절 끝까지 버리지 않으셨잖아요. 그런데 제가 어떻게 이제 와서 노사님을 버리고 소림의 제자가 아닌 척 도망갈 수 있겠어요."

굉목이 길게 숨을 내뱉으며 눈을 감고 고개를 돌렸다.

"바보 같은 놈. 머저리 같은 놈. 내 사부 꼴이 나고 싶어 환장한 놈."

그렇게 말을 내뱉는 굉목의 말소리도 떨리고 있었다.

한동안 정적이 흐르고, 조금은 진정된 장건이 입을 열었다.

"노사님은 아니라고 하시지만, 제게 참 잘해주셨어요. 그리고 홍오 대사님도 다른 사람들에겐 몰라도 제게는 좋은 분이에요. 방장 대사님도…… 원호 사백님도…… 소왕무와 대팔이도…… 불목하니 할아버지도. 모두 하나같이 소중한 사람들이에요."

장건이 크게 심호흡을 했다.

"그래서 전 제가 할 수 있는 한 그분들을 돕고 싶어요. 끝까지 함께한다고는 약속할 수 없지만, 어려운 때에 외면하면서까지 도망치고 싶지 않아요."

굉목은 등을 돌린 채 퉁명스럽게 쏘아붙였다.

"모자란 놈. 네가 그런다고 누가 알아줄 것 같아? 소림이 무슨 멸문 직전이기라도 하다든? 에에잉! 보기도 싫구나. 죽든 말든 내 알 바 아니니 빨리 가버려라."

"안 간다니까요?"

"그럼 여기 밤새 있을 작정이냐!"

"아?"

장건이 볼을 뿌루퉁하게 내밀며 대답했다.

"그럼 내일 다시 올게요."

"오든지 말든지."

퉁명한 말투지만 장건은 굉목의 정이 느껴져 따뜻하게만 들렸다.

"안녕히 주무세요. 탕약도 거르지 마시구요. 저 없다고 어린애처럼 안 드시면 안 돼요."

굉목은 대답하지 않았다.

장건은 합장을 하며 꾸벅 고개를 숙이고는 조용히 승방을 나섰다.

문을 닫고 나서야 긴장된 마음이 풀어져 절로 한숨이 나왔다.

장건은 눈을 감고 가슴을 쓸었다.

"휴우."

그런데 그때.

"안에…… 굉목이라는 법명을 쓰시는 스님이 계신가요?"

생각지도 않은 여자애의 목소리에 장건이 깜짝 놀라 주춤거렸다.

동글동글하고 귀여운 얼굴의 여자아이가 앞에 서 있었다. 예쁘다기보다는 서글서글해 보여 편한 인상이었다.

장건이 여자아이를 보고 물었다.

"그렇긴 한데, 누구세요? 여긴 외부 사람이 함부로 들어올 수 있는 데가 아닌데요?"

여자아이가 합장하듯 양손을 모으더니 장난스럽게 비는 모습으로 말했다.

"태사부님하고 같이 왔어요. 가만히 있으라고 하셨는데 마음이 급해서 그만 여기저기 물어보면서 찾아왔지 뭐예요. 죄송해요~ 너무 밤이 늦었죠?"

"아니, 늦은 것도 그렇지만……."

"굉목 스님이 아프다고 하시던데, 혹시 주무시나요? 그럼 지금은 들어가 볼 수 없겠죠?"

"그것도 그렇지만……."

"아까부터 밖에 있긴 했는데 언성이 높아져서 분위기가 좀 그렇더라구요. 그래서 들어갈 수가 없어서 내내 기다리고 있었어요. 하아, 또 내일까지 기다려야 하나."

여자아이가 말이 너무 많아 장건은 끼어들 수도 없었다. 또다시 여자아이가 말을 하려는 걸 장건이 겨우 말렸다.

"그러니까, 누구시냐구요."

"아, 저요? 저는 아미파에서 태사부님하고 같이 온 연홍이라고 해요. 그러는 댁은 누구세요? 외부인은 못 들어온다면서 스님도 아닌 것 같고."

어쩐지 입장이 뒤바뀐 것 같았지만, 장건도 대답했다.

"저는 소림의 속가 제자인 장건이라고 하는데요."

연홍이 귀여운 눈을 동그랗게 떴다.

"아앗! 그래요? 댁이 그 유명한 소림소마(少林少魔) 장건이란 말예요?"

"네?"

"우와아아. 내가 정말 소림소마를 직접 보게 되다니!"

장건은 황당해했다. 멀쩡하게 사람을 앞에 두고 마귀라니? 게다가 왜 이렇게 좋아하는 걸까?

"누가 소마라는 거예요?"

"댁이."

"아니, 저는 그런 소리 처음 듣는데요?"

"난 그것 말고도 되게 많이 들었는데. 문각 선승께서 남긴 진전을 이었는데, 뭔가 다르다면서요. 한 번만 때리면 사람들이 다 나가떨어진다면서요?"

쉬지도 않고 말을 하는 연홍이 신기할 지경이었다. 장건이 손을 내저었다.

"어떻게 왔는지 모르겠지만 일단 나가세요. 노사님은 지금 푹 쉬셔야 되거든요."

"그럴까요? 후아, 오늘은 볼 수 있을 줄 알았는데, 내가 너무 급해 있었나? 태사부님도 참, 그러게 내가 빨리 가자고 했을 때 서둘렀으면 이런 일도 없었을걸. 저번에도 느긋하게 그러시다가 무슨 일이 있었냐면요……."

장건은 거의 질린 얼굴이 되었다.

'무슨 수다를……!'

필요한 용건도 아니고, 몰라도 전혀 상관없는 말을 자연스럽게 내뱉는 연홍을 보며 장건은 당황하고 있었다.

지금까지 소림에 와서 이런 종류의 사람을 만난 것은 처음이었다.

제5장

연화사태와 연홍

 장건은 연홍과 전각을 나왔다. 나와서 달리 갈 곳도 없어 전각 앞 계단에 쪼그리고 앉았다. 처마가 가려주고 있어 눈은 맞지 않는 곳이었다.
 먼저 연홍에게 말을 붙이는 것도 겁이 나는 장건이었다.
 아니나 다를까, 연홍이 먼저 말을 걸었다.
 "묻고 싶은 것도 많았는데 만나서 반가워요. 정말 세상에 이런 우연이 있을까요? 강호에서 가장 유명한 사람을 내가 직접 보게 되다니요."
 장건이 떨떠름해 하며 조용히 하라는 듯 손을 내저었다.
 "여긴 사찰이고, 또 환자들이 계시는 데다 밤이니까 말을 낮춰주세요."

"이크, 제가 너무 생각 없이 말을 많이 했나봐요. 태사부님께 매일 지적을 당하면서도 이 버릇이 참 안 고쳐진다니까요. 그래서 지난번에는……."

장건이 입을 떡 벌렸다. 그 얼굴을 보고 연홍이 배시시 웃는다.

"알았어요, 알았어."

"일단 여기 계시면 안 되니까 제가 내원 밖에까지 데려다 드릴게요."

"에? 태사부님이 여기 꼼짝 말고 있으라 하셨는데요."

"거기가 어디였는데요? 태사부님께서 말씀하신 거기가 여기는 아닌 것 같은데요?"

"눈치가 빠르시네요. 사실 여기가 아니고 저기 옆의 승방이었어요. 그런데 스님께 여쭤보니까 굉목 스님이 여기에 계시다고 해서 왔거든요."

장건이 연홍에게 물었다.

"태사부님하고 같이 오셨다고 했는데, 태사부님은 누굴 찾아 오셨어요?"

"방장 대사님요."

"방장 대사님은 지금 아프세요."

"아무튼 방장실 쪽에 무슨 전각이 있댔는데, 그쪽으로 가신댔어요."

"그럼 여기서 기다려야겠네요. 밤에는 내원에 무슨 진이 펼쳐져서 혼자는 못 다녀요."

"저도 알아요. 미륵정인팔대호원진(彌勒定印八大護院陣)이잖아요."

정작 장건도 모르는 이름을 연홍이 알고 있었다. 장건은 조금 부끄러워졌다.

연홍이 물었다.

"뭐 하나 물어봐도 돼요?"

괜히 자존심이 상한 장건이 퉁명스럽게 답했다.

"지금 묻고 있으면서."

"킥킥. 정말 그러네. 그런데 왜 반말해?"

"……."

"그래, 그럼 나이도 비슷해 보이는데, 말 놓자. 나중에 누가 더 나이 많냐고 따지거나 무르기 없다? 자아, 약속."

장건은 어이가 없어서 연홍을 쳐다보았다. 연홍은 개의치않고 싱글거리며 물었다.

"정말로 일부러 들으려고 했던 건 아닌데, 혹시 아까 공명검에 대해서 얘기하지 않았어? 밖에서 가만히 서 있는데 너무 주변이 조용해서 방 안의 소리가 다 들리더라구."

장건이 포기하고 대답했다.

"얘기했어. 왜?"

연홍이 눈을 반짝였다.

"있잖아. 너는 공명검과 문각 선승의 백보신권 중에 어느

게 더 강한 것 같니?"

장건이 약간 화가 난 투로 말했다.

"뭐가 그렇게 즐거운지 모르겠지만, 싸우는 건 장난이 아니거든?"

"아, 미안. 무공 얘기만 나오면 너무 좋아서 나도 모르게 자꾸 그래. 미안해, 용서해줘."

미안하다고 하는 데다 뭐라고 더 말하기도 민망해서 장건은 입을 다물었다.

연홍이 다시 말했다.

"하지만 정말 대단한 일 아니니? 한 시대를 평정했던 절세의 무공 둘이 동시에 나타난 거야. 물론 세대는 다르지만. 그래서 널 만나면 묻고 싶더라. 문각 선승께서 남기신 백보신권은 얼마나 강한지."

장건은 건성으로 대답했다.

"나도 몰라."

"그렇지? 정말 어떤 무공이 강한지는 붙어봐야 아는 거겠지? 아니, 싸웠으면 해서 하는 말이 아니고 순수하게 궁금해서 물어보는 거야."

가뜩이나 소림의 분위기가 엉망인데 그런 얘기를 하니 기분이 나빠져야 정상이었다. 그런데 장건은 왠지 모르게 연홍의 이야기에 조금씩 동조되어가는 자신을 발견했다.

"나는 공명검이라는 것도 처음 들었어. 솔직히 어떤 무공인지 잘 몰라."

"그래? 어떻게 그런 것도 모르지? 하긴 오래된 무공이니 그럴 수도 있긴 하겠지만."

연홍이 고개를 좌우로 까딱이며 말했다.

"지금까지 강호의 역사상 최고로 꼽히는 절세 무공은 몇 되지 않아. 절세의 무공이라 불리기 위해서는 조건이 까다롭거든."

"조건?"

"응. 우선 당대에 그 무공을 꺾은 사람이 없어야 해. 천하제일인은 아니라도 싸워서 진 적이 없어야 하지. 그리고 진전을 잇기가 어려워야 한다는 조건도 필요해."

"앞에는 이해가 가는데 뒤엔 잘 모르겠어. 왜 진전을 잇기가 어려워야 돼?"

"생각해봐. 절세 무공이라는 건 그만큼 배우기가 어렵다는 거야. 하늘이 낸 사람만이 배울 수 있는 거지. 예를 들어 소림에서 많이 쓰는 나한권으로 천하제일이 된 스님이 있다고 해. 그러면 그 스님을 고수라고 말하지, 나한권을 절세의 무공이라고 하지는 않잖아?"

"하지만……."

"네가 무슨 말을 하려는지 알겠는데, 그건 분명히 틀린 생각이야. 첫째, 문각 선승께서 사용하신 백보신권은 일반적인 백보신권이 아니야. 새로운 무공을 창안하셨다는 게 맞는 말일걸? 둘째, 네가 진전을 잇긴 했지만, 이미 두 세대를 뛰어넘은 후야. 당대 최고의 기재로 알려졌던 홍오 스님은 물론이고 그분의 제자이신 굉목 스님도, 그리고 소림에서 누구도 그 무공을 잇지 못했잖아?"

연홍이 손을 맞잡고 눈을 빛냈다.

"아! 정말 내가 수백 년에 한 번 나올까 말까 한 절세 무공의 전인을 만나게 될 줄은 생각도 못했어. 너무너무 심장이 뛰어서 가슴이 벅찰 지경이야."

장건은 괜히 쑥스러워졌다.

"관둬. 난 그렇게 대단한 사람이 아냐."

"아냐, 넌 대단해. 사람들마나 다르긴 하지만 내가 다섯 손가락에 꼽는 무공 중 하나의 전인이니까."

"공명검도…… 그중 하나야?"

"당연하지."

"그렇구나."

장건은 이제껏 몰랐던 사실들을 들으며 고개를 끄덕였다.

무림의 역사는 깊고도 깊다.

그리고 검왕의, 아니, 검성의 공명검이 정말 엄청난 무공이라는 것도 알게 되었다.

하지만 문각의 백보신권도 그에 뒤지지 않는다는 말에 왠지 가슴이 뿌듯하다.

'이것이 사문에 속한 기분일까?'

아직도 자기가 대단한 사람이라고는 생각지 않는 장건이었지만 가슴이 두근거렸다.
 하지만 아직도 쉬지 않고 쏟아지는 연홍의 수다를 들으며 장건은 이내 고개를 휘휘 저었다.
 "아니 아니, 잠깐만. 그런데 너, 내가 아니라 굉목 노사님을 만나러 왔다고 하지 않았어?"
 "아? 그랬지."
 "굉목 노사님은 왜?"
 "어어어, 그러니까……."
 연홍은 살짝 당황해하더니 장건을 빤히 보다가 되물었다.
 "그런데 너, 굉목 스님하고 친하니?"
 "노사님도 그렇게 생각하시는지는 모르겠지만, 난 친하다고 생각해. 오랫동안 같이 살았거든."
 "그렇구나……."
 고개를 끄덕이며 어쩐지 슬픈 듯한 표정을 비추던 연홍이 갑자기 쾌활하게 웃으면서 물었다.
 "굉목 스님은 어떤 사람이야?"
 "잠깐만. 그 전에 내가 물은 말에 먼저 대답해줘야 하는 거 아냐?"
 "아잉! 네가 먼저 알려줘! 나는 그 다음에 말해줄게."
 "어째서?"
 "나는 여자니까. 속 넓은 남자가 원래 그 정도는 양보하는 거야."

생글생글 웃으면서 애교를 피우는 연홍이 장건은 그리 밉다는 생각이 들지 않았다. 웃는 얼굴에 침 못 뱉는다는 말이 가장 잘 어울리는 순간이었다.

"휴우, 알았어. 근데 별로 듣기 좋은 얘기는 아닐 거야."
"그래도 좋아!"

연홍은 왠지 모를 기대감이 잔뜩 어린 눈으로 장건을 바라보고 있었다.

장건은 입맛을 쩝 다시면서 굉목과 살았던 옛 추억을 하나둘 떠올리기 시작했다.

그렇게 연홍과 얘기를 하는 사이, 장건은 잠시나마 복잡한 소림의 일을 잊을 수 있었다.

정말 밝은 소녀였다.

* * *

검성 윤언강과의 과거 문제는 소림에 극도로 심각한 우려를 가져왔다.

특히나 방장인 굉운이 병상에 누울 정도의 부상을 입어 제대로 회의에 참가하지 못하고 있는 탓에 그 우려는 더욱 컸다.

백의전주인 굉충이 임시로 회의를 주재하고는 있었으나, 굉운의 빈자리는 크기만 했다.

한 번의 실수가 소림을 구렁텅이로 몰아넣을 수 있었다. 한순간의 판단 착오가 끔찍한 상황을 야기할 수 있었다.

때문에 소림 수뇌부의 회의는 밤이 늦도록 진행되고 있었다.

벌써 며칠째 회의를 거듭한 탓에 굉충은 피로한 얼굴이 되었다. 굉충은 잠시 일어서서 창밖으로 펑펑 쏟아지는 눈을 보며 말했다.

"지금까지의 의견을 토대로 보건대, 아무래도 검성은 본사에 장경각의 출입을 요구할 가능성이 가장 크네. 문제는 본사에서 그것을 거절할 구실이 없다는 것이지."

잠시 숨을 고른 굉충이 말을 이었다.

"아침에 검성이 사람을 보내 당시의 증인이 본사로 오고 있다 전해왔네. 결국 검성의 말이 사실일 가능성이 크다는 얘기지."

천불전주 원당이 의견을 냈다.

"검성의 말이 사실인지 아닌지는 홍오 사백조께서 깨어나셔야 확실히 알 수 있지 않겠습니까. 아닌 말로, 홍오 사백조께서 최근 정신이 약간 좋지 않으셨는데 가짜 증인을 내세워 거짓말을 할지 알 게 뭡니까?"

굉충이 고개를 저었다.

"그럴 수 없는 증인일세. 아마도 현 강호에서 가장 신뢰할 수 있는 인물 중의 한 명이 될 거라고 했네."

"도대체 그 증인이 누굽니까?"

그때 회의실의 밖에서 소리가 들려왔다.

"나일세."
자리에 앉아있던 승려들이 모두 일어섰다.
뒤이어 원호가 증인을 대동하고 회의실로 들어왔다.
"모시고 왔습니다."
원호의 뒤에는 작은 체구의 비구니가 함께하고 있었다. 어디서나 볼 수 있는 흔한 노여승이었다.
그러나 이 중 그 여승을 모르는 이는 아무도 없었다. 강호를 위진하는 열 명의 거인 중 한 명인 까닭이었다.
"연화사태께서 증인이셨단 말입니까?"
우내십존의 일인인 아미파의 연화사태!
그가 소림을 방문한 것이다.
연화사태가 주름살 가득한 얼굴로 혀를 찼다.
"쯧쯧. 어른이 왔으면 인사를 하고 자리부터 권해야지. 소림이 급하긴 급한가 보이. 내 그렇잖아도 개 한 마리 때려잡느라 힘이 들어서 천천히 오려 하다가 소림에 급한 일이 있다 하여 걸음을 재촉했지. 그런데도 아무도 반겨주는 이가 없네그려."
굉충이 황급히 반장하며 연화사태를 맞이했다.
"아미타불. 그럴 리가 있겠습니까. 어서 오십시오."
"뭐, 인사치레는 됐네."
인사를 하랬다가 정작 인사를 하니 됐다는 연화사태의 변덕에 소림승들은 기가 막혔지만, 내색은 하지 않았다.
연화사태는 내준 자리에 앉으며 말했다.

"궁금한 게 많을 테니 바로 본론으로 들어가지. 결론적으로 당시의 증인은 내가 맞네. 둘의 약속을 내가 보증했지. 설마 자격이 모자라다고는 하지 않을 테지?"

보현전주 굉읍이 말을 더듬거리며 물었다.

"그럼…… 저, 정말로 검성의 말이 사실이었습니까?"

"맞아. 언강이가 홍오를 누르면 홍오는 한 가지의 요구를 들어주기로 했네."

소림의 승려들은 숙연해졌다.

이젠 정말로 물러서기 어렵게 되었다.

굉충이 일어선 채 다시 반장했다.

"본사의 일 때문에 굳이 어렵게 여기까지 걸음 해 주시어 감사드립니다."

연화사태는 인상을 쓰며 입을 삐죽거렸다.

"나 때문에 소림이 당장 뒤집어진 판에 감사는 무슨. 그런 말도 안 되는 입바른 소리는 할 필요도 없어. 나도 그런 걸 좋아하는 사람은 아니고. 또 사실 나도 그것 때문에 여기 온 게 아닐세. 다른 일로 소림에 오다가 언강이의 연락을 받은 거지."

"본사에 일이 있으셨다니요?"

연화사태가 손을 내저었다.

"가뜩이나 정신들이 없을 테니 그냥 내가 알아서 하겠네. 별로 중요한 일도 아니니 자네들은 신경 끄게나."

말을 마친 연화사태는 자리에서 일어서서 휑하니 나가버렸다. 제 말만 딱 하고 나간 것이다. 뭐 저런 사람이 다 있나 싶을 지경이었다.

길을 안내해주기 위해 나한승 한 명이 사백들의 눈치를 보다가 연화사태를 따라 나갔다.

남은 소림승들의 표정이 좋지 않다. 연화사태의 성정이 홍오 못지않다더니, 그 말이 사실인 듯했다.

"남의 집에 볼일이 있어 왔다면서 정작 신경 쓰지 말라는 건 무슨 태도인지 모르겠군요."

문수각주 원전의 말에 원호가 땅이 꺼져라 한숨을 내쉬었다.

"그게 그렇게 간단하지가 않다."

"사형, 그게 무슨 말씀이십니까?"

"연화사태께서 말을 않으시는 이유는 우리를 생각해서라는 말일세."

"예?"

말도 안 된다는 듯 원전이 원호를 쳐다보았다.

굉충이 원호에게 말했다.

"대체 무슨 일인가? 우리를 생각해서 말하지 않는 것이라니?"

원호가 고개를 숙였다.

"죄송합니다. 저는 이미 모시고 오는 도중에 들었으나 말씀을 드리기가 어렵습니다."

"무슨 일이기에 말하지 말라는 것이야?"

원호가 고민스러운 얼굴로 고개를 들었다.

"연화사태께서는 제가 말을 할 것인지 아닌지를 충분히 장고하고 결정한 후에 말하라 하셨습니다. 지금 소림이 초상집 분위기인데 이런 일로 더 어지럽히고 싶지 않다 하셨습니다."

승려들이 웅성거렸다.

"무슨 일인지 말을 해 보게!"

"죄송합니다. 이 일은 절대 밖으로 흘려져서는 안 됩니다. 검성의 사태에 이 일까지 겹쳐지면 본사는 돌이킬 수 없는 길을 가게 됩니다."

"허어! 원호 사질!"

"제가 때가 되었다 싶으면 그때 말씀드리겠습니다. 그때까지는 모두 참아주십시오."

소림의 승려들은 갑갑해졌다. 가뜩이나 검성의 일로 어지러운 심기가 더 불편해졌다.

그러나 원호는 확고했다.

"연화사태께서는 본래 검성의 일에 동참할 생각이 없다 하셨습니다. 하나 이미 소림으로 오던 중이라 어쩔 수 없었다 하시더군요."

"흐음…… 자네는 그 말을 믿는가? 처음부터 검성과 한패는 아니었다 보는가?"

"제가 안 사실에 의하면 절대 그럴 리가 없습니다. 연화사태는 진심으로 소림을 걱정해주고 계십니다."

그러나 말을 하는 원호의 얼굴 표정은 걱정이 많은 소림의 승려들 중 누구보다도 어두웠다.

 * * *

"헤에에? 정말 굉목 스님이 그러셨단 말야?"
"응."
장건은 굉목의 강퍅한 인상을 흉내 내며 말했다.
"일도 안 하고 잠만 자는 놈은 식충이다! 농땡이나 피울 거면 썩 나가라!"
연홍은 '윽!' 하고 질린다는 표정을 지었다.
"나는 늦잠도 되게 많이 자고 가끔 농땡이도 피우는데…… 나 같은 애는 엄청 싫어하시겠다. 굉목 스님은 되게 깐깐하시구나."
"근데 겉으로만 그러셔."
"정말?"
연홍이 믿지 못하겠다는 투로 곁눈질을 했다.
"내가 언제인가 밤새도록 운기행공을 한 적이 있었는데, 노사님이 그 곁을 계속 지켜주고 계신 적도 있었어. 뭐, 겉으로는 '나 방금 일어난 거다. 끼니가 늦었으니 밥이나 해 와라.'라고 하셨지만."
"그렇구나. 그런 분이시구나. 속정이 은근히 깊으신가봐."
"그런데 노사님은 자긴 절대 안 그런다고 하시니까 그게 더

재밌어. 그런 말 하면 얼굴도 빨개지셔."

"킥킥. 너무 귀여우시다."

장건은 자신이 얘기에 이런저런 반응을 보이는 연홍이 신기했다. 한 번 대화가 오갈 때마다 나오는 다양한 반응이 신기하기만 했다.

그래서인지 연홍과의 대화는 시간이 가는 줄 모르게 재미있었다.

장건은 문득 생각이 나, 굉목이 준 사향주머니를 꺼내 보였다.

"이건 뭔지 알아?"

"어?"

연홍의 눈이 동그래졌다.

장건이 조심스럽게 사향주머니를 쥐고 말했다.

"이건 노사님께 굉장히 소중한 거래. 그런데 내가 노사님과 헤어지는 게 무섭다니까 나중에 꼭 돌려줘야 한다고 빌려주시기도 했어."

장건에게는 굉목의 마음을 느낄 수 있는 소중한 물건이었다. 정말 부적인지는 알 수 없지만 장건에게는 부적이나 다름없었다.

그런데 갑자기 연홍이 소리를 질렀다.

"그렇지 않아!"

장건은 돌연 화를 내는 연홍을 보며 물었다.

"왜 그래?"

연홍이 씩씩대며 말했다.

"정말로 소중한 물건이라면 남에게 함부로 줘서는 안 되는 거야! 그런 게 소중한 물건일 리 없어!"

장건도 울컥했다.

"난 노사님하고 8년이나 같이 살았어. 그런데 네가 뭘 안다고 그러는 거야? 이건 정말 소중한 걸 거라고, 우리 아빠도 그렇게 말씀하셨단 말야."

"아, 아빠?"

연홍은 그 말에 더 화가 난 듯 보였다. 눈가가 순식간에 붉어졌다.

"아아, 그러세요? 그렇게 소중한 물건을 이 사람 저 사람 가릴 것 없이 남에게 다 보여주고 그러셨다는 거죠? 그게 소중하다는 뜻인 거죠?"

"우리 아빠는 남이 아니잖아! 너 정말 왜 그러는지 모르겠다?"

연홍은 말도 안하고 장건을 노려보았다. 얼굴이 새빨개져서는 꼭 눈물을 터뜨릴 것 같았다.

장건은 당황했지만 자기도 기분이 좋지 않았다. 자신이 굉목에게 소중하니까 그런 귀한 물건을 부적이라 빌려준 것일 터였다.

그만큼 자신을 생각하는 굉목이 좋을 뿐인데, 오늘 처음 본 이 여자애는 자신과 굉목의 사이를 완전히 부정하는 이상한

트집을 잡고 있는 것이다.

그러니 장건도 연홍을 달래주거나 하고 싶은 생각이 전혀 들지 않았다.

둘이 말없이 노려보고 있는데 멀리서 누군가가 걸어오며 늙수그레한 목소리로 말했다.

"쯧쯧쯧. 아주 그냥 절에서 눈이 맞았구만. 아예 신방이라도 차려주리? 누가 하 씨 아니랄까봐, 제 에미를 꼭 닮았다니까."

연화사태의 목소리였다. 연홍이 고개를 휙 돌리더니 그쪽으로 마구 뛰어갔다. 소복이 쌓인 눈 위에 연홍의 발자국이 생겨났다.

"태사부님!"

연화사태의 품 안에 안긴 연홍이 마구 울었다.

"으아아앙! 태사부님!"

"으익! 다 큰 년이 왜 절에서 울고 지랄이냐? 가뜩이나 남자밖에 없는 절에서 수행하는 스님들 마음 심란하게시리. 당장 뚝 그쳐라."

"으아아앙…… 우리 돌아가요. 저 여기 한시도 더 있고 싶지 않아요!"

연화사태가 연홍의 등을 토닥이며 장건을 쳐다보았다.

"이놈아, 왜 여자를 울려? 자고로 여자 울리는 남자치고 제대로 된 놈 없다는 거 아느냐?"

장건은 어이가 없어 입을 멍하니 벌렸다.

"제가 울린 거 아닌데요?"

"그럼 얘가 미친년이냐? 혼자 울게."

연화사태의 길안내를 한 나한승이 반장하며 말했다.

"건 사제는 그럴 사람이 아닙니다. 뭔가 오해가 있으신 것 같습니다."

연화사태의 주름진 얼굴에 묘한 표정이 떠올랐다.

"오호라? 저놈이 그 꼬마 마귀야? 어쩐지 볼 때부터 희한하다 싶더니만."

나한승의 이마에 땀이 삐질거렸다.

"마, 마귀라니요. 아무리 그래도 절에서 그런 말씀은 좀……."

"소림만 모르는구만. 정작 강호에는 소문이 자자한데."

연화사태가 고개를 끄덕이더니 장건을 보고 손짓했다.

"이리 와보거라. 얼굴 좀 자세히 보자."

장건은 왠지 이상한 두 사람에게 더 시달리고 싶지 않았다.

"싫은데요. 전 이만 돌아가야겠어요."

"어쭈?"

연화사태가 고소를 지었다. 연홍이 옆에서 연화사태의 소매를 잡아끌었다.

"태사부님, 그냥 가요. 저 여기 있기 싫어요."

"가만 좀 있어봐, 이년아. 니년 일은 니년 일이고, 소림을 쑥밭으로 만든 놈을 만났으니 나도 얘기 좀 하자."

장건은 두 기묘한 사제의 말에 자꾸만 화가 났다.

"저는 아무것도 안했어요! 누가 소림을 쑥밭으로 만들었다고요?"

연화사태가 돌연 손가락을 뻗었다.

찌-익!

날카로운 지풍이 날아들었다.

펄펄 뿌려지고 있던 눈송이들이 휘청거리며 지풍에 말려 흩어진다.

장건은 몸을 틀어 지풍을 피해냈다.

"왜 이러시는 거예요!"

연화사태가 다시 손가락을 튕겼다. 연화사태의 지풍은 미묘한 데가 있어서, 위협적이면서도 피할 수 없는 건 아니었다. 오히려 딱 피해야 할 빈틈이 보이는 지풍이었다.

장건은 슬쩍 반보 정도를 움직여 어렵지 않게 지풍을 흘려보냈다.

연화사태가 피식 웃었다.

"아무것도 안 해? 웃기고 있네. 네가 지금 밟은 보법은 좀 희한하긴 해도 개방의 취팔선보가 아니더냐? 그 전에는 점창파의 유운신보였고."

장건은 그냥 몸에 익은 대로 피했을 뿐이었다. 뭐가 무슨 무공인지는 자기도 모를 때가 많았다.

연화사태가 손을 내리고 표정을 찡그렸다.

"네가 잘못한 게 아니면 네게 그걸 가르친 놈이 잘못한 거겠지. 소림이 스스로 화를 자초했으니 누가 누구를 탓하겠느냐."

장건은 대강 사정을 안 후에도 이번 일이 자신 때문에 비롯된 일이라고 자책하고 있었다. 연화사태의 말은 그런 장건의 가슴에 비수를 꽂는 것이었다.

장건은 입술을 깨물고 고개를 떨어뜨렸다.

"쯧쯧."

다시 혀를 찬 연화사태가 길안내를 한 나한승에게 말했다.

"홍오는 어디 있는가. 그 망할 늙은이를 좀 만나야겠네."

"지금은 만나 뵙기가 좀……."

"괜찮아. 아무렴 내가 홍오에게 맞기라도 할까봐?"

"밤이 늦었으니 내일 다시 찾아오시는 게 어떠실는지요."

"안 돼. 이 녀석이 돌아가자고 떼를 쓰잖아. 나도 다 허물어져가는 절간에는 별로 더 있고 싶지도 않고."

연화사태의 말은 너무 직접적이어서 듣는 나한승조차 불편한 안색이었다.

"앞장서게."

연화사태는 장건에게 가타부타 말도 없이 나한승을 따라 홍오가 있는 승방으로 향했다.

연홍은 그런 연화사태를 따라가려다가 잠깐 멈칫하더니 장건을 보았다.

그리고는 품에서 무언가를 꺼내 힘껏 장건에게 집어던졌다.

딸그락.

장건의 발치에 오래된 염주가 날아와 눈 위로 떨어졌다.

연홍이 소리쳤다.

"스님께 전해! 당신이 함부로 여긴 그분께서는 이제 얼마 살지도 못하실 거라고!"

연홍은 그대로 몸을 돌려 뒤도 돌아보지 않고 연화사태를 따라갔다.

장건은 눈 속에 파묻힌 염주를 주워들었다.

어딜 봐도 별다를 것이 없었다. 꽤 오래된 듯 손때가 묻고 낡아 색이 바랜 것을 제외하면 평범한 염주였다.

'왜 나한테 이걸……'

장건은 염주를 들고 한참이나 연홍과 연화사태의 뒷모습을 바라보며 서 있었다.

연홍이 마지막으로 남긴 말의 의미조차 장건은 알 수 없었다.

*   *   *

"무상심심미묘법 백천만겁난조우 아금문견득수지 원해여래진실의(無上甚深微妙法 百千萬劫難遭隅 我今聞見得修持 願解如來眞實義)……"

홍오의 입에서 주절거리며 나오는 칼칼한 말소리였다. 점혈에서 깨어난 홍오가 미친 듯 불경을 암송하고 있었다.

연화사태는 그 모습을 보며 고개를 저었다.

"정말 미치긴 미쳤구나. 뜬금없이 천수경(千手經)을 왜 외는 거냐?"

물론 홍오가 대답할 리 없었다.

연화사태가 뒤를 돌아보고 말했다.

"너희들은 좀 나가 있거라."

나한승들과 연홍이 주저하자 연화사태가 소매를 휘저었다. 부드러운 바람이 불어오더니 그들을 방 밖으로 밀어냈다.

"태사부님!"

연화사태가 다시 소매를 젓자 문까지 닫혀 버렸다.

연화사태는 방 안에 둘만 남자 홍오에게 다가갔다. 홍오의 몸에서는 열이 펄펄 끓었다.

"애도 아니고 다 늙어서 무슨 주화입마냐. 멍청한 늙다리 같으니라고."

연화사태는 붕대로 몸을 두른 홍오의 몸의 혈도 몇 곳을 손가락으로 눌렀다.

그러더니 손목을 잡고 내공을 흘려 넣었다.

"아약향지옥 지옥자고갈 아약향아······."

뭔지 모를 말들을 내뱉던 홍오의 흐리멍텅한 눈에 조금씩 생기가 돌아왔다.

초점이 완전히 나가있던 홍오의 눈동자가 천천히 연화사태를 향했다.
 연화사태가 홍오를 향해 말했다.
 "정신 좀 차려봐, 망할 늙은이야. 사문의 애들에게 무거운 짐을 던져놓고 제 혼자 편하게 누워 있으면 다냐?"
 초점이 흔들리지만 어느 정도 생기를 찾은 홍오가 연화사태를 바라보고 있었다.
 심하게 말라 갈라진 홍오의 입술이 슬쩍 열렸다.
 "왔……구나, 마누라."
 누군가가 그 말을 들었다면 기겁을 했을지도 몰랐다. 그러나 그런 홍오의 말을 들은 연화사태는 당연하다는 듯 아무렇지 않게 홍오를 대하고 있었다!
 "주책없게 무슨 다 늙어서 마누라 타령이야. 손가락 하나 꼼짝달싹 못하고 누워있는 주제에 그러고 싶디?"
 "끌끌끌…… 내가 졌어…… 내가 졌다고."
 "질 만하니까 졌겠지. 살아생전에 한 번 진 거잖아. 뭘 그리 마음을 쓰고 그래."
 연화사태의 말소리는 푸근하기 그지없었다. 잘못 들으면 마치 오래된 부부사이처럼 들릴 지경이었다.
 "내가 졌다니까…… 이길 수 있었는데…… 그놈의 공명검이……."
 바싹 마른 홍오의 입술에서 피가 흘러나온다. 연화사태는 가만히 회색 승복의 소매를 들어 홍오의 입가에서 피를 닦아 주었다.

"잘 한다. 아직도 정신을 못 차렸어? 윤언강이가 얼마나 절치부심했는지도 모르고. 반백년을 쉬다가 붙으면 이길 수 있을 거라 생각했어?"

"사부가…… 내 사부가……."

"돌아가신 분 자꾸만 들먹이면 뭐 할래? 그런다고 다시 돌아오기라도 하실까. 육십 년 만에 나랑 만나서 그 말만 하고 싶어?"

그 말에 홍오는 입을 다물더니 조용히 연화사태를 바라보았다. 잠시 침묵하던 홍오가 입을 열었다.

"많이 늙었구나…… 쭈글쭈글한 할망구가 되었어."

홍오가 부들거리며 떨리는 손으로 연화사태의 손을 잡는다. 연화사태도 거부하지 않고 홍오의 손을 잡았다. 따스한 온기가 전해진다.

"나이가 들면 늙는 게 당연한 일이지. 그러는 당신도 많이 늙었어. 젊었을 때는 펄펄 날아다니는 멋진 청년이었는데."

"끌끌."

홍오가 아스라한 눈길로 연화사태를 보자 연화사태가 어딘가 모르게 서글픈 미소를 지었다.

"당신, 이제 어쩔 거야?

"……끌끌끌."

"소림을 뒤집어 놓고 혼자 편하게 열반에 들 작정은 아니지? 나이를 먹었으면 그래도 책임은 져놓고 가야지."

"아직…… 갈 때가 안 된 게지. 내가 마누라를 두고 어딜 먼저 가겠나."

"지금은 정신 똑바른 거 아니까 마냥 노망든 것처럼 헛소리만 하지 말고. 어쩌다가 이렇게 되었어?"

"나라밀대금침……."

연화사태의 얼굴이 굳었다.

"혹시나 하고 생각은 했었지만…… 그게 당신 사부님이 장고 끝에 내린 선택이셨군. 그래, 그걸 억지로 풀려 하다가 이 지경이 된 거야?"

"끌끌…… 다 했다 생각했는데……."

"알았으니 빨리 말해봐. 내가 당신 정신을 똑바로 잡아둘 수 있는 건 이제 일각도 안 남았어. 나라고 해도 대정근심공(大精勤心功)은 요게 한계야."

"일각……."

"그래. 그러니까 뒷수습은 하고 지옥을 가든 극락정토를 가든 하라고. 할 일은 하고 가란 말야."

그 말에 홍오의 눈이 다시 타오른다.

"마누라……."

"말해봐. 이게 우리가 보는 마지막이 될지도 모르니까."

"한 가지…… 부탁을 들어줘야겠어."

"죽은 사람 소원도 들어준다는데, 산 사람 소원을 못 들어 줄 것도 없지."
"역시…… 임자는 화끈해서 좋아."
홍오가 거친 숨을 고르며 작은 말을 내뱉었다. 연화사태는 홍오의 입에 귀를 가까이 대고 들었다.
대정근심공으로 홍오의 정신을 유지하고 있는 연화사태의 이마에 조금씩 땀이 맺힌다.
그러나 그것은 대정근심공을 운용하기에 벅차서 그런 건 결코 아니었다.
홍오의 이야기를 들은 연화사태의 얼굴은 핏기가 가실 지경이었다.
"미쳤군. 당신 정말 미쳤어."
홍오의 얘기를 듣고 난 후 연화사태의 입에서 튀어나온 말은 바로 그것이었다.
"그래서 임자가 나한테 반했잖아."
홍오가 웃었다.
"대정근심공은 아미파의 절대 심공이지. 내가 미쳐 있었다 하더라도 지금은 미치지 않았다는 걸…… 임자가 더 잘 알거야."
연화사태는 마른침을 삼켰다.
"무슨 일이 벌어질지…… 그건 분명히 알고 하는 얘기지?"
"물론이지."

홍오는 힘겹게 붕대 감긴 손으로 연화사태의 손을 어루만졌다.
"고마워……"
연화사태는 눈을 감으며 조용히 고개를 가로저었다.
연화사태의 손이 떨어지자 곧 홍오의 동공은 힘없이 풀려버렸다.
"윤언강! 이노옴! 당장…… 내 앞에 무릎을 꿇거라! 그리하면 너를 개처럼 잡아먹는 일은 없을 것이야. 껄껄껄!"
대정근심공의 효과가 끝나자마자 홍오는 다시 광인으로 돌아가 버렸다.
연화사태는 깊은 고심을 안고 물러섰다.
얼마 지나지 않아 원강을 비롯한 나한승들이 들어와 홍오를 진정시키며 난리법석을 피웠다.
다소 우스꽝스런 모습이었으나 연화사태는 결코 웃을 수 없었다.
홍오가 그녀에게 부탁한 일 때문이었다.
'정말…… 이놈의 영감탱이가 미치지 않은 건 확실한가?'
홍오가 아무리 주화입마로 머리가 돌아버렸어도 대정근심공의 영향으로 잠시나마 정신을 차린 것은 확실했다.
그러나 연화사태는 아직 갈피를 잡지 못하고 있었다.
'나한테 고맙다고 말한 걸 보면 미친 것 같기도 하고……'
연화사태가 알 리 없었다.
나라밀대금침술의 속박에서 벗어나기 위해 극한까지 사력

을 다하다가 홍오의 머리가 일부 손상되었음을.

아무리 아미파의 대정근심공이 광인마저 멀쩡하게 깨울 수 있다 해도, 망가진 뇌를 정상으로 되돌릴 수는 없다는 것을.

제6장

장건의 결정

장건은 숙소로 돌아가지 않았다.

아니, 그럴 수 없었다.

연화사태가 남긴 말이 장건을 못내 힘들게 했다.

'나 때문에 이런 일이 벌어진 거야.'

벌써 몇 번째 한숨을 내쉬는지 몰랐다.

그러나 속상한 것보다도 자신이 할 수 있는 일이 아무것도 없다는 사실이 더 괴로웠다.

'왕무가 말한 것처럼…… 내가 뭔가 해야 해.'

장건은 쪼그리고 앉아서 무릎 사이에 고개를 파묻었다. 양손에 들린 사향주머니와 염주만 만지작거리며 중얼댔다.

"어떻게 해야 하지?"

밤이 점점 깊어갔지만 장건은 뚜렷한 방법을 찾아낼 수 없었다. 겨울밤의 차가운 날씨조차 느끼지 못할 정도로 장건은 고심을 거듭했다.

순라를 돌던 나한승들도 그런 장건을 보았으나 그냥 지나쳤다. 이미 장건이 깨달음의 순간에 그런 행동을 한 걸 알고 있기 때문이었다.

하나 소림에서 고심 중인 이들은 장건 말고도 더 있었다.

아미파의 연화사태가 물러간 후에도 회의를 거듭하던 수뇌부다.

당장 내일, 아니, 오늘 아침이 되면 윤언강에게 답을 전해야 한다. 그리고 그의 요구를 들어 주어야 한다.

회의를 시작한지 벌써 며칠째, 그러나 해결 방법은 나오지 않고 있었다. 결국 윤언강의 요구를 직접 들어야만 방법을 찾아낼 수 있는 것이니, 그가 말을 꺼내기 이전에는 이런저런 추측도 소용이 없었다.

일다경이 넘도록 회의실은 적막이 흐르고 있었다.

어느덧 축시(丑時)를 지나 새벽 공양도 한 시진밖에 남겨두지 않은 시간이었다.

덜컹.

문득 회의실의 문이 열리며 굉운이 나타났다. 굉운은 무진의 부축을 받으며 들어섰다.
 크게 다친 상태임에도 무리하게 회의를 하다가 쓰러진 후 처음 모습을 드러낸 것이다.
 굉자배와 원자배 승려들이 놀라며 자리에서 일어섰다.
 "방장 사백님!"
 "이 시간에 쉬시지 않고요."
 피를 심하게 흘린 굉운은 굉목보다도 더 상태가 좋지 못했다.
 굉충이 상석을 양보하려 했으나 굉운이 저어했다.
 "잠시 들렀을 뿐이네."
 핼쑥한 얼굴의 굉운은 반장하며 승려들을 둘러보았다.
 "나보다 더 얼굴이 좋지 않네그려."
 승려들이 머쓱해했다.
 "아직 별다른 해결책을 내지 못해 죄송할 따름입니다."
 굉운이 고개를 저었다.
 "이런 중한 때에 아무런 도움이 되지 못하였으니, 나야말로 미안할 뿐이네."
 "그런 말씀 마십시오."
 승려들이 낮은 한숨을 내쉰다. 굉운이라고 딱히 좋은 수를 내란 법은 없으나, 그가 없는 빈자리는 너무나 컸다.
 굉운이 자신을 부축하고 있는 무진 쪽을 보며 승려들에게 말했다.
 "무진이가 할 말이 있다하여 내 함께 왔네."

"무진이가요?"

굉운이 고개를 끄덕였다.

"난 괜찮으니 팔을 놓거라."

굉운은 잠시 비틀거리다가 불장에 의지해 섰다. 무진이 곧 한 걸음을 나아가 원자배와 굉자배의 사숙들을 보며 반장했다.

"불민한 소손이 끼어들 자리가 아님은 압니다만, 한 말씀 올리겠습니다."

굉운의 대리로 회의를 주재한 굉충이 허락했다.

"말해 보거라."

무진은 허리를 펴고 깊은 눈으로 승려들을 보며 말했다.

"이번 일은 선대에서 정해진 약속입니다. 비록 협의과정이 다소 진지하지 못했다 하더라도, 현 본산 최고의 존장께서 하신 말씀입니다. 그 어떤 무리한 요구라 할지라도 수긍하는 것이 올바른 도리일 것입니다."

무진의 말에 승려들의 얼굴에서 핏기가 가셨다.

굉충이 엄한 목소리로 나직이 말했다.

"네가 지금 무슨 말을 하고 있는지 아느냐?"

"예, 소손 잘 알고 있습니다."

"우리가 무엇 때문에 며칠 밤낮을 이리 골머리를 싸매고 있는지도 알고?"

"알고 있습니다."

"그런데도 네가 그런 말을 해?"

생각 같아서야 탁자라도 치고 싶지만 아픈 굉운이 보고 있는 자리라 굉충은 겨우 참아냈다.

굉운이 잠시 끼어들었다.

"무진아, 네가 그렇게 생각하는 연유는 무엇이냐? 지금 네 사숙들은 최대한 소림의 피해를 줄이고자 이 자리에 모였다. 한데 너의 말은 저들의 노력과 수고를 전면 부정하고 있으니 묘한 노릇이 아닐 수 없구나."

무진은 더 설명할 필요도 없다는 듯 간단히 대답했다.

"그것이 강호의, 백도를 걸어가는 문파의 정도(正道)이기 때문입니다."

"허어!"

회의실 여기저기에서 불만스런 탄성이 터져 나왔다.

"그럼 넌 우리가 강호의 도리조차 모르는 무뢰배들로 보인단 말이냐?"

무진은 굴하지 않고 다시 입을 열었다.

"화산의 검성 어르신은…… 한마디의 약조를 지키기 위해 바리를 평생 몸에 지니고 매번 제자와 본사를 방문했습니다."

원전이 짜증 섞인 목소리로 말했다.

"하나, 남들은 본산의 사백조와 친분 때문이라 알고 있지 않았느냐. 바리를 챙기고 있던 것은 다른 속셈 때문이었고."

무진이 다시 말했다.

"청성의 풍진 어르신께서는 홍오 태사숙조와의 약속을 지킬 수 없게 되자 스스로의 팔을 끊으셨습니다."

다른 원자배의 승려가 대꾸했다.

"그것은 스스로의 분을 이기지 못해서였다. 그것을 어찌 약속의 의미로 해석할 수 있겠느냐?"

무진은 그 말들에 대답하지 않고 잠시 눈을 감았다가 떴다. 이루 말할 수 없이 맑은 정광이 흘러나와 뭇 승려들은 자못 놀라기까지 했다.

무진이 물었다.

"애초에…… 우내십존이 소림을 방문한 이유는 무엇이었습니까?"

아무도 대답하지 않았다. 몰라서가 아니라 모두가 알고 있기 때문이었다.

무진이 말을 이었다.

"본사에서, 그것도 문각 태사조께서 몸소 각 문파를 돌아다니며 약조한 것이 무용지물이 된 까닭이었습니다. 그 일로 이미 본사는 한 번의 신뢰를 잃었습니다. 같은 실수를 반복해서는 아니 됩니다."

굉자배의 승려가 노기를 억누르며 응대했다.

"그렇다면 너는 검성이 소림을 봉문하라 일러도 그에 따라야 한다는 말이냐!"

무진은 망설임 없이 고개를 끄덕였다.

"그렇습니다."

"허어!"

"어찌 저런!"

무진이 공손히 반장하며 말을 덧붙였다.

"본사는 무공으로 천하제일이 되지 않았음을 뭇 사숙조들께서 상기하여 주셨으면 합니다. 과거 천하제일인은 몇 번이나 있었으나 그렇다고 소림이 천하제일이 아니었던 적이 없었음을……."

원상이 더 이상 참지 못하고 노호성을 질렀다.

"닥치거라! 네가 어쭙잖은 말로 존장들을 훈계할 셈이냐! 듣자하니 너는 지난번 해번소에서 난리가 났을 때조차 두문불출하여 나오지 않았다 하던데, 그리도 검성이 두려워 이런 말을 하는 것이더냐!"

무진은 입을 다물었다. 그의 눈에 슬픈 빛이 돌았다.

무진은 공손히 반장하며 뒤로 물러났다.

"소손의 불경을 용서하여 주십시오."

원자배와 굉자배 승려들의 분노가 고스란히 무진에게 쏟아졌다. 그리고 이내 시선이 굉운을 향했다.

굉운은 파리한 얼굴로 낮게 탄식했다.

"무진의 말은 틀리지 않다고 보네."

"방장 사형!"

"방장 사백님!"

굉운이 고개를 저었다.

"무진의 말이 현실적이지 못하고 이상적인 편에 치우쳐 있어서 그렇지, 모두 맞는 말일세. 하나 우리 소림은 무림 문파이며 동시에 사찰인 바, 강호에서의 입지를 무시할 수도 없겠지."

굉운은 말하기도 힘든지 잠시 쉬었다가 계속 이었다.

"최근까지 벌어진 일련의 일들은 모두가 내 불찰로 생긴 일이기도 하네. 하여, 나는 이번 일에 대해 논할 자격이 없네."

원당이 놀라 말했다.

"방장 사백께서 그리 말씀하실 필요는 없습니다."

"아닐세. 내 이번 일이 끝나는 대로 방장의 자리에서 물러날까 하네. 능력이 부족한데도 그간 잘 따라주어 진심으로 고맙게 생각하고 있네."

뭇 승려들의 얼굴에 놀람의 빛이 떠올랐다.

소림의 방장이 바뀐다!

그것은 완전한 세대교체를 의미하는 것이었다.

굉운은 활불이라는 그의 별호답게 인자한 미소를 지으며 말했다.

"그렇다면 앞으로 소림을 이끌어갈 젊은 사질들이 이 일에 대해 결정하는 게 옳은 일일 테지. 그것이 어떤 결정이 되건 간에 나는 무조건 지지하겠네."

굉운이 읍을 하듯 깊이 고개를 숙이며 반장했다.

"아미타불……."

회의실의 분위기가 숙연해졌다. 모두가 어두운 마음으로 함께 자리에 서서 반장으로 응했다.

굉운이 무진과 함께 물러간 후에도 회의는 계속되었다.
모두가 반감을 표하긴 했으나, 사실상 무진의 말에 어느 정도는 공감하고 있었다. 그러나 굉운의 말처럼 현실과는 괴리감이 있는 말이었다.
굉충이 피곤한 얼굴로 정리했다.
"백날 독경만 하며 불경을 읽어도 밭을 갈지 않으면 사람은 먹고 살 수 없는 법일세. 검성이 어떤 요구를 할지 모르는 상황에서 무조건적인 요구 수용이 소림에 끼칠 지대한 피해를 생각하지 않을 수 없는 바, 나는 이번 협상의 전권을 선현각주(禪賢閣主)인 원률에게 맡기고자 하네."
선현각은 소림의 대외적인 활동을 하는 곳이다. 중원에 있는 소림의 지부라거나 속가 제자들의 일, 타 문파와의 관계 협정등 대외적인 행사를 총괄한다.
특히나 각주는 직무의 특성상 까다로운 협상에 능하다. 무승이라기보다는 외교 사절에 더 가깝다. 소림에 있는 시간보다 밖으로 나가 있는 시간이 더 많은 원률이다.
무인으로서, 혹은 승려로서의 결정을 원했던 무진의 말과는 크게 동떨어진 인물이나, 협상에 관한 한 이번 일에는 가장 적격이기도 했다.
평소 사람 좋아 보이는 인상의 원률이 비장한 표정으로 일어나 반장했다.

"맡은 바 소임, 사백들의 기대에 부응하도록 노력하겠습니다. 제 목숨을 걸고서라도, 반드시 좋은 결과를 끌어내겠습니다."

굉충이 마무리 말을 원률에게 던졌다.

"자네에게도 이번 일은 어려움이 클 터. 많은 것을 바라지 않겠네. 할 수 있는 만큼만 얻어오게."

문득 굉충은 그때까지 아무런 말도 않고 있던 원호를 보았다. 평소라면 가장 앞장서서 얘기를 했을 원호다.

"자네는 할 말 없는가?"

원호는 물끄러미 굉충을 보았다. 복잡한 감정이 담긴 얼굴이었다. 하고 싶은 말이 있는데 하지 못하는 듯한 표정이기도 했다.

잠시 주저하던 원호가 고개를 저었다.

"없습니다."

굉충이 크게 한숨을 내쉬며 회의 종료를 선언했다.

"원률 사질은 피곤하겠으나 아침 일찍 검성을 만나러 본산을 내려가 주고, 나머지는 원률 사질이 돌아온 후의 대책을 위해 잠시 쉬도록 하게. 회의를 이만 마치겠네. 모두 고생했네."

*　　*　　*

멀리 동이 틀 무렵이 되자 경내에 차분한 종소리가 울리기 시작했다.

이제 일어나 새벽 명상 및 운기조식을 하고 식사를 할 때다.

장건은 부스스한 얼굴로 다리 사이에 파묻었던 고개를 들었다. 밤새 내린 눈이 장건의 어깨와 등에 쌓여 있다가 바삭거리며 흩어졌다.

장건의 표정은 좋지 못했다.

방법은 찾아냈다.

하지만 그것이 정말 옳은 선택인지, 가능하긴 한 것인지 알 수가 없었다. 그리고 만약 실패했을 경우에 감당해야 할 것들마저도 무서웠다.

"하아……."

새하얀 입김이 흘러나왔다.

장건은 몸을 일으켰다. 내공이 얕지 않아 크게 추위를 타지는 않았지만 추운 곳에 오래 있어서 몸이 굳어 있었다.

지금쯤 숙소에서는 장건이 돌아오지 않아 난리가 났을지도 몰랐다. 하지만 그런 건 상관없었다.

어차피 내일이면 다시 볼 수 없을지도 몰랐다.

장건은 마지막으로 마음을 결정하기 위해 굉목을 찾아갔다. 깨어나 있지 않다면 얼굴만 보고 갈 작정이었다.

그러나 의외로 굉목은 깨어 있었다.

어제보다 한결 좋아진 얼굴로 굉목이 장건을 보았다. 그리고는 얼굴을 찌푸렸다.

"어째 네 녀석은 본 지 얼마나 됐다고 벌써 왔느냐. 그렇게도 할 일이 없냐?"

장건은 어색한 얼굴로 웃었다.

"헤헤. 그냥 노사님이 보고 싶어서요."

굉목이 툴툴거렸다.

"계집애도 아닌데 낯간지러운 소리를 잘도 하는구나."

그러나 곧 굉목은 장건이 어딘가 이상함을 깨달았다. 곧 공양 시간인데 장건이 공양을 마다하고 온 것이다. 늦으면 굶어야 한다는 걸 아는 장건이 공양 시간을 놓칠 리 없었다.

굉목은 장건을 유심히 보았다.

"얼굴이 왜 그 모양이냐. 무슨 일 있느냐? 옷도 젖은 것 같은데."

장건이 급히 손을 내저었다.

"아뇨. 아무 일도 없었어요."

"네놈이 그러는 게 더 이상하다. 한데, 네놈의 손에 들고 있는 게 무어냐? 내가 준 부적 아니냐?"

장건은 밤부터 아직도 계속 손에 사향주머니와 염주를 들고 있었다는 걸 그제야 깨달았다.

"아아, 이거요. 어제 어떤 이상한 여자애가…… 참, 그 애가 노사님을 만나 뵈러 왔다고 했는데요."

"날 만나러? ……이, 이리 내 보거라."

굉목의 말소리가 떨렸다. 장건이 사향주머니와 염주를 내어

놓자 굉목은 둘 중에 염주를 집어 들었다.

염주를 집어 한 알씩 돌리는 굉목의 손에는 힘이 꽉 들어가 있었다.

"여, 여자애가 왔었다고?"

"네. 아미파에서 태사부님하고 같이 왔다고 했어요."

아미파라는 말을 듣는 순간 굉목의 몸이 흠칫했다.

"그 애가 이걸 왜…… 가지고 있느냐?"

"저도 모르겠어요. 노사님이 주신 이 부적을 보고 괜히 화를 내더니 제게 주고 갔어요. 정말 이상한 애였어요. 괜히 자기가 먼저 말을 놓자고 친하게 굴더니 갑자기 화를 내는 거 있죠."

굉목의 작은 눈은 크게 떠져서 눈알이 다 튀어나올 정도였다.

"그 애의 이…… 이름이 뭐라 했느냐."

"연홍이요."

"성은?"

"뭐라고 했더라…… 아! 하 씨인 거 같아요. 태사부라는 여스님께서 '누가 하 씨 아니랄까봐.' 라고 했었거든요."

그 순간 굉목의 표정은 벼락이라도 맞은 사람 같았다. 굉목은 장건의 손에서 사향주머니를 낚아채더니 그것과 염주알을 번갈아 쳐다보았다.

손끝이 떨리고 몸이 흔들렸다. 머리에는 식은땀까지 흐르고 있었다.

"아는…… 사람이세요?"

장건은 그렇게 묻고도 자기가 바보 같다 생각했다. 굉목은 수십 년간 산을 내려가지 않았다. 그런데 그렇게 어린 여자애를 알 리가 없었다.

굉목은 뭐라고 말을 하려 입을 벙긋거렸지만 말은 나오지 않았다. 사향주머니와 염주를 부서져라 쥔 손등에는 힘줄까지 돋아났다.

장건은 뭔가 사연이 있을 거라던 장도윤의 말이 기억났다. 어떤 사연인지 몰라도 굉목에게는 굉장히 중요한 일일지도 몰랐다.

그래서 장건은 연홍이 마지막으로 한 말을 할 수밖에 없었다. 장건은 최대한 조심스럽게 말했다.

"연홍이란 여자애가 그랬어요. 스님이 함부로…… 여긴 그분은 얼마 더 못산다고요."

굉목이 돌연 떨림을 멈추고 멍한 눈으로 장건을 보았다.

"얼마…… 얼마 못 산다고? 그, 그럼 아직 살아 있다는 얘기냐?"

장건은 머리를 긁적였다. 누굴 말하는지도 모르는데 그 사람이 살아있는지 죽었는지 장건이 알 리 없다.

"그런 거 아닐까요?"

굉목이 초점도 없는 공허한 눈빛으로 중얼거렸다.

"살아 있다고…… 아직도 살아 있다고……."

장건은 꿩목이 정신을 차리길 기다렸다.

그러나 꿩목은 실성한 사람처럼 사향주머니와 염주를 하염없이 바라보기만 했다.

장건은 그래서 정작 하고 싶은 얘기를 할 수도 없었다. 부적을 떼어놓고 있으면 안 되는데 달라고 하지도 못했다.

'어차피…… 나한테는 필요 없어질 거니까. 노사님께 저렇게 귀중한 물건인 줄 몰랐어. 알았으면 더 빨리 돌려드렸을걸.'

장건은 자신이 있다는 것도 까맣게 잊고 상념에 빠진 꿩목을 향해 깊이 합장을 했다.

'안녕히 계세요, 노사님.'

꿩목은 장건의 인사마저도 알지 못했다.

장건은 꿩목을 보며 마지막으로 '헤헤' 웃었다.

'그동안 고마웠어요.'

문을 닫고 나가는 동안에도 꿩목은 장건이 사라진 것을 전혀 알지 못했다.

그리고 장건 역시 알지 못했다.

얼마 지나지 않아 꿩목이 염주와 사향주머니에 얼굴을 파묻고 소리 없이 오열하였음을.

*　　*　　*

문사명의 기분은 착잡했다.

진지하게 경험을 쌓기 위해 강호행을 떠난다 인사를 한 지가 얼마 되지 않았다.

심지어 소림의 해번소에서 벌어진 소문을 들었을 때조차 무시했다. 사부의 그늘에 가려져 사는 것이 아니라 자신의 길을 찾고 싶어 떠난 여행이었다.

그런데 사부의 호출을 받았다. 화산의 연락망이 급전으로 문사명에게 닿았다. 그것도 오늘 새벽까지는 도착해야 한다는 전언이었다.

문사명으로서는 밤낮을 가리지 않고 돌아올 수밖에 없었다. 한데 눈앞에 보이는 광경은 그가 차마 믿을 수 없는 것이었다.

뭔가 중요한 일인 듯 기껏 새벽까지 오라고 하더니, 막상 윤언강은 풍진과 술판을 벌이고 있었다. 그리고 옆에는 늙은 여승, 연화사태까지도 함께하고 있다!

그것도 객잔의 후원을 통째로 빌려서였다.

밤새 술을 얼마나 마셨는지 후원 내실의 문 밖에는 빈 술병이 잔뜩 놓여져 있었다. 게다가 방 안에서 술시중을 드는 것은 다름 아닌 백리연과 양소은이었다.

제갈영은 한쪽 구석에서 이불을 돌돌 만 채 꾸벅꾸벅 졸고 있었고 양소은의 호위무사도 구석에서 몸을 웅크리고 잔다. 자세히 보면 둘 다 술에 취해 자고 있는 것이었다.

문사명은 아직 모르는 귀여운 인상의 소녀 연홍도 있는데, 연홍은 연신 하품을 하며 졸린 눈으로 연화사태의 옆에 앉아 있다.

정말로 해괴하면서도 기이한 광경이 아닐 수 없었다.

'이, 이게 무슨……'

문사명은 문 밖에서 보초를 서듯 하고 있는 풍진의 제자 송덕을 보았다. 송덕은 문사명을 보고 어색하게 웃어 보였다. 그마저도 문사명에게는 이상하게 보인다.

문사명은 문 밖에서 흙먼지를 가볍게 털고 들어갔다.

"사부님, 저 왔습니다."

불손하게도 약간은 퉁명스러운 어조였다. 당연히 기분이 좋을 리 없는 그였다.

얼굴이 벌겋게 된 윤언강이 너털웃음을 터뜨리며 문사명을 보고 손짓했다.

"오! 우리 사명이 왔구나. 너도 이리 와서 한잔해라."

"사부님!"

문사명은 이제껏 윤언강의 이런 풀어헤쳐진 모습을 처음 보았다. 인자하고 부드러운 윤언강이었지만 단 한 번도 제자들의 앞에서는 흐트러진 적이 없었기에 충격이 더 컸다.

"이리 오라니까 왜 그러느냐. 사부가 모처럼 술 한 잔 따라주겠다는데."

가슴에 온통 붕대를 감은 풍진이 문사명을 보고 킬킬댔다.

"늙은이가 따라주는 술이 싫은가보지."

"허허! 내가 그 생각을 못했구먼."

말도 안 되는 풍진의 농담을 천연덕스럽게 받아들이는 윤언강이 낯설기만 하다.
 풍진이 말했다.
 "늙은이가 주는 술이 싫으면, 네 눈에는 안 차겠지만 여기 강호제일미와 양가네 말괄량이도 있다."
 양소은이 끙! 하고 신음소리를 냈다.
 "제가 밤새 얼마나 열심히 어르신들을 모셨는데 이러기예요?"
 풍진은 혈색이 좋지 않음에도 불구하고 몸을 움츠리는 척 과장된 몸짓을 했다.
 "어이쿠! 누가 뭐래냐? 근데 저 검성의 제자 놈은 연모하는 이가 따로 있으니 하는 말이지."
 풍진이 안됐다는 듯 문사명을 보고 말했다.
 "네가 연모하는 님은 어제 본가로 돌아갔단다. 말은 잘 지내보자 했는데 속으로는 영 배가 아팠던 모양이야. 무당의 말코 놈은 제 사손들에게 끌려갔고."
 문사명은 황당했다. 도대체가 이런 묘한 인간들의 구성은 어떻게 비롯되었단 말인가?
 풍진이 백리연을 보며 문사명에게 말했다.
 "네 사부가 기다리기 지루하다고 하던 차에 여기 예쁜이가 찾아와 술자리를 만들지 뭐냐? 기특하기도 하지. 저 뒤에 떨거지들은 다 얘를 따라온 애들이다."

백리연이 수줍은 듯 웃는데, 고혹적인 자태다. 남궁지를 좋아하는 문사명도 한순간 마음이 흔들릴 정도였다. 그러나 문사명은 곧 고개를 흔들어 상념을 털어버렸다.
 양소은이 밖에서 새 술을 들고 오며 문사명에게 권했다.
 "문 소협도 앉아요. 밖이 춥던데 몸이라도 녹여요."
 "아, 아니 난 됐소이다."
 그렇게 말하던 문사명이 양소은을 슬쩍 쳐다보았다. 아무래도 이상할 수밖에 없었다. 강호행을 하던 중에 양가장의 장주가 연화사태에게 개 같이 두들겨 맞았다는 소문을 들었다. 그런데 그 연화사태에게 술을 따르고 있는 딸이라니!
 양소은이 문사명의 표정을 읽고 피식 웃었다.
 "맞을 만했잖아요. 아, 어찌나 속이 개운하던지 전 연화사태께 고맙다고 절까지 했잖아요."
 당황한 문사명을 놀리듯 연화사태가 웃었다. 연화사태 역시 얼굴이 불그스름한 것이, 취기가 꽤 오른 모양이다.
 "몇 번을 말하지만 딸년이 애비보다 낫구나. 양지득이 고놈을 생각하면 내 아직도 치가 떨린다만, 널 보고 참아야겠어."
 그 말에 한쪽 구석에서 웅크리고 자던 양소은의 호위무사가 벌떡 일어섰다.
 "어떤 놈이 가암휘 본장의 장주님을 욕했느냐? 내가 당쫭 요줘를 내주뤼라!"
 어지간히 술을 먹었는지 눈이 풀렸고 혀까지 돌아갔다.

"넌 그냥 자라."

연화사태가 휙 하고 소매를 털자 호위무사의 이마에서 딱, 하는 격타음이 난다.

그러더니 호위무사는 그대로 다시 잠들어 버렸다. 아니, 기절했다는 게 옳은 표현일 터였다.

문사명은 여전히 분위기에 적응하지 못했다. 우내십존의 일인이며 홍오에 버금갈 정도로 성정이 괄괄하다는 연화사태가 자신에게 이놈 저놈 하는 이를 그냥 내버려두다니!

더구나 우내십존 중 셋이 있는 자리에서 저렇듯 태평스럽게 곤드레만드레가 될 수 있는 배짱은 또!

윤언강이 허허 웃으며 말했다.

"왔으면 앉든가, 어른들께 인사라도 올려야 하지 않겠느냐."

문사명은 마지못해 풍진과 연화사태에게 인사를 올렸다. 하지만 떨떠름한 표정이 얼굴에 그대로 드러나고 있었다.

연화사태가 말을 걸었다.

"오면서 소문을 듣지 못했느냐? 오늘이 무슨 날인지는 알 것 같은데."

"아, 알고 있긴 합니다만……."

풍진이 말을 받았다.

"네 사부가 오랜 숙원을 풀었다고 하늘이 무너진 것처럼 풀이 죽어 있기에 놀아주는 중이다. 좋은 날이잖으냐. 그러니 너무 거리낄 것 없다."

윤언강이 혀를 찬다.

"허어, 내가 언제 하늘이 무너졌다고 그랬는가."

"네가 그런 얼굴을 하고 있었잖아. 왠지 허탈하고 허망하다며. 네가 그랬어, 안 그랬어?"

"그러긴 했지만…… 허허, 알겠네. 내 그랬네. 그랬다고 치세."

윤언강이 껄껄대며 술을 권했다. 연화사태와 풍진은 마다하지 않고 술잔을 들었다.

문사명은 아직도 어쩔 줄 모르고 있었다. 듣자하니 소림은 완전히 초상집 분위기라고 한다. 물론 윤언강이 승리의 축배를 들 만은 하지만 이건 너무 심하지 않은가, 하는 생각이 드는 것이다.

가만히 서 있기도 뻘쭘해진 문사명이 술판의 말석에 가 조용히 앉았다.

풍진이 말했다.

"자, 올 사람들은 다 왔으니 소림에서만 오면 되나?"

슬쩍 운을 뗀 풍진이 윤언강을 보고 물었다.

"그럼 이제 슬슬 털어놔 보시지. 네 녀석의 속셈이 뭔지."

"그게 궁금했는가?"

"궁금하니까 환자가 되어가지고서도 밤새 너랑 대작을 해줬지! 나만 궁금해서 그러냐? 저기 백리가의 애나 양가의 애도 다 그게 궁금해서 여기 온 거 아냐. 그러니 내가 대표로 물어보는 게다."

윤언강이 말없이 빙긋 웃었다. 연화사태가 고개를 끄덕이며 말했다.

"이번 일은 우리뿐 아니라, 전 중원이 주목하고 있어. 선택을 잘해야 할 게야."

윤언강이 크게 웃었다.

"홍오와 나 사이의 아주 사소하고 개인적인 일인데, 왜 전 중원이 주목한단 말인가. 그것이야말로 희한한 일일세."

"이 능구렁이 같은 노인네야, 네가 그런다고 누가 속을 것 같으냐? 밤새 기다린 것도 지겨워 죽겠으니 빨리 털어놔 봐."

"흐음, 조금만 기다리면 사람이 올 것 같은데."

풍진이 답답한지 백리연을 향해 소리쳤다.

"예쁜아, 여기 화산의 검 뭐시기는 네가 차려온 술상이 공짜인 줄 아나 보다. 너도 와서 한마디 해라. 아니면 내가 확 이놈 배를 째버릴라니까."

벌써 가슴에 한칼 맞은 풍진이 하는 말이라 묘하게 우스운 어감이 있었다.

윤언강이 고개를 끄덕였다.

"세상에 공짜만큼 무서운 건 없는 법이지. 알았다. 이리 와서 할 말이 있으면 해 보거라."

백리연이 다가와 공손히 고개를 숙였다. 그 뒤를 양소은이 따라왔다.

"어르신."

그윽한 눈을 내려 깐 백리연의 자태는 실로 훌륭했다.

연화사태가 혀를 내둘렀다.

"이거 우물(尤物)이 아니라 순 요물(妖物)일세. 남자를 백 단위로 후렸다더니 거짓말이 아니었구만."

그러면서 연홍을 보니 연홍이 입을 삐죽 내민다.

백리연이 계속해서 말했다.

"제가 어떤 청을 드리려는지 잘 아시리라 생각됩니다. 고작 술 한 잔으로 어르신을 흔들 수는 없으나, 소녀의 마음을 조금만 헤아려주셨으면 합니다."

연화사태가 또 한마디를 했다.

"흥! 그 별 볼 것도 없는 꼬맹이가 어떻게 이런 요물의 마음을 사로잡았을꼬?"

풍진이 연화사태를 향해 눈을 부라렸다.

"이 예쁜이가 나긋나긋하게 말하는 거 봐라. 이게 어디 요물이냐, 지아비를 향한 순애보지. 소림을 피바다로 만든 악귀를 겁도 없이 찾아왔으니, 이 얼마나 대단하냐?"

문득 풍진이 고개를 갸웃했다.

"그런데 말하는 걸 보니 너도 언제 장건이를 본 게야?"

"어제 봤다. 세상 물정도 모르고 어른한테 따박따박 말대꾸나 하는 철없는 꼬마더구만. 게다가 우리 연홍이까지 울리지 뭐야?"

백리연이 흠칫 놀라 연홍을 쳐다보고, 양소은 역시 놀라서 같은 행동을 취했다.

연홍이 연화사태에게 투덜댔다.

"아이 참, 태사부님은…… 그러면 사람들이 저랑 걔 사이에 무슨 일이 있었던 줄 알잖아요."

"다 큰 연놈들이 절간에서 함께 있다가 여자애가 질질 짜면 그게 무슨 일 있는 거지, 뭘 없다고 설레발을 쳐?"

"물레방앗간도 아니고 절간인데 무슨 일이 있다고요!"

"그래도 물레방앗간이 좋은 건 알아가지고."

"태사부님!"

연홍이 빽 소리를 지르려다가 주위의 눈치를 보고 목소리를 낮추었다. 백리연과 양소은은 눈이 휘둥그레진 채 연홍을 보고 있었다.

"그만하세요. 이분들 놀라시잖아요."

연홍이 백리연과 양소은을 보며 말했다.

"저는 걔…… 아니, 그 사람에게 전혀 관심이 없으니까 너무 걱정하지 마세요."

듣기에 따라서는 기분 나쁠 수도 있는 말이었지만, 백리연과 양소은에게는 안심이 되는 말이었다.

풍진이 혀를 내둘렀다.

"건이도 눈 있다. 누가 너 같은 애를 좋아하겠냐? 쫓아다니는 여자애들이 줄을 섰어. 네가 강호제일미만큼 예쁘길 하냐, 아니면 양가 말괄량이처럼 무공이 세길 하냐? 하다못해 저기

구석에서 자고 있는 제갈가 애보다 어리길 하냐."
"그럼 그런가 보죠."
 연홍이 입을 쭉 내밀고 고개를 돌렸다. 아직 어려운 이들이라 말대꾸는 못하고 불만을 티내는 모양이었다.
 윤언강이 입을 열었다.
"이제 나 말 좀 해도 되겠나?"
 윤언강은 부드러운 눈으로 백리연을 보고 말했다.
"내 둘 중에 하나는 들어주마."
 백리연이 영롱한 눈으로 윤언강을 슬쩍 쳐다보았다가 눈을 내렸다.
"장 소협을……."
 윤언강은 뒷말을 듣지 않고도 백리연의 말을 알아들었다.
"백리가의 소원이라면 아무래도 들어주기 어려울 것 같구나. 네 개인적인 소원이라면 몰라도 말이다."
 백리연의 얼굴이 조금은 환해졌다.
"감사합니다."
"아직 감사는 이를지도 모른다. 소림에서 어떻게 하느냐에 따라 그 역시 바뀔 수 있으니."
"그래도 소녀는 그 정도면 족합니다."
 백리연은 다시 고개를 숙였다.
"안주를 더 차려오겠습니다."
"됐다. 벌써 배가 터질 지경이다. 그리고……."

윤언강이 말을 끝내기도 전에 방 밖에서 후원을 지키고 있던 송덕이 헐레벌떡 들어섰다.

"소림에서 찾아왔습니다!"

풍진이 인상을 썼다.

"저놈은 술도 못 마시는 게 호들갑은 주정뱅이보다 더 잘 떨어. 내 체면 상하게 하지 말고 좀 더 고상하게 못해? 한데, 소림에선 누가 왔느냐? 희한하게도 기척이 느껴지질 않는데 뭔가 익숙한 것이……."

송덕이 풍진의 눈치를 보며 말했다.

"그것이 저……."

그때 송덕의 커다란 덩치에 가려져 있던 이가 모습을 드러냈다.

그것은 술판을 벌이던 이들이 전혀 상상하지 못한 이였다.

바로 장건이었다.

장건은 잔뜩 긴장한 상태에서 무언가를 각오한 듯 결연한 얼굴로 방 안에 들어서고 있었다.

그러나 곧 방 안의 광경을 보고서는 자기도 모르게 '어?' 하고 황당하다는 표정을 짓고 말았다. 전혀 같이 있을 일이 없는 것처럼 보이는 이들이 있기 때문이었다.

하지만 장건은 이내 어금니를 꽉 깨물었다. 모든 것을 각오한 마당에 다른 일을 신경 쓸 필요는 없는 것이었다.

윤언강이 의아한 얼굴로 물었다.

"어찌하여 네가 왔느냐?"

장건은 양 주먹을 힘껏 쥐고 떨림을 날려버리려는 크게 숨을 들이쉬었다.

그리고는 듯 큰 소리로 외쳤다.

"소림의 속가 제자 장건! 검성께 승부를 청하러 왔습니다!"

크게 외친다고 해도 그리 크지 않은 음성이었다.

하지만 듣고 있는 이들의 얼굴에는 장건이 처음 보였던 표정만큼이나 황당한 표정이 감돌고 있었다.

양소은이 자기도 모르게 외쳤다.

"저런 바보!"

제7장

검성의 요구

그것이 장건이 결심한 것이었다.

장건이라고 무섭지 않을 리 없었다. 검성의 공명검은 지금껏 장건이 보아온 어떤 무공보다도 허점이 없었다.

심지어 풍진의 검보다도 더 완벽하다.

공명검을 받지 못한 홍오는 한순간에 목숨을 잃을 뻔하고 폐인이 되었다.

자신이 그런 꼴이 될 수도 있다 생각하니 끔찍하기 그지없었다. 자신의 귀환을 기다리고 있을 부모를 생각하면 더더욱 그러했다. 폐인이 되어 돌아가는 것도 그렇지만, 부모의 얼굴조차 알아보지 못하고 광인이 되는 것도 두려웠다.

하지만 물러나고 싶지는 않았다. 어렸을 때부터의 오기라도 해도 좋고, 책임감이라고 해도 좋았다. 다른 사람들에게 입힌 피해를 스스로 갚겠다는 것이 장건의 생각이었다.

'엄마, 아빠. 미안해요.'

장건은 소림에 온 이후 처음으로 홀로 산문을 나섰다.

문원에게 들킬까봐 기척까지 지우고 빠져나왔다. 처음 나오는 길이라 생소하고 어색했지만, 걱정이 되어서인지 크게 느끼지 못했다.

산문을 나와 멀지 않은 산어귀에 자리한 마을이라 찾기는 쉬웠다. 더구나 마을 객잔의 대부분을 소림에서 나온 무인들이 차지하고 있어서 검성 일행을 찾기도 쉬웠다.

다만 윤언강 뿐 아니라 다른 사람들이, 그것도 새벽까지 술자리를 하고 있던 것이 좀 의외일 따름이었다.

다른 사람들도 장건의 등장에 적이 놀랐다.

문사명이 가장 먼저 반응했다. 문사명은 자신의 검을 들고 장건의 앞을 가로막았다.

"장 소협! 누가 누구에게 승부를 청한다는 것이오!"

장건은 물러서지 않았다. 각오한 이상 두려움을 떨쳐 버려야 했다.

"제가! 검성께!"

문사명의 눈에 힘이 들어갔다.

하룻강아지 범 무서운 줄 모른다더니, 누가 건방지게 누구에게 승부를 하자는 것인가!

그러나 검성은 별로 놀란 표정도, 의아하다는 표정도 아니었다.

마치 그럴 줄 알았다는 듯 웃었다.

"사명아, 비키거라. 날 찾아온 손님이잖으냐."

"사부님!"

"됐으니 물러서라."

문사명은 장건을 노려보며 옆으로 조금 비켜섰다.

양소은이 황급히 나섰다.

"자, 잠깐만요!"

양소은은 장건을 끌고 밖으로 나가려 했다. 그러나 장건의 옷깃도 잡지 못했다.

풍진이 슬며시 미소를 지었다.

"날이 엄청 섰는데? 저놈 화났나봐."

연화사태도 미소했다.

"제법."

양소은은 거의 윽박지르듯 억지로 장건을 끌고 구석으로 갔다. 백리연이 뒤따랐다.

"지금 미쳤어? 뭐하는 짓이야?"

장건은 당당하게 대답했다.

"승부를 하러 왔잖아요."

"승부는 말도 안 돼. 한 수 알려주십사 하는 것도 아니고,

어떻게 승부라는 말을……."

"승부가 맞아요. 비무나 대결이 아니니까요."

양소은이 이마를 짚었다.

"지금 그게 아니잖앗. 지금 네가 나서서 뭘 어쩌겠다는 거야. 이게 얼마나 바보 같고 무례한 짓인지 알아?"

대답하지 않는 장건의 눈빛을 본 양소은은 머리가 어질어질할 지경이었다.

"이 바보…… 죽을 작정으로 왔어."

백리연이 진지하게 물었다.

"정말이에요? 죽을 생각으로 왔어요?"

장건이 고개를 저었다.

"아뇨. 하지만 죽을 수도 있다는 각오는 했어요."

"나와 약속한 거…… 잊었어요?"

장건이 물끄러미 백리연을 보다가 희미하게 웃음을 머금었다.

"미안해요. 하지만 이건 내가 꼭 해야 할 일이니까요."

백리연의 눈동자가 흔들렸다. 장건은 진심이었던 것이다.

양소은은 꽤나 당황한 모습이었다.

"세상에…… 완전 순둥이는 아닌 줄 알았지만 설마하니 이럴 줄은 몰랐는데. 이런 바보 같은 남자가…… 아니, 내가 여기에 있다는 것부터가 말이 안 되는…… 내가 왜 얘를 걱정하고 있어? 하지만 걱정을 안했다면 어젯밤에 따라오지도 않았을……."

양소은이 곧 입술을 깨물었다. 자기가 횡설수설하는 이유가 명확해졌다.

'젠장! 이건…… 이건 너무 멋지잖아!'

자신에게는 잘해주면서 부친인 양지득의 성깔에 맞설 수 있는 남자. 그것이 양소은의 이상형이었다. 그런데 검성을 앞에 두고 선 장건에게서 그런 모습이 얼핏 보이고 있었다.

양소은은 부끄러워져 어쩔 줄 몰랐다.

양소은이 횡설수설하는 모습을 잠깐 본 장건이 백리연을 보고 고개를 끄덕였다.

백리연은 간담이 서늘했다. 손이 떨리고 진정되질 않았다. 굳은 마음을 먹고 어젯밤 윤언강을 찾아온 것은 소림이 어떻게 되더라도 장건만은 살려 달라 빌기 위함이었다.

천하제일문파를 위한 화산의 앞길에 가장 장애가 되는 것, 그것이 장건이라는 것쯤은 여자의 직감으로 알고 있었다. 아니, 설사 다른 일이라 할지라도 이것밖에 할 수 있는 게 없다는 걸 알기에 한 행동이었다.

그런데 정작 장건 본인은 말도 안 되는 것을 책임지겠다며 윤언강에게 싸움을 걸러 온 것이었다.

"죽을지도…… 몰라요."

백리연의 흔들리는 말만큼이나 장건도 흔들렸다.

마지막이란 생각을 해서였을까? 백리연의 얼굴은 간절해 보였고, 그만큼 아름다워 보였다.

장건은 가슴이 설레는 것을 느끼며 조용히 눈을 감았다. 지금껏 느끼지 못한 설렘이 장건의 마음을 안정시켰다. 누군가가 자신을 생각해주는 것, 그 이상으로 기쁜 설렘이었다.

할 수만 있다면 고맙다고 말해주고 싶었다.

그러나 백리연의 말에 딱 잘라 대답하는 목소리가 윤언강에게서 흘러나왔다.

"그런 일은 없을 게다. 너는 내가 한 약속이 그리도 가볍게 보였더냐?"

백리연이 뒤를 돌아보았다.

몸을 일으키지도 않고 윤언강이 장건과 백리연을 보고 있었다.

장건이 앞으로 나섰다.

"저와 승부해 주세요."

단호한 말에 윤언강이 부드럽게 웃으며 물었다.

"내게 원하는 게 있는 것 같구나?"

"제가 이기면…… 아니, 제가 검성 어르신의 공명검을 받아낸다면, 소림을 내버려둬 주세요."

풍진이 '허!' 하고 입을 벌렸다.

"당돌한 녀석아! 이건 네가 낄 자리가 아니야!"

그러나 윤언강은 진지하게 장건을 보았다.

"네가 날 이기거나, 혹은 네가 공명검을 받아내겠다는 말이냐?"

순간 윤언강의 눈에 자줏빛이 돌았다. 자하신공을 운용하고 있는 것이다.

 장건은 마주 공력을 끌어올리려 했다. 그러나 공력을 끌어올리는 순간 왠지 가슴이 거북한 느낌이 들었다.

 안법을 사용하고 나서야 장건은 이유를 알았다.

 가늘고 긴 선 하나가 윤언강과 자신의 가슴 사이에 그어져 있었다!

 '어, 언제? 눈치도 못 챘는데? 아무런 기척도 없이……'

 죽음의 선.

 홍오를 일격에 쓰러뜨린 죽음의 선이 벌써 장건에게 맞닿아 있는 것이었다. 이제 윤언강이 마음만 먹으면 장건은 반항도 해보지 못하고 피범벅이 될 터였다.

 그런데도 이상하게 떨리지가 않았다. 다만 이런 무공이 있다는 것에 장건은 놀라워하고 있었다.

 심지어 그것은 풍진이나 연화사태조차 눈치채지 못하고 있어 보였다.

 장건의 표정을 본 윤언강이 한숨을 내쉬며 고개를 가로젓는다.

 "역시…… 너는 그냥 내버려둬서는 안 될 아이다."

 윤언강은 심각한 어조로 중얼거렸다.

 공명검.

 아무도 그 시작과 끝을 알 수 없는 전설의 검공.

 당하는 사람은 죽는 순간까지도 상대가 언제 공명검을 시전했는지 알 수 없다.

그것이 이 공명검의 무서운 점이다.

그런데 장건은 알아챘다. 홍오도 알아채지 못했던 공명검의 시전을.

'실로 놀라운 아이가 아닐 수 없구나.'

술기운이 대번에 달아나는 것 같았다.

윤언강은 눈을 감고 천천히 손가락을 들어올렸다.

장건은 옴짝달싹할 수가 없었다.

윤언강이 눈을 감고 있다고는 하나, 그것은 이제 전혀 상관이 없게 되었다는 걸 안 때문이었다.

윤언강이 진지하게 손을 드는 모습에 풍진과 연화사태가 놀랐다.

"언강이! 자네 미쳤어! 애를 죽일 셈이야?"

풍진도 장건을 향해 검을 휘두르긴 했으나, 그것에는 분명한 명분이 있었다.

하나 지금의 윤언강은 장건쯤 굳이 상대할 필요도 없는 천하제일인이다. 그런 윤언강이 장건을 해친다면 뭇 강호인들의 조소를 받게 될 것이다.

이제 윤언강이 손가락만 까딱이면 장건이 피분수를 뿜을 참이다.

백리연이 달려와 장건의 앞을 가로막고 무릎을 꿇었다.

"어르신!"

백리연이 가로막고 있는데도 선은 사라지지 않았다. 백리연의 몸을 관통한 것이 아니라 자연스럽게 옆으로 곡선을 그리며 휘어져 장건에게 닿아 있다.

장건이 입을 열었다.

"백리 소저. 난…… 괜찮아요."

"안 돼요!"

울먹이기까지 하는 백리연은 애처로웠다.

"말했잖아요. 각오했다고."

"안 된다고, 이 바보 멍청아!"

백리연이 울면서 장건에게 매달렸다.

장건은 조심스럽게 백리연을 밀어냈다.

"피 묻으면 옷 더러워져요."

그런 끔찍한 말을 웃으며 하는 장건이 어처구니없어 보일 지경이다.

장건은 가벼운 손놀림으로 백리연을 밀어내고는 윤언강을 쳐다보았다.

어떻게 해야 할지 몰랐다. 그러나 그냥은 당하고 죽지 않을 생각이다. 어떻게든 최후까지 살아볼 생각이다.

"세상에……."

연홍도 이 놀라운 일들에 입을 막고 경악하고 있다. 장난삼아 말했던 공명검과 백보신권의 대결이 사실로 벌어지고 있었다.

그러나 결과는 공명검의 압승이 될 것 같았다.

잠깐이었지만 즐거운 대화를 한 사이였다. 나중에 비록 안 좋게 헤어졌지만, 그때까지만 해도 장건은 연홍의 수다도 다 받아준 착한 아이였다.

"안 돼……."

두 손으로 틀어막은 연홍의 입에서도 그런 말이 흘러나온다.

장건은 가슴에 죽음의 선을 매단 채 윤언강을 응시했다. 그런 각오서린 눈을 보며, 마침내 윤언강이 손가락을 까딱인다…….

풍진이 외쳤다.

"언강이-!"

홍오는 싫지만 장건은 좋아하는 풍진이다. 특히나 지금의 장건은 풍진이 가장 좋아하는 무인의 모습이 아니던가!

공명검을 막을 수는 없겠지만 풍진은 장건이 안타깝기만 하다.

까딱.

윤언강의 손가락이 움직였다.

백리연과 양소은이 비명을 질렀다.

"꺄악!"

"꺅……."

"……."

그러나 아무 일도 일어나지 않았다. 피분수도 없었다.

장건은 의아한 눈으로 윤언강을 쳐다보았다. 다른 사람들보다도 먼저 장건은 자신의 가슴에서 죽음의 선이 사라진 것을 알고 있었다.

이어 윤언강이 손가락을 재차 까딱이며 손짓한다.

"술은 마셔봤느냐? 이리 와서 한잔해라. 술은 어른에게 배워야지."

풍진과 연화사태는 멍한 표정이 되었다.

"지금 장난하냐?"

"앞으로 손가락만 까딱하면 네 앞에선 애들 다 빌빌 기겠다? 그걸로 여생을 다 우려먹고도 남겠다?"

"껄껄!"

윤언강은 그저 웃을 따름이다.

막 울음을 쏟아내던 백리연과 머리를 쥐어뜯던 양소은도 동작을 멈추었다.

장건은 아직 승부가 끝났다고 생각하지 않았다. 공명검의 처음을 보았을 뿐, 검 자체는 보지 못했으니.

"이리 오라 하잖으냐."

"하지만……."

윤언강이 답답하다는 듯 혀를 찼다.

"넌 아직도 날 이길 수 있다거나, 혹은 공명검을 받을 수 있다고 생각하느냐?"

가만히 생각하던 장건이 고개를 저었다. 그래도 오기는 여전하다.

"끝까지 해보지 않으면 모르는 거잖아요."

윤언강은 허탈한 듯 웃었다.

"그놈의 고집은 원."

풍진과 연화사태는 또다시 놀랐다. 공력을 끌어올린 것뿐이었는데 그 사이에 자신들도 모를 무언가가 서로 오갔다는 사실을 깨달은 것이다.

양소은이 멀뚱히 서 있는 장건의 뒤로 달려가 냅다 오금을 걷어찼다.

이것은 장건도 예상하지 못했던 일이었다. 장건은 앞으로 넘어질 뻔하다가 겨우 섰다. 무방비에서 오금을 걷어차이고도 넘어지지 않았다는 게 놀라울 뿐이다.

"왜 그래요!"

"빨리 가서 꿇고 빌어."

"내가 왜 꿇어요?"

"어르신이 널 살려주셨잖아."

장건이 잠시 당황하더니 양소은을 보고 눈에 불을 켰다.

"그런데 왜 소저가 나한테 빌라고 하는 거죠?"

양소은이 앙칼지게 외쳤다.

"내가 널 좋아하니까!"

"……!"

장건이 눈을 크게 떴다.

양소은은 자기가 소리쳐놓고도 놀란 표정이었다.

"에……? 아니, 그러니까……."

긴장이 풀린 풍진이 혼자 술을 따라 자작하며 투덜거렸다.

"엄청난 고백이군. 하여간 요즘 것들은 위아래도 없어요. 어른이 있든 말든 지 좋으면 다야?"

연화사태가 맞장구를 쳤다.

"쯧쯧. 연홍아, 너는 나중에 저러지 마라. 꼴사납게 저게 뭐냐, 저게."

그러나 연화사태의 얼굴도 곧 굳었다.

연홍은 완전히 얼굴이 붉어져 두 손으로 얼굴을 가리고 있었다.

"머, 멋있어…… 피 묻으면 옷 더러워진대……. 어떻게 그 상황에서 그런 말을 할 수 있지?"

연화사태가 황망한 표정으로 소리를 질렀다.

"정신차려, 이년아! 넌 잘생긴 남자 좋아하잖아!"

가만히 듣고 있던 장건은 연화사태의 말에 울컥했다. 따지고 보면 이렇게 싸우러 온 것도 연화사태의 한마디 때문이 아니었던가.

"제가 어디가 어때서요!"

"그럼 내가 내 애제자를 네놈에게 줄 것 같아?"

"제가 언제 달라고 했어요!"

"네놈 눈빛만 보면 안다, 이놈아! 삼처사첩을 두고도 남을 썩은 놈."

장건은 자신의 처지도 잠깐 잊었다. 방금까지 목숨을 걸고 싸우러 왔다는 게 꿈이었던 것처럼 희한하게 흘러갔다.

검성의 요구 205

고함과 울음 섞인 비명이 난무한 게 시끄러웠는지 구석에 처박혀 있던 양가장의 호위무사가 부시럭거리며 일어났다.

"뭐야아, 무슨 일이야아? 어떤 빌어먹을 호로자쉭들이 어른 주무시는디……"

그러나 곧 그는 연화사태의 처절한 응징을 받았다.

공중을 부웅 하고 날아간 연화사태의 발길질이 연속으로 호위무사의 이마에 작렬했다.

원앙 이단각(鴛鴦 二段脚)!

빠박!

"넌 그냥 좀 자라!"

* * *

무인들은 세간의 예법에 크게 얽매이지 않는다.

남녀 간에도 좋으면 좋다 직접적으로 말하고, 나이 몇 살쯤은 가볍게 뛰어넘어 친구가 되기도 한다.

그런 것들을 어느 정도 이해하게 된 장건도 지금의 상황은 어딘가 희한하게 뒤틀려 있다는 듯한 인상을 받고 있었다.

소림의 수뇌부는 밤낮을 가리지 않고 골머리를 싸매며 대책마련에 골몰하고, 제자들의 분위기도 침울하다. 그런데 지금 이곳의 분위기는 마치 꽃놀이라도 나온 사람들과도 같은 것이다.

홍오에게 한칼 먹이겠다며 눈에 불을 켰던 풍진은 오히려

진 마당에 뭐가 좋은지 웃고 있으며, 소림을 침울케 한 윤언강은 사람 좋은 노인 외에 무엇도 아니다.

'뭐가 이래?'

문사명이 그러했듯 장건도 마찬가지였다.

아무리 생각해 봐도 이건 무인들의 예법 같은 것 하고는 전혀 관계가 없어 보인다.

"정말 안 마실 테냐? 어른이 주는 건 마시는 게야."

풍진이 장건에게 잔을 권했다. 장건은 결단코 사양했다.

"몰래 나왔는데 술까지 먹고 들어가면 혼나요. 게다가 지금은 아침이잖아요."

연화사태가 조소했다.

"죽으러 온 놈이 혼날 걸 걱정하는구나?"

"죽으면 안 혼나지만, 안 죽었으니까 혼날 거 아녜요."

"허어, 요놈 말은 잘하네. 한두 대만 때렸으면 원이 없겠다."

"때리셔도 안 맞아드릴 거예요."

"이놈이?"

연홍이 눈을 반짝인다.

"완전 멋있다. 우리 태사부님이 때린대도 안 맞아준대. 우리 태사부님, 우내십존인데."

연화사태가 소리를 질렀다.

"넌 좀 정신차리라고, 이년아!"

무엇보다 장건은 어쩌면 소림의 최대 적인지도 모르는 윤언강을 앞에 두고 무언가를 먹을 자신이 없었다. 어떻게 이런 불편한 자리가 있는지 이해가 가지 않는다.

'차라리 8년 전의 굉목 노사님과 함께 있는 게 더 편하겠다.'

게다가 자신을 쳐다보는 소녀들의 초롱초롱한 눈빛마저도 불편하기 짝이 없다.

가끔씩 뭔가에 홀린 듯 중얼거리는 말은 장건을 오싹하게 한다.

"천하의 검성 어르신께 인정을 받다니……."

"사문을 위해 목숨을 거는 이런 남자는 요즘 정말 흔치 않은데……."

그런 말들이 들릴 때마다 장건은 불편해 죽을 지경이다. 백리연조차 감격에 겨운 눈빛으로 보고 있어서 불편함은 더 가중된다.

장건이야 그러든 말든, 윤언강과 풍진, 연화사태는 연신 술잔을 들이킨다. 왠지 모르게 불편해 하는 것은 장건과 문사명뿐인 듯하다.

장건은 숨 막히는 기분을 참지 못하고 그나마 안면이 있는 풍진에게 물었다.

"몸은 좀 괜찮으세요?"

"나? 죽겠지. 갈비뼈가 다 드러났는데 멀쩡하겠냐. 내장이 안 쏟아진 게 신기하더라."

"그런데 술을 이렇게 드셔도 돼요?"

"이 나이 먹고 얼마나 오래 살겠다고? 어차피 여한도 없는데 하고 싶은 대로 하다가 죽는 게 속 편하지."

장건은 말을 할수록 이상하게 여겨졌다.

"왜 여한이 없으세요? 그렇게 다치셨는데요."

풍진이 눈을 째릿하게 뜨고 장건을 쳐다보았다.

"너 지금 묻고 싶은 게 그게 아니지? 홍오를 잡아먹으려 할 땐 언제고, 싸움에서 졌는데 이러고 있으니 이상한 게지?"

정곡을 찔린 장건이 고개를 끄덕였다.

"네. 사실은 그래요."

"네가 보기엔 내가 진 것 같았느냐?"

"……진 게 아닌가요?"

"난 이겼다고 생각한다만."

"진짜요?"

풍진이 그답지 않게 싱긋 웃었다.

"홍오는 나와 정면으로 승부하지 않았다. 꼼수를 썼지. 그건 내 검을 따라올 자신이 없다는 뜻이 아니겠느냐. 물론 나와 내력 대결 중에 다른 수를 준비한 운용 능력은 감탄할 만하다만."

듣고 보니 그렇긴 하다.

"예전에 나는 홍오에게 같은 수법으로 패했단다. 그런데 지금은 같은 수법으로 홍오가 날 이길 수 없어. 그런데도 내가 졌다고 할 수 있을까?"

장건이 뒷머리를 긁었다.

"잘…… 모르겠는데요."

"뭐, 몰라도 된다. 아무렴 믿고 있던 제왕검형이 완전히 파해당한 남궁가 놈보다야 훨씬 낫지 않겠냐? 그놈은 앞으로 공동파 애들을 만나면 고개부터 돌려야 할걸."

연화사태가 혀를 찬다.

"졌으면 진 거지. 꼬마야, 저런 궤변에 속을 필요 없다. 그제만 해도 황천길을 오락가락하던 늙은이다. 이제 좀 살 만해졌다고 저러는 게야."

장건은 아직도 이해할 수 없었다. 풍진의 말이 진실인지 아닌지.

그런 마음에 무심코 윤언강을 보았더니, 윤언강이 웃으며 물었다.

"내게도 물을 게 있느냐?"

대놓고 '남의 문파를 박살내고 웃음이 나오세요?'라고는 할 수 없었다.

"그때…… 마지막에 왜 그런 말씀을 하셨는지 묻고 싶어요."

"마지막에?"

윤언강도 고개를 갸웃했다.

장건이 진지하게 말했다.

"네. 분명히 그러셨어요. 소림은 이제 내 것이다…… 라고."

풍진과 연화사태가 술을 뿜었다.

"푸웁!! 네가 정말 그랬냐?"

"미쳤구나?"

문사명도 놀라서 눈을 크게 뜨고 윤언강을 보았다. 윤언강은 크게 한 번 웃더니 조금 부끄럽다는 얼굴을 했다.

그리고는 장건이 상상도 못할 대답을 했다.

"엇험! 나도 모르게 흥취에 젖어서 그만. 그걸 또 보고 있을 줄은 몰랐구나."

"에이이, 미친놈. 그걸 딴 놈들이 봤으면 정말 큰일 날 소리를 했구만."

장건은 입을 떡 벌렸다.

그때의 한마디가 얼마나 장건을 전율케 했는지 윤언강은 알기나 하고 있는 것일까?

그것이 그냥 '흥에 겨워서'란 말로 넘어갈 수 있는 정도의 것일까?

어이가 없어 아무 말도 못하는 장건을 향해 풍진이 대신 말을 했다.

"네가 이해해라. 언강이 이놈, 어제까지 마냥 시체처럼 멍하게 있었다."

장건은 퍼뜩 정신이 돌아왔다.

"네에?"

믿을 수가 없었다.

지금 이렇게 웃고 떠드는 사람이, 홍오를 폐인으로 만든 사람이 시체처럼 멍하게 있었다고?

풍진이 클클거리며 놀란 장건을 보았다.

"나도 그랬지만, 언강이도 수십 년 홍오 하나만을 보고 살아왔다. 그래서 분에 넘치게 우내십존이란 명성도 얻었지. 네가 그런 감정을 알지는 모르겠다만, 목표만 향해 달려간 삶은 목표를 잃었을 때 허망해지는 법이다."

풍진은 씁쓸한 얼굴로 자신의 다친 가슴을 매만졌다.

"내 인생의 반 이상을 차지해왔던 무언가가 순식간에 사라지는 공허한 기분…… 몸에서 커다란 게 빠져나간 듯 허탈한 기분…… 뭔지 모를 중요한 것을 잃어버린 듯 알쏭달쏭한 기분…… 굳이 말하자면 그런 것이지."

듣고 있던 장건 뿐 아니라 문사명도 그제야 풍진과 윤언강의 마음을 이해할 것 같았다.

수십 년 동안 끊지 못하던 매듭을 드디어 풀어낸 것이다. 그것도 숙적을 넘어서서.

그때의 허탈함이란, 아마도 풍진의 말처럼 세상을 다 버린 그런 기분일지도 몰랐다.

장건은 심정적으로 이해를 하면서도 아직 경계를 풀지는 못했다.

어쨌거나 윤언강은 소림에 요구할 게 남아 있다. 그가 지금 무슨 말을 하든, 요구 사항은 치명적일 수 있다.

그 생각을 하니 장건은 다른 이들처럼 고개를 끄덕이며 동조할 수 없었다.

무인이란 웃으면서도 칼질을 할 수 있는 사람들이었다. 그리고 아무렇지도 않게 밥을 먹고 잠을 잘 수 있는 이들이었다. 조금 전에도 실제로 윤언강은 장건에게 공명검을 겨누었던 게 사실인 것이다.

'어렵다……'

장건은 언제 자리에서 일어나야 할까만을 고민하고 있었다.

그런데 그때, 송덕이 다시 들어왔다.

"이번엔 정말 소림에서 나오셨습니다."

그리고 얼마 지나지 않아 원률이 혼자서 방으로 들어섰다. 원률은 막 걸음을 옮기다가 방 안의 상황을 보고 깜짝 놀랐다.

여자들의 시중을 받으며 술을 마시고, 구석에서는 누군지도 모를 이들이 자고…… 이건 도대체가 진지한 분위기가 아니었다.

협상에 나섰을 때 표정관리를 하는 것이 무엇보다 중요하다는 걸 알면서도 표정을 드러낼 정도로 당황스러운 모양이었다.

"아니, 네가 왜……"

무엇보다 장건까지 그 술판에 끼어있다는 사실에 적잖이 충격을 받았다.

원률은 곧 자신의 실수를 깨닫고 고개를 숙여 표정을 감추었다.

"아미타불. 오래 기다리시게 하여 죄송합니다. 원률이라고

합니다."

"전혀 늦지 않았네. 약속 시간에 딱 맞추었구먼. 어서 오시게."

드디어 시작이다.

장건은 두근거리는 마음으로 몰래 윤언강을 훔쳐보았다.

윤언강은 얼큰히 취한 듯 느긋한 표정이다. 그러나 원률을 보는 순간 윤언강이 순간적으로 득의한 표정을 지었음을 보았다.

'뭔가 노리는 게 있긴 한데……'

경험이 적은 장건이 그것마저 알 수는 없었다. 설상가상으로 원률은 고개를 급히 숙이느라 그 표정을 보지 못했다.

윤언강이 혼잣말처럼 중얼거렸다.

"역시…… 소림의 결정은 이것인가?"

혼잣말이었으나 방 안의 모두가 그의 말을 들을 수 있었.

원률이 되물었다.

"예?"

"아닐세. 나는 원호 대사가 왔다면 좀 더 일이 편해지지 않았을까 생각했을 뿐이라네. 자리는 많으니 그쪽에 앉게나."

마치 협상가가 나설 거라는 걸 예상하기라도 했다는 말투였다.

'역시 호락호락한 상대가 아니다.'

원률은 마른침을 삼키며 반대쪽에 앉았다.

풍진이 몸을 일으켰다.

"우린 잠시 자리를 피해주는 게 좋겠군."

그러나 별로 일어나고 싶어 하는 눈치는 아니었다. 윤언강이 가볍게 만류했다.

"그럴 필요 없네. 뭐가 대단한 일이라고."

"그럼 그럴까?"

풍진이 다시 앉는 바람에 덩달아 일어났던 장건이나 문사명은 바보가 되었다.

원률은 입맛이 썼다. 굳이 윤언강이 대단한 일이 아니라고 하는 이유를 알 수가 없었다.

"잠시……."

원률은 윤언강에게 양해를 구한 후, 장건을 보고 물었다.

"아침 공양도 전인데 네가 여기엔 어떻게 와 있느냐."

"아, 그게요."

장건이 어떻게 말을 할까 고민하는데 윤언강이 웃으며 답했다.

"날 찾아왔네."

"예? 저, 아이…… 혼자서 말입니까?"

"그렇다네. 나와 겨루고 싶다고 찾아온 거니 너무 혼내진 말게나."

원률이 인상을 쓰며 장건을 힐끗 보았다. 아무리 좋은 의도였다 해도 장건이 낄 자리가 아니었다. 게다가 무단으로 행동을 했으니 입이 열 개라도 할 말이 없는 장건이었다.

원률은 돌아가면 혼날 줄 알라는 무언의 눈빛을 보낸 후 윤언강에게 말했다.

"피차 서로 간에 할 말이 많지는 않을 것이니 단도직입적으로 묻겠습니다. 검성 어르신께서 본사에 원하시는 바를 말씀하여 주십시오."

윤언강의 입 끝이 슬쩍 비틀렸다.

"무슨 소릴 그리 섭하게 하는가. 나는 이 상황을 조금 더 즐기고 싶다네. 수십 년의 마음고생에 대한 약간의 보상이라 생각하면 아니 되겠는가?"

원률이 담담하게 되물었다.

"그것이 본사에 요구하시는 것이라면 얼마든지 들어드리겠습니다."

"이거야 원, 농담도 통하지 않는 친구를 보냈군그래."

원률은 조용히 눈을 들어 윤언강을 마주했다. 조금도 밀리지 않는 기백으로 윤언강을 정면으로 보며 똑바로 말한다.

"본사에서는 이번 일을 농담으로 받아들이고 있지 않습니다."

그러나 윤언강은 오히려 더 삐딱하게 몸을 옆으로 틀며 묻는다.

"그럼 내가 말하는 건 뭐든지 다 들어주겠다는 뜻인가?"

"강호의 도리에 어긋나지 않는 것이라면 무엇이든 들어드릴 준비가 되어 있습니다."

"강호의 도리라…… 그래."

윤언강의 웃음이 진해졌다.

순식간에 방 안에 짜릿한 긴장감이 감돌았다.

드디어 윤언강이 본론으로 들어가 자신의 요구를 말하려 하고 있는 것이다!

백리연은 상황을 보며 스스로 판단한 바를 생각했다.

'소림에서는 여럿이 아니라 승려 한 분만을 보냈으니, 가능한 한 이 일을 조용히 덮으며 처리할 생각이야. 어느 한도까지는 들어줄 수밖에 없다는 뜻이겠어. 그럼 검성 어르신의 생각은……'

그때 윤언강이 묵직하게, 하지만 반은 장난처럼 말을 툭 내던졌다.

"소림의 봉문…… 한 십 년 정도면 어떻겠는가?"

덜컥.

원률에게는 심장이 내려앉는 말이었다.

풍진이나 연화사태는 물론이고, 장건과 백리연 등도 눈을 크게 떴다. 하지만 윤언강과 소림의 얘기에 끼어들 수 없었기에 소리도 내지 않았다.

봉문!

봉문이라는 것은 완전한 대외활동의 금지를 말한다. 그간 소림은 강호의 일에 나설 수 없으며, 완전히 배제된 채 잊혀지는 것이다.

원률은 윤언강이 그렇게까지 말할 거라고는 생각하지 못했기에 잠시 주춤했다.

급히 마음을 추스른 원률이 반장하며 답했다.
"농이 과하시군요."
"농이라고?"
쫙!
원률은 갑자기 소름이 끼쳤다.
끼이이익.
끼이익!
무슨 소린가 하여 보았더니 윤언강이 술병을 잡더니 맨손으로 사기 호리병을 잘게 찢고 있는 것이다!

자르거나 떼어내는 게 아니라 종이를 찢듯 정말로 찢고 있는 것이다! 채 다 따르지 않았던 벌꿀색의 맑은 술이 그대로 뚝뚝 떨어지고 있다!

윤언강은 언제 웃고 있었냐는 듯 살벌한 표정을 짓고 있었다. 진심으로 화가 난 얼굴로 윤언강이 언성을 높였다.

"농담으로 받아들이고 있지 않다고 한 것은 자네였네! 자네는 전권을 위임받았을 테니 자네의 말은 곧 소림의 뜻! 소림이 내 말을 농담으로 치부하고 있다 생각해도 되겠는가!"

웅장하게 울리는 한마디에 원률은 숨이 탁 막혔다.

'현 강호 최대의 거인(巨人)…… 함부로 말을 해서는 안 되겠구나…….'

원률이 급히 사과했다.

"제가 실언하였습니다."

"사과는 필요 없네. 소림의 봉문 이십 년! 받아들이겠는가!"
원륭이 이를 악물었다. 순식간에 기간이 두 배로 늘었다. 그의 턱에 힘줄이 돋아났다.
"과거 두 분 사이의 친분을 생각했을 때, 너무 심한 면이 있지 않은가 생각됩니다. 들어드릴 수 없는 얘기는 아니나 강호의 뭇 이들이 심한 처사라 수백 년을 두고 회자할 것입니다."
윤언강이 기세를 거두었다.
"흥. 결국은 들어주지 못하겠다는 말이군."
"그렇지 않습니다. 어찌 저희가 사문의 존장께서 남긴 유품과 그것에 건 약조를 우습게 여기겠습니까. 다만…… 남들의 평가가 검성 어르신을 욕보일까, 그게 저어될 뿐입니다."
윤언강은 들릴 듯 말 듯 코웃음을 쳤다.
"좋네. 내가 볼 때에도 봉문은 심한 요구인 것 같군. 그렇다면 제자를 받지 않는 건 어떤가. 그것도 한 삼십 년이면 괜찮을 것 같은데."
봉문보다는 나은 듯 보이나 이번에도 받아들이기는 어려웠다. 정식 제자나 속가 모두 매년 받는 것이 아니나, 삼십 년의 공백은 한 배분이 완전히 빠진다는 것을 의미한다. 특히나 속가를 삼십 년이나 받지 않게 되면 강호에서의 공백이 심하게 드러날 것이다.
쉽게 말하면 반푼이 문파가 된다. 달리 생각하면 십 년의 봉문보다도 더 심한 요구일 수 있었다.

원률이 조심스럽게, 하지만 비굴하지 않게 입을 열었다.

"십 년 정도면 어떻습니까? 그 정도면 검성 어르신의 마음도 풀리지 않을까 사료됩니다만."

"나는 요구를 말하겠다 했을 뿐인데, 소림에서는 협상을 하려 하는군. 차라리 소림에서 들어줄 수 있는 걸 내게 알려 달라 하는 게 속 편하겠네! 홍오의 언약이 이 정도밖에 되지 않는가?"

"거듭 말씀드리지만, 저희는 최대한 들어드릴 준비가 되어 있습니다. 그러나 제자를 받지 못한다면 어찌 하나의 문파라 할 수 있겠습니까. 강호 전체에서의 배분 역시 크게 혼란이 올 것입니다."

윤언강은 원률의 마지막 말에 조금은 흔들린 듯했다.

"자네 말이 틀리지 않군. 소림의 배분은 강호의 배분과도 연관되어 있으니 적잖은 혼란이 오겠어. 그래…… 그것은 요구하기가 어렵군. 그럼 어쩐다?"

원률은 속으로 쾌재를 불렀다.

'역시 검성은 남의 이목이 두려워 본사에 무리한 요구를 하지 못하고 있구나. 잘 된 일이다.'

윤언강이 짐짓 고민하는 투로 문사명을 쳐다보았다.

"내 솔직히 말하자면, 더 이상 홍오와의 약속 같은 건 상관도 없네. 내 이미 그를 꺾은 것으로 족하지."

원률은 말을 아끼며 윤언강의 말을 경청했다. 이럴 때 좋다고 대답했다가는 상대의 말에 말릴 수 있었다.

"그런데…… 나이가 드니 내 생각만 하는 것도 우습더군. 내가 아니라 제자를 위해서 뭔가를 해주고 싶더란 말이야."

갑자기 윤언강이 문사명에게 물었다.

"사명아."

"예, 사부님."

"넌 혹시 소림의 무공에 대해 어떻게 생각하느냐?"

"소림의 무공 말씀이십니까?"

윤언강은 마치 옆 동네 놀러가듯 편안한 말투로 말했다.

"정확히 말하자면 소림이 보유한 무공들이라 해야 하겠구나. 소림의 장경각에는 소림의 무공뿐 아니라 온갖 무공서가 비치되어 있어, 무인에게는 보고(寶庫)와도 같은 곳이다. 어떠냐? 그곳에 한번 들어가 보고 싶지 않으냐?"

장경각!

드디어 장경각이 거론되었다.

이미 예상한 바였으나, 조금은 다른 갈래였다. 윤언강이 아니라 그의 제자인 문사명을 보내겠다는 것이다.

원률은 미처 그 생각까지 하지 못한 자신을 책망하며 급히 머리를 굴렸다.

'검성이 아니라 그의 제자라?'

윤언강이 들어가는 것보다야 낫다. 이미 초인의 경지에 올라선 윤언강이다. 그러면 무공 비급을 한 번 훑어보는 것만으로도 요체를 파악해낼 것이다.

그러나 문사명은 아직 나이가 어리다. 성취가 뛰어나 이미 동년배의 실력을 넘어섰다 하나, 윤언강에 비하면 새 발의 피다.

'이를 허락해야하나?'

봉문이나 제자불입(弟子不入)의 조건에 비하면 실질적으로 한결 양호하다.

하지만 자존심은 더 상한다. 당금의 천하제일인이 된 윤언강이 아니라 그의 새파란 제자가 소림의 중추와도 같은 장경각에 들어가게 되는 것이다.

'본산의 제자들도 함부로 들이지 않는 곳이거늘.'

설사 문사명이 아무것도 얻지 못한다 하더라도 그가 출입했다는 사실은 본산 제자들에게 큰 충격을 줄 터였다. 천년소림의 위상에 대대로 흠집이 날 일이다.

그가 생각에 빠져 있는데 윤언강이 묻는다.

"어떤가? 어차피 주요 무공은 구전구결(口傳口訣)로 전수할 것이 분명하니 장경각에는 없을 터, 이만하면 소림도 크게 힘든 조건은 아니지 않은가?"

원률은 대답을 늦췄다. 산술적인 계산상으로는 가장 손해를 덜 보는 조건이었으나, 말에 담긴 함정도 생각해 봐야 했다.

선뜻 승낙을 했더니만 '평생 출입'의 조건이었다고 하면 어떻게 되겠는가.

"아미타불······."

원륜이 불호를 외며 잠시 시간을 끌었다. 이미 협상에서의 우위를 점한 듯하니 더 좋은 조건을 위해…… 하다못해 출입 기간이라도 줄여보려 했다.

그런데 문사명이 단호하게 말했다.

"싫습니다."

"싫다고?"

뜻밖의 말에 원륜이 문사명을 쳐다보았다. 윤언강은 마치 그 대답을 기다렸다는 듯 미소했다.

"왜 싫으냐?"

문사명은 자신을 시험하는 투의 말에 흔들림 없는 어조로 답했다.

"저는 본파의 무공이 강호의 그 어떤 무공에도 뒤지지 않는다고 생각합니다. 본파의 무공을 배우고 익히는 데에 평생을 바쳐도 부족한데, 익히지도 못할 무공들을 보아 무엇하겠습니까."

윤언강은 대견하다며 껄껄 웃었고, 원륜은 속으로 문사명을 비웃었다.

'아직 젊어 생각이 짧구나. 본사의 무공을 익히는 것이 아니라 본사 무공의 파해법을 찾아 화산에 전수한다면 보다 큰 이익을 얻을 수 있을 텐데.'

윤언강이 긴 한숨을 내쉬며 원륜을 보았다.

"내가 원하는 것은 소림이 불가하고, 제자 녀석도 내 뜻에 따라주지 않으니 이것 참 난감한 일이로고. 괜한 약속을 하여 골치만 아프군그래. 그렇다고 내가 내뱉은 말을 지키지 않을 수도 없고."

문사명이 살짝 당황했다.

"사부님께서 곤란하시다면……."

"됐다. 네겐 네 길이 있지 않으냐. 그런데 굳이 싫다는 걸 억지로 할 필요는 없다. 게다가 오히려 네가 장경각을 가지 않겠다는 말이 나를 더욱 기쁘게 하는구나."

원률은 조금 의아한 생각도 들었다.

'검성은 화산을 천하제일로 만들기 위해 본사를 억압하려 한다 들었다. 그런데 지금은 약속을 지켜도 좋고 안 지켜도 상관없다는 태도로구나. 이미 자신이 천하제일인의 자리에 올랐다 하여 만족하고 있는 겐가?'

윤언강은 말을 아끼는 원률을 지그시 보며 말했다.

"내 자만하는 것으로 보일지 모르나, 나 윤언강은 이제껏 살아오며 한 번도 허튼소리를 한 적이 없네. 더구나 이제는 내 입에서 나온 말이 나의 한마디가 아니라 화산의 뜻이기도 하니 반드시 지켜져야만 하네."

원률이 반장하며 대답했다.

"물론입니다. 한 문파의 존장께서 하시는 말씀이 허튼소리가 되어서는 아니 되지요. 본사 역시 최선을 다해 요구를 들어드릴 것입니다."

딱히 끼어들지는 않고 있었으나 풍진과 연화사태는 혀를 차는 표정을 하고 있었다.

이미 소림은 윤언강의 말을 두 번이나 거절했다. 그것은 윤언강과 달리 소림의 존장인 홍오와 문각의 약속을 허튼소리로 만든 것이나 다름없는 일이었다.

소림이라고 그것을 왜 모를까. 단지 잃을 것이 너무 크니 그럴 수밖에 없다는 걸, 그래서 원률 혼자 윤언강을 찾아왔다는 정도는 풍진이나 연화사태도 이해하고 있는 바였다.

하지만 강호의 태산북두라 하는 소림에서 할 행동은 결코 아닌 것이다.

'도대체 언강이 놈, 뭘 바라고 저러는 게지?'

'낸들 아나! 아까부터 자꾸 저리 배배 꼬면서 협잡을 부리는 걸 보니 요번은 진짜배기가 나올 것 같은데?'

풍진과 연화사태는 초조하게 윤언강을 지켜보았다.

윤언강은 빙긋 웃었다. 그의 웃음에는 풍진과 연화사태의 생각에 동일한 감정이 담겨있었다.

"이도 저도 할 수 없다면……."

윤언강이 돌연 자리에서 일어섰다.

돌발적인 행동에 원률은 긴장했다. 그러나 윤언강의 표정은 지극히 쾌활하고 낙천적이기까지 했다.

윤언강이 자리에 서서 장건을 바라보았다.

"내 실은 저 아이를 마음에 두고 있었다는 정도는 알고 있겠지? 처음 만나 사과 한 번 잘못 깎아 준 죄로 이곳저곳에서 엄청난 구박을 받았다네."

 원률은 갑자기 머리끝이 쭈뼛 서는 느낌을 받았다. 물론 삭발을 하였으니 머리카락이 서진 않았으나, 정수리 쪽에서부터 등줄기를 타고 오싹한 소름이 끼친다.

 '설마…… 정말 노린 건 그것이었나!'

 이리저리 말을 돌리며 어쩔 수 없다던 태도를 보인 윤언강이었다. 그러나 언제까지 그의 요구를 거절할 수도 없다.

 봉문과 제자불입, 장경각까지 무산된 마당에 '장건이나 내 제자로 달라'고 하면 어떻게 될 것인가!

 원률은 산문을 나오기 전 원호가 찾아와 자신에게 한 말을 떠올렸다.

 ─ 검성은 세간의 평판에 신경을 쓰는 편이다. 아무래도 난 이번 일로 명백히 천하제일인이 된 그가 세인들의 이목을 무시하고 본사의 무공을 요구할 것 같지 않다. 그것은 결코 천하제일인이 요구할 성질의 것이 아니지.

 ─ 그럼 무엇을 요구하겠습니까?

 ─ 아마도…… 으음…… 건이를 제자로 달라 하지 않을까 싶다.

 ─ 아무리 그래도 그럴 리가 있겠습니까?

 ─ 원률 사제, 사제는 검성의 집착을 모른다. 한 번 마음

먹은 바를 반드시 행하는 이가 검성이야. 또한 장건이는 화산이 천하제일로 거듭나는 시기에 가장 큰 걸림돌이 될 수 있어.

그때는 그냥 듣고 가슴에 담아두기만 했었다. 그런데 정말 윤언강이 장건을 노리고 있을 줄이야.
원률은 원호의 마지막 한마디를 다시 되새겼다.

- 검성이 천하제일인이 되었으나 그네들의 시대가 얼마나 지속되겠는가. 이미 우내십존조차 너무 오래 자리를 지키고 있었다. 강호에 난(亂)이 없어 우내십존의 뒤를 이을 절대자가 딱히 없는 지금, 한 시대를 건너뛰어 장건의 대에서 절대자가 나올 수 있다. 검성은…… 충분히 그때를 준비할 수 있는 사람이야.

원률은 이를 악물었다.
어쩌면 원호의 말은 무진의 말과 맥락을 같이하는지도 모른다.
그렇다. 당장의 이익이 문제가 아니다.
소림도 딱히 홍오의 뒤를 이을 고수를 배출하지 못한 지금에 훗날을 도모하지 않을 수 없다.
그 훗날의 씨앗이 될 장건은 소림으로서도 소중한 재목인 것이다.

윤언강이 무슨 말을 하든, 이번만큼은 원률도 절대 응해서는 안 된다 다짐했다. 차라리 십 년 봉문이나 삼십 년의 제자 불입을 감당하는 편이 훨씬 옳은 일이었다.

윤언강의 일거수일투족에 방 안의 이들은 -잠을 자는 몇을 제외하고- 극도의 관심을 쏟았다.

이윽고 윤언강이 고개를 슬쩍 저으며 말했다.

"내 생각 같아서야 너를 화산의 제자로 받아들이고 싶다만…… 소림을 위해 나와 싸우겠다던 네가 그럴 리 없을 것 같구나."

원률은 갑갑하던 마음에 한 줄기 빛이 보이는 듯했다. 생각해보니 장건이 화산으로 갈 리 없다. 이미 장건은 소림을 위해 독단적으로 윤언강에게 도전하러 왔다고 하지 않았는가.

'장건 이놈! 혼내기는커녕 본산으로 돌아가면 아주 예뻐해 주어야겠구나! 기특한 녀석.'

윤언강은 짐짓 화를 내는 투로, 하지만 여전히 기분 좋은 얼굴로 소리쳤다.

"싫다는 녀석 억지로 데려가 봐야 소용이 없을 테고! 에에잉, 좋다!"

윤언강이 원률을 보며 목소리를 높여 말했다.

"원률 대사라 했는가!"

"그렇습니다."

"내 마지막으로 한마디 하겠네. 이번만큼은 절대 거절해서는 아니되네! 만일 거절한다면 나 윤언강, 내 이름 석자를 걸고 결코 소림을 용납하지 않을 것이야!"

원륜은 소름이 쭉 끼쳤다. 한 번 내뱉은 말을 지킨다는 그가 소림을 멸문시켜버리겠다는 투로 말을 한다.

그러나 의외로 윤언강의 표정은 살벌하지 않다. 여전히 웃는 그대로다.

그리고 윤언강이 장건을 보며 말했다.

"내 오늘 간만에 술에 취해 흥에 겨우니, 건이에게 검이나 한 수 가르칠까 하네!"

"……"

"응?"

"엥?"

"저놈이 정말 술에 취했나?"

말을 않고 참던 풍진과 연화사태는 물론이고, 백리연과 양소은, 문사명까지도 놀랐다.

원륜은 완전히 허를 찔린 듯해 눈만 끔벅거리고 있었다.

정말 그게 다냐? 하는 투로 윤언강을 본다.

윤언강이 다시 외쳤다.

"가르친다는 것도 어울리지 않겠군! 내 다시 오늘 같은 날을 다시 맞이하기도 어려울 터, 한차례 검무를 추겠다. 그 안에서 보고 배우는 건 너희들의 몫이다."

윤언강이 장건만이 아닌 자신의 제자 문사명과 백리연, 양소은까지도 함께 가리킨다.

원률은 잠시 갈피를 잡지 못했다.

'제자로 삼는 것도 아니고, 직접 구결을 전수해 무공을 가르치겠다는 것도 아니다. 그냥 한 번의 검무를? 게다가 장건에게만 보여주는 것도 아니고 모두에게 보여 주겠다?'

윤언강이 원률을 보며 크게 눈을 부릅떴다. 이번마저 거절하면 정말 소림을 끝장내 버리겠다는 반 장난에 반 위협인 투였다.

"어떤가! 소림은 이것마저도 거부하겠는가!"

마치 뭐에라도 홀린 듯, 원률은 고개를 저었다. 그리고 황급히 다시 고개를 끄덕였다.

"아닙니다. 검성 어르신의 말에 따르도록 하겠습니다."

원률은 정말로 윤언강이 기분이 좋은 것 같았다. 그렇지 않고서야 이런 쓸데없는 요구를 할 리가 있겠는가?

어차피 장건은 홍오를 따라 각파의 무공을 자신의 방식으로 섭렵한 아이다. 거기에 검성의 검이 추가된다고 해서 다를 바는 없을 것이다.

더구나 당금 무림의 최고수인 검성의 검무를 직접 눈앞에서 볼 수 있으니, 검성이 아니라 오히려 장건이 하나라도 더 얻으려 애를 써야 할 판이다.

"자아, 다들 마당으로 나오너라."

원률은 우르르 윤언강을 따라 나가는 이들을 보며 어쨌거나 작은 안도의 한숨을 내쉬었다.
 '일이 이렇게 마무리되어 정말 다행이군.'
 맡은 바 소임을 충실히 해낸 것 같아 뿌듯하기도 했다.
 봉문이나 제자불입, 장경각 출입 등에 비하면 이것은 정말 걱정하던 바의 반의반에도…… 아니, 발끝에도 미치지 못할 작은 일이 아닌가.
 되려 득이 되면 될 일이지, 실이 되는 일은 아니었다.
 '검성의 검무라…….'
 윤언강은 제한을 두지 않고 모두에게 검무를 보여주겠다 했다.
 '나도 모처럼 최고의 검무를 볼 수 있겠군.'
 원률은 곧 후련한 표정을 지으며 자신 역시 마당으로 나갔다. 장건의 어깨를 한 번 토닥여주는 것도 잊지 않았다. 장건의 표정 역시 원률 만큼이나 설레어 보였다.
 그 모습이 원률에게 그렇게 흐뭇할 수가 없었다.
 '그래. 보거라. 잘 보고 많이 배우거라. 네가 앞으로 소림을 끌어갈 기대주다.'
 원률은 애써 흥분된 표정을 감추느라 오히려 더 힘을 써야 했다.
 그리고……
 곧 윤언강의 검무가 시작되었다.

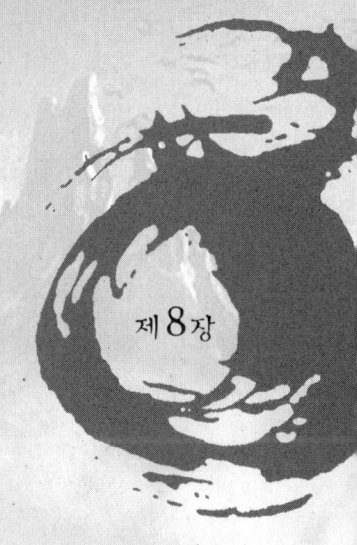

제8장

매화검무(梅花劍舞)

 윤언강은 한 자루 검을 들고 고요히 마당의 한가운데에 섰다.
 풍진과 연화사태가 정자에 올라가 앉고, 나머지는 마당을 빙 둘러섰다.
 윤언강이 검으로 바닥을 툭툭 치며 말했다.
 "내 흥에 겨워 검무를 춘다 했으나, 아마도 이것이 내 생전에는 마지막 검무가 될 것이다."
 윤언강의 표정은 전에 없이 진지하다. 최고의 무인이 최고의 검무를 준비하는 것이다. 비록 검무라 하더라도 그가 닦아온 검공의 평생 정수가 담겨 있을 터, 단순한 검무라고는 보기 어렵다.

스르릉.

윤언강이 검을 뽑아 들자 영롱한 광채가 빛난다. 문사명이 윤언강의 손에서 검집을 받아 자리로 돌아왔다.

"검무라는 것은 시와 같아서 화두가 있어야 하는 법. 평생을 화산에서 자란 내게 화두는 언제나 매화였다."

윤언강이 천천히 검을 들어 올린다. 올곧게 뻗은 검신이 겨울바람이 무색하게 따스한 기운을 내뿜는다.

"뭇 사람들은 화산의 매화검이 그저 매화의 형을 딴 것이 아닌가 하나, 그것은 결코 화산의 검이 아니다."

사라락.

바람에 나뭇잎들이 몸을 부딪치듯 윤언강의 검이 둥실 앞으로 향한다.

"오동나무는 지고한 세월에 거문고의 소리를 간직하고, 매화는 제아무리 지독한 한파 속에서도 결코 그 향기를 팔아 안락을 추구하지 않는다."

매일생한불매향(梅一生寒不賣香)!

다른 사람과 달리 윤언강의 말을 들은 문사명의 얼굴 표정이 굳는다.

'사부님……'

매화검의 진결(眞訣)!

윤언강이 시처럼 읊조리는 말은 매화검의 진결을 풀이한 구절이었다. 만일 누군가 그의 말을 받아 적기라도 한다면 매화검은 온 세상에 퍼지고 말 것이다.

문사명이 급히 다른 이들의 눈치를 살폈다. 다른 이들도 무언가 의식한 듯한 표정들이지만 확실히 아는 듯한 얼굴은 아니다.

'사부님은 대체 무슨 의도로……'

문사명은 기분이 복잡해졌다. 설마 윤언강은 이 자리에 있는 모두를 화산에 입문이라도 시킬 생각인 것일까? 물론 단순한 검무를 보고 그 안의 본질까지 추구할 수 있는 이가 몇이나 될까마는, 걱정스럽기는 어쩔 수 없었다.

그러나 윤언강의 검무는 문사명도 흔히 볼 수 있는 장면이 아니었다. 문사명은 머리를 휘저었다.

'이유가 있으시겠지. 지금은 사부님의 말씀대로 검무에 집중할 때다.'

문사명은 곧 마음을 다스리고 윤언강의 검무에 집중했다.

윤언강의 말과 검무는 계속된다.

"형태를 잃는다 해도 향기를 잃지 않으니, 그것이 선비의 지조요, 군자의 절개이며, 진정한 화산의 검인 것이다."

사락, 사라락.

부드럽게 검이 춤을 춘다. 윤언강도 춤을 춘다.

검을 뻗고 긋고 내리는 동작이 유유히 흘러간다.

"벚꽃을 닮았으나 야단스럽지 않고, 배꽃과 비슷해도 청승맞지 않다. 언제나 격조를 지키며 군자의 자태를 견지하노라."

허공에 그림을 그리듯 붓글씨를 쓰듯, 윤언강은 한 획 한 획을 그려 나간다.

"지조는 고결하고 의기는 눈서리에도 지치지 않으니 강인하다. 오래도록 꽃을 피우지 않고 다른 꽃들에 한때를 양보하니 겸허하다."

겨울의 한파에 몸을 웅크리듯 윤언강이 검을 거두었다가 쭉 펴낸다. 순간 꽃이 사방에 만발하는 것처럼 화사한 풍경이 펼쳐진다.

"세상에는 모두가 같은 종류의 사람만 있는 것이 아닐진대, 너는 어찌 매화를 하나로 보느냐. 잘난 사람, 못난 사람, 큰 사람, 작은 사람, 남자가 있고 여자가 있고……"

앞으로 걷고 몸을 돌리며 뻗어지는 검은 냇물처럼 유유히 흘러간다. 그러다가 문득 지상과 하늘 사이를 가르며 새 세상을 여는 것처럼 검광이 여명을 밝힌다.

"강매(江梅)는 보란 듯 눈 속에서 다섯 장의 꽃잎을 열고, 설매(雪梅)는 봄을 알리며 흐드러지게 피어나는구나."

정말로 눈이 오는 듯, 주위가 온통 하얗게 보인다.

천천히 이어가던 검무가 조금씩 빨라진다. 물살을 타 흐름이 빠르게 급변한다.

현란하지 않으나 정열적인 움직임…….

"여염집 처녀의 볼처럼 수줍은 너는 한홍(寒紅)이고, 처녀의 입술보다 붉은 너는 새빨간 남경홍(南京紅)이로구나."

눈 덮인 계곡에서 피어난 검은 이제 그 눈을 밖으로 돌리는 모양이다. 가지를 뻗으며 사방으로 매화의 향기를 널리 퍼뜨린다.

 "달빛을 머금은 설월화(雪月花)는 밤을 좋아하고, 운룡매(雲龍梅)는 달을 가린 구름을 밀어내 만천하에 자신의 존재를 드러내니."

 매화의 향은 밤낮을 가리지 않고 퍼져나간다. 비상하는 용처럼 용트림을 하는 매화의 가지는 그 어느 것도 두려워하지 않는다.

 검무는 점차 속도를 더해간다.

 "삼륜옥접(三輪玉蝶)은 더 많은 꽃잎을 피워 겹겹이 모습을 감추고, 휘주단향(徽州檀香)은 부끄러움 없이 만개하였다. 둘을 닮은 소백대각(素白臺閣)은 어디에서 자신을 찾느뇨!"

 사방에서 꽃이 피어났다.

 윤언강이 걸음을 옮기고 검을 움직일 때마다 곳곳에서 꽃이 자라난다.

 정말로 수십, 수백 종류의 매화가 서로 앞다투어 꽃을 피워내는 듯하다.

 하나같이 굳은 절개를 보이는 매화꽃들이었으나 모두가 다른 개성과 성질을 가지고 있다. 어떤 꽃은 수줍음이 많고, 어떤 꽃은 당당하며, 또 어떤 꽃은 거침이 없다.

 후원의 작은 마당에는 수많은 매화꽃으로 가득해져 풍성하기만 하다.

백리연이 자기도 모르게 감탄한다.

"아름다워……"

양소은도 입을 다물지 못한다.

"믿을 수가 없어……"

세상의 그 어떤 검무도 이 노인의 검무와는 비교할 수 없을 것 같았다.

눈을 뜨고 있으면 매화꽃의 화원을 거니는 듯하고, 눈을 감으면 진한 매화향이 코끝을 간질이는 듯하다. 그것이 비록 착각이라 하더라도 윤언강의 검무가 아름답다는 건 절대 부정할 수 없는 사실이다.

언제 깨어났는지 양소은의 호위무사가 술 냄새를 풀풀 풍기며 양소은의 곁에서 입을 벌리고 있었다. 이마에는 혹 여러 개를 단 채다.

"무시무시하군요."

양소은이 눈을 부라리며 호위무사를 쳐다보았다.

한창 아름다운 광경에 푹 빠져 있는데 술 냄새를 풍기니 환상이 깨지는 기분이다. 더구나 무시무시하다고까지 말하는 호위무사가 예뻐 보일 리 없었다.

"저게 어디가 무서워?"

"저 안에 갇혀 있다고 생각해보세요. 생각만 해도 소름이 쪽 끼치는데요? 이건 뭐, 낙화(落花)가 시작되면 꽃잎이 아니라 육편이 쏟아질 기세잖아요. 뼈도 못 추릴 것 같구만."

양소은이 다시 보아도 여전히 매혹적인 검무다. 그러나 그 매혹적인 아름다움을 선사하는 것이 다름 아닌 날카로운 칼이라는 걸 잊고 있었다.

온통 매화꽃에 파묻히는 느낌이 들었다면, 그것은 검초 안에 완전히 갇혀있다는 것과 같은 말이었다.

"그런가?"

"그럼요. 저건 아무리 장주님이라 하더라도 절대 못 빠져나올걸요. 보셨어요? 지금까지 한 번도 끊어지지 않고 백여 초가 이어진 걸?"

양소은도 그제야 으스스한 느낌이 들었다.

"그나저나 무슨 일이 있었던 겁니까요? 왜 내 이마에 혹이 주렁주렁 달려있지?"

"휴우. 조용히 하고 있어. 안 그러면 거기에 혹이 몇 개 더 생길지도 모르니까."

"……옙."

호위무사는 이마의 혹을 매만지면서도 검무에서 눈을 떼지 못했다. 마치 잠깐이라도 눈을 뗐다가는 검에 목이 달아날지 모른다는 느낌이 드는 모양이었다.

윤언강의 검무를 보며 느끼는 감정은 다 달랐다.

문사명은 가슴이 다 울컥했다.

가슴 찡한 무언가가 문사명의 눈을 뜨끈하게 만들고 있었다.

'사부님께서는…… 최선을 다하고 계신다. 저건 검무가 아니야. 사부님께서 깨달으신 매화검의 진정한 요체다.'

 지금껏 화산에서 무공을 배웠으나 문사명도 이만한 검무는 본 적이 없었다. 이만한 매화검의 검식을 본 적이 없었다.

 아름답기를 넘어서서 황홀하기까지 했다. 문사명은 도저히 따라갈 수 없는, 흉내조차 내기 힘든 검무였다. 언제고 문사명이 도달해야 할 곳이 어디인지 윤언강이 검무를 통해 보여주고 있었다.

 '내가 걸어야 할 길…… 그 길의 끝…….'

 그렇게 감동하고 있는 문사명과 비슷하게 장건 역시 같은 느낌을 받고 있는 중이다.

 상태는 조금 달랐다. 문사명이 스승의 가르침을 경건히 받아들이는 제자답다면, 장건은 무슨 구경꾼처럼 완전히 얼이 나가 있었다.

 입을 멍하게 벌리고 서 있는 모습이 평소의 장건답지 않았다. 그래도 장건은 눈도 한 번 깜박이지 않고 윤언강의 검무를 담으려 하고 있었다.

 '엄청나다…….'

 화려한 듯 보이나 수수하다.

 과장된 듯 보이나 간결하다.

 이 모순된 느낌은 도저히 말로 설명할 수가 없는 성질의 것이다.

윤언강은 검선이 아니라 화선(花仙)이라도 된 양 각양각색의 꽃을 피워내고, 피어난 꽃은 만개한다. 읊조리는 말들은 모두가 매화를 찬양하는 것이니, 춤과 노래가 하나처럼 어우러져 어딘가를 향해 달려간다.

 수십, 수백의 꽃들은 각기의 자태를 뽐내나 그것들 모두가 바라는 것은 한 가지다. 공통된 목표를 향해 자꾸만 달려가고 싶어 한다.

 윤언강이 진실로 보여주고 싶어 하는 건 왠지 모르게 그것처럼 느껴진다.

 '뭘까……'

 장건은 살포시 이마를 찡그렸다.

 윤언강의 검무는 지극히도 단순한데, 자꾸만 어른거리는 매화꽃이 장건의 시야를 방해한다. 꽃들이 바라는 목표를 보고 싶은데 볼 수가 없다.

 안법을 쓰고 있어도 쓰지 않고 있어도, 흩날리는 꽃잎의 환영이 온통 시야를 가득 메운다.

 '음.'

 장건은 자꾸만 손발이 오글거려 일부러 눈을 감아 보았다.

 어른거리는 환영도 매화꽃들이 만발한 정원도 사라졌다.

 밝게 빛나는 햇살에 피어난 꽃잎도, 월광을 담은 꽃잎도 모두 사라졌다.

 소리도 사라졌다.

'……어?'

장건은 불현듯 깨닫고는 경악했다.

'소리?'

소리가 없다?

윤언강이 읊조리는 소리는 있으나 다른 소리는 들려오지 않는다!

눈이 어지러울 정도로 걸음을 옮기며 검을 휘두르는데, 어찌하여 소리가 들려오지 않는단 말인가!

장건은 귀를 기울였다.

소맷자락이 펄럭이고, 발바닥이 땅을 스치는 소리는 희미하게나마 들려왔다.

그러나 정작 날카로운 파공음은 들려오지 않았다. 검이 움직이는 소리가 없다.

검으로 베면 파공음이 들려야 마땅하다.

그러나 지금은 그 어떤 소리도 들려오지 않고 있다.

윤언강은 아무것도 베고 있지 않았다. 베려 하고는 있으나 아무것도 베지 않는다. 베는 동작은 있으나 베이는 것은 없다.

그래서 소리가 나지 않는다. 공기조차 베이지 않아 평범한 바람소리도 날 수 없는 것이다.

장건은 머리가 멍해지는 것 같았다.

'그렇다면 무엇을 베고 있는 거지?'

아무것도.

그것이 답이었다. 윤언강의 검은 마치 허상처럼 그냥 공간을 통과할 뿐인 것이다.
 '이게 무슨 말도 안 되는 쓸데없는 짓이지?'
 아무것도 베지 않으면서 왜 검을 휘두른단 말인가. 공기조차 벨 수 없으면서 왜 검을 휘두른단 말인가.
 윤언강이 검을 휘두르며 생기는 매화꽃의 환영은 말 그대로 부산물일 뿐이다. 실제로 그의 행동에는 아무런 의미도, 가치도 없는 것이다.
 '뭐지?'
 어차피 구결 같은 건 모르는 장건이다.
 장건은 윤언강이 읊조리는 말은 신경 쓰지 않기로 했다. 대신 전신에 공력을 끌어 올려 감각을 최대한 개방했다. 공기 중에 떠다니는 흙먼지의 느낌도 알아챌 수 있을 만큼 극도로 신경을 곤추세웠다.
 알게 모르게 가랑비에 옷이 젖듯 서서히 느껴져 온다.
 검의 파동……
 검이 내지르는 무언의 함성……
 검에 몸을 내어주고도 조금도 흔들리지 않는 허공……
 그것들이 알려주는 비밀……
 장건은 눈을 감고 무아지경의 상태로 조금씩 빠져들었다.
 윤언강의 검무는 이제 절정으로 치닫고 있었다.

* * *

『젠장!』

연화사태는 깜짝 놀라서 풍진을 쳐다보았다. 풍진이 얼굴을 일그러뜨리고 입을 이죽대고 있었다.

연화사태의 입이 달싹였다.

『이 미친 도사 놈이…… 왜 전음으로 욕질이야!』

『그럼 내가 욕을 안 하게 생겼어?』

『그러니까 왜 욕질이냐고!』

『저 꼬마! 건이!』

연화사태도 보고 있었다.

윤언강의 검무가 절정으로 치달으면서 모두가 입을 벌리고 눈을 떼지 못하는데, 유독 장건만이 눈을 감고 있다는 걸.

『저게 뭐?』

『젠장, 망할, 빌어먹을.』

연환공격처럼 욕설을 내뱉은 풍진이 전음을 했다.

『내가 건이를 처음 만났을 때만해도 저 녀석, 바람을 볼 줄 알았다.』

연화사태는 왜 그까짓 것으로 놀라게 했냐는 듯 눈을 부라렸다.

『그러니까 네 검을 막았겠지. 아무렴 결을 타는 네 검을 결도 모르고 막았을까?』

『정확히 말하면 빗겨낸 거지! 저 녀석이 어떻게 내 검을 막아?』

연화사태가 승모 안으로 손을 넣어 귀를 후비는 시늉을 했다.

『아, 그래서. 말하고 싶은 게 뭔데?』

『그런데 지금은 언강이 놈의 검까지 파악하고 있잖아. 내 검을 받은 지 얼마나 지났다고. 최고의 절초를 보이는 순간 눈을 딱 떴다고.』

『바람의 결을 아는 아이가 바람이 베이지 않는데 왜 몰라?』

『에이, 망할 맹추 땡추. 그게 무슨 뉘 집 개 이름처럼 간단히 알 수 있는 것이더냐?』

『오냐. 그럼 이 맹추 땡추가 한마디 하마. 그럼 공명검을 안다고 공명검을 할 수 있는 놈은 얼마나 된다더냐? 아는 것과 할 수 있는 건 다르다.』

『흥!』

풍진의 코웃음에 연화사태가 버럭 전음을 보냈다.

『전음으로 코웃음 치지 마! 머리 울려!』

　　　　　＊　　　＊　　　＊

불현듯.
온몸을 옭죄어 오는 느낌.
'지금이다!'

장건은 눈을 떴다.

윤언강은 검을 높이 치켜들고 있었다. 검무의 대미에 도달해 있는 것인지, 아니면 아직 도중인지는 알 수 없었다.

하지만 어쨌거나 장건에게는 그때가 가장 중요한 대미처럼 느껴졌다.

보인다. 아니, 보였다.

자줏빛의 실타래들이 마구 풀려나며 넘실거린다. 아지랑이가 피어오르듯 윤언강의 전신에서 가닥가닥의 실이 하늘거리고 있다.

'아!'

선이다.

장건이 죽음의 선이라 이름붙인 그 선이 풀어헤쳐진 머리칼처럼 윤언강의 몸에서 튀어나와 갈 곳을 찾아 헤매는 것이다.

'저것이 공명검!'

장건은 공명검의 실체에 경악했다.

'도대체 저게 뭐야?'

그것은 분명 기의 일종이다. 기가 아니라면 장건의 눈에 보일 리 없었다.

그러나 가닥가닥 풀어진 실 형태의 기는 처음이다.

마침내 윤언강이 검을 내리 긋는 동작에 들어간다.

나직하게, 그러나 온 세상이 그의 앞에 부복할 만한 위압감을 지닌 말들이 윤언강의 입에서 터져 나온다.

"검은 나의 의지이니, 내가 베고자 하면 어떤 것도 나의 의지를 거스를 수 없으리라!"

올올이 풀린 실들이 하나가 되어 직선으로 윤언강의 앞으로 튀어나간다.

번쩍!

이어 윤언강의 검이 벼락처럼 떨어졌다.

장건은 오싹함과 동시에 치미는 격정에 몸을 떨었다.

'베었다!'

드디어 검무의 끝에 윤언강이 처음으로 무언가를 벤 것이다. 그가 벤 것은 달리 대단한 것이 아닐 수도 있었다.

그저 허공을 벤 것뿐이니까. 이제껏 검무를 추며 검을 휘두른 때와 별다를 바 없는 동작일 뿐이었으니까.

그러나 장건은 벼락이라도 맞은 듯 여전히 몸을 떨고 있었다.

쏴아아아-.

바람이 불었다. 아니, 장건만 바람이 분다고 느꼈다.

윤언강이 그린 검의 파문이 고요한 바람의 파도를 일으키며 장건의 몸을 스쳐갔다. 다른 사람들에게는 똑같은 검무 중의 한 부분이었겠으나, 장건은 전혀 다른 기분을 느꼈다.

수백 번의 칼질을 했는데, 벤 것은 이번이 처음이다. 그 전까지 그의 검은 존재하지 않는 것처럼 아무런 의미가 없었다.

마지막으로 남긴 윤언강의 말이 장건의 머릿속을 휘젓는다.

'검과 의지······.'

장건은 놀랍기만 했다.

그렇다.

이제껏 윤언강은 검무를 추며 한 번도 베려는 의지를 보이지 않았다. 검은 그에 화답하여 '아무것도' 베지 않았다. 그토록 공간을 휘저었는데도 검의 존재는 유명무실했다.

그러나 마지막 순간 윤언강이 베고자 하였을 때, 비로소 검은 '검'이라는 존재가 되었다. 그리고 그의 의지에 따라 공간을 베었다.

'사과……'

장건은 윤언강의 사과 깎기를 떠올렸다. 윤언강은 맨손으로도 얇게 껍질을 깎아냈다. 과육은 단 한 점도 붙어 있지 않았다.

'그랬구나.'

이미 그때부터 윤언강은 자신이 베고자 하는 것만 벨 수 있는 경지에 와 있었던 것이다.

그런 그의 의지가 확장되어 지금의 공명검이 되었음을, 장건은 알 수 있었다.

부끄럽기도 했다.

날이 있으면 위험하다고 날을 간 자신이었다. 그러나 윤언강에게는 제아무리 날카로운 날을 가진 검이라도 그의 의지가 없으면 아무것도 아닌 쇠몽둥이일 뿐이었다. 반대로 다 썩어 문드러진 나뭇가지라도 그의 손에서는 절세의 보검이 될 수 있었다.

장건은 그제야 알았다.

윤언강의 몸에서 피어나는 아지랑이 같은 실타래는 그의 '의지'였다. 윤언강의 강한 의지에 기가 실체화 되어 발현된 것이었다.

마치 풍진의 살심(殺心)이 실체화된 살기가 되어 장건을 공격해 왔듯, 윤언강의 의지 또한 같은 형식으로 나타났다.

'그래서 언제 공명검의 선에 닿는지 알 수가 없었구나.'

의지가 생겨난 순간, 이미 죽음의 선은 미리부터 존재했던 것처럼 생겨난다. 그러니 피하거나 할 수가 없다. 어디로 달아나고 몸을 숨겨도 마찬가지다. 의지라는 건 아주 순식간에 생겨나는 것이며, 동시에 시간과 공간을 초월하는 것이니까.

물론 그렇게까지 의지를 확장하고 실체화할 수 있는 것은 결코 쉬운 일이 아니다. 천하제일인인 윤언강조차 공명검을 얻은 지는 얼마 되지 않았다.

장건은 '하아' 하고 감동의 한숨을 내쉬었다.

'이것이 공명검……'

장건은 공명검이 두려우면서도 한편으로는 벅차오르는 기분을 감출 수가 없었다.

'무공은 정말 놀랍기만 하구나. 의지가 있을 때에만 베다니…… 이 얼마나 효과적인 방법이야.'

장건은 윤언강의 마지막 일검에 흠뻑 빠져들었다.

윤언강은 일부러 검무를 추었으나 실제로 공명검이 싸움에

응용될 때에는 전혀 그런 동작들이 필요가 없었다.

손가락 하나만 까딱하여, 이미 발현된 의지를 완전한 실체로 발동시켰다. 죽음의 선이 날카로운 칼이 되어 상대를 베는 데에 겨우 손가락 하나 만큼만 움직인 것이다.

'나도…… 나도 하고 싶다!'

나선의 경기를 일으킬 필요도 없고, 그때마다 몸이 아플 필요도 없다. 무시무시한 칼들을 피해가며 빈틈을 찾을 필요도 없다.

그냥 윤언강처럼 멀리에서 '쓰러지세요.'라고 하며 손가락 하나로 쓰러뜨릴 수 있다면! 그 얼마나 최고로 동작을 아낄 수 있는 절약적인 방법이겠는가!

* * *

검무를 마친 윤언강은 천천히 검을 수습하며 장건들을 둘러보았다.

모두가 하나같이 그의 검무에 반해있었다.

윤언강이 뒷짐을 져 배검(背劍)하고는 개운한 얼굴로 물었다.

"검무는 괜찮았느냐?"

문사명이나 백리연, 양소은은 대답하지 못했다.

너무나도 완벽한 그의 검무에 뭐라고 찬사를 가져다붙이는 것도 우스웠다. 오히려 말을 내뱉는 순간에 검무의 감동이 깨어질 것만 같았다.

 정자에 올라 있던 풍진이 '흥!' 하고 코웃음을 쳤지만, 연화사태는 잔잔한 미소를 지으며 -하지만 얼굴은 술기운에 잔뜩 붉어진 채로- 말한다.

 "정말 놀라우이. 한평생을 검에 매진한 노력이 이렇게 결실을 맺게 되었으니. 오늘의 검무는 강호의 역사에서 한 부분을 장식할 최고의 검무가 될 걸세."

 윤언강이 미소로 화답했다.

 그리고는 젊은 무인들에게 묻는다.

 "너희들은 무엇을 보았느냐."

 가장 먼저 윤언강의 눈길을 받은 문사명이 잠시 말을 고르다가 대답했다.

 "매화검의 삼초, 그것에서 파생되는 삼백팔십육 가지의 모든 검로(劍路)…… 세상의 어떤 검공도 능가할 수 없는 완벽한 검식을 보았습니다."

 "그래?"

 윤언강이 흐뭇한 웃음을 지으며 장건을 보았다. 장건은 아직도 검무의 영향에서 벗어나지 못한 듯 깊은 생각에 빠져 있었다.

 윤언강이 잠깐 눈길을 돌려 백리연과 양소은을 보았다.

 "너희들도 한번 대답해 보거라. 너희는 어떤 것을 보았느냐?"

백리연이 부끄러워하며 대답했다.

"소녀는 아직 실력이 일천하여…… 그저 아름답다고만 생각하였습니다."

"같은 것을 보아도 모두가 느끼는 바가 다른데, 자신의 생각을 부끄러워할 필요는 없느니라."

이번에는 양소은이 대답했다.

"저도 처음에는 그저 아름답다고만 생각했었는데, 다시 보니 가공할 검세가 있었습니다. 하늘을 뒤덮은 뇌성벽력이 지상에 쏟아지는 듯, 도저히 피할 수 없는…… 검세였습니다."

호위무사가 끼어들었다.

"소인, 오늘 매화검의 진수를 보고 부족한 안목을 개안(開眼)하였나이다."

윤언강이 너털웃음을 터뜨렸다.

"껄껄껄! 그런가?"

칭찬은 기분 나쁜 것 같지 않았으나, 어딘가 부족하다 여기는 듯한 웃음이었다.

정자 아래에서 연화사태를 모시던 연홍도 눈길을 받고 대답했다.

"과연 검성이시구나, 하고 생각했어요. 일황이제삼왕 중에 일황이었던 검황(劍皇)이 다시 돌아온다고 해도 그 같은 검무를 추지는 못하셨을 거예요."

"과찬이다."

연홍은 눈을 반짝거리면서 고개를 흔들었다.

"아뇨. 검성께서 추신 검무에는 수백 가지의 초식이 있었지만 정작 그에 쓰인 동작은 베기와 찌르기뿐이었어요. 단 두 가지의 동작으로 수백의 초식을 구현하셨잖아요!"

그 말에 문사명들은 '아!' 하고 탄성을 질렀다. 자신들은 보지 못한 것이었다. 어쩌면 너무 당연하게 생각하고 있어 보지 못한 것인지도 몰랐다.

윤언강이 다시 웃었다.

"검은 베고 찌르는 것이 그 본(本)이니, 그 어떤 검공이라 하더라도 둘을 빼고서는 검공이라 할 수 없는 것이지."

"그걸 알면서도 본의를 지킬 수 있는 무인이 당금의 강호에 몇이나 되겠나요."

윤언강의 눈이 연화사태를 향했다.

"좋은 아이일세."

연화사태가 '흐흐' 하고 웃었다.

"더 좋은 제자를 몇이나 둬 놓고 부러워하지 마. 그저 보는 것만 좋아하는 아이야. 건방지게도 땀 흘리는 무공 같은 건 좋아하지 않아."

"몸으로 하는 것만 무공인가요, 뭐? 세 치 혀로도 얼마든지 무공을 할 수 있다구요."

"이년이 말이나 못하면, 쯔쯔."

대충 대화가 끝나자 이제 사람들의 눈이 장건을 향한다. 지켜보던 원률도 윤언강의 검무에 크게 감탄하였으나, 보는 내내 눈을 감고 있던 장건은 과연 무엇을 얻었을지 궁금하기 짝이 없다.

윤언강이 물었다.

"건아, 이 검무는 너를 위한 것이기도 하다. 그러니 너는 무엇을 보고 무엇을 얻었는지 말해주지 않겠느냐?"

장건은 아직도 멍한 얼굴을 하고 있었는데, 그때 갑자기 심금을 울리는 듯한 북소리 비슷한 것이 장건의 몸에서부터 퍼져 나왔다.

두-웅.

곁에 있던 원률은 자기도 모르게 그에 공조에 단전에서 공력을 끌어 올렸다.

그러나 놀란 것은 그 뿐만이 아니었다. 장건의 몸에서 퍼져 나온 파문은 동심원을 그리며 다른 이들도 흔들리게 만들었다.

모두가 움찔거리며 뒤로 몸을 피하려했다. 양소은의 호위무사는 몸을 낮추고 반격을 준비하려는 듯이 태세까지 취했다.

원률이 공력을 담아 외쳤다.

"건아!"

그 말에 장건이 정신을 차렸다.

"에?"

장건은 자신을 이상한 눈으로 보고 있는 이들을 보며 머쓱한 표정을 지었다.

원률이 장건에게 말했다.

"검성 어르신께서 물으셨다. 너는 검무를 보며 무엇을 느꼈느냐?"

"느낀…… 거요?"

장건은 윤언강의 눈치를 힐끗 살폈다.

"정말…… 느낀 대로 말해도 돼요?"

"그러려무나. 다들 솔직하게 말했단다."

장건은 초점이 돌아오긴 했으나, 정신이 돌아온 것처럼 보이진 않았다.

"글쎄요…… 그러니까……."

말을 하랬더니 또 얼이 나간 사람처럼 금세 멍해진다.

원률은 장건이 왜 그러는지 몰라 답답한 한숨을 토했다.

"허어."

문사명의 눈이 뒤집혔다.

"장 소협!"

문사명에게는 매화검의 진수가 담긴 검무였다. 그런데 장건은 마치 그것이 아무 쓸모가 없는 것처럼 여기고 있는 것이었다.

"지금 사부님의 검무가 눈에 안 찬다는 것이오? 말을 할 필요도 없다는 것이오? 왜 중간에 눈을 감았는지 말해 보시오!"

"저도 잘……."

모르는 것은 아닌데 대답하기 귀찮다는 투다. 장건의 머릿속은 온통 다른 생각으로 가득한 듯하다.

"검이란 것…… 무공이란 것…… 정말 좋구나…… 하는 생각일까요?"

"뭐, 뭐요?"

천하에 다시없을 검무를 보고서 '좋다' 라 하다니?

문사명은 울컥했지만, 장건의 태도가 아무래도 이상하다. 얼핏 정신이 나간 것 같지만, 다시 잘 보면 그것은 복기(復棋)하는 듯한 모습이기도 한 것이다.

'설마…… 무언가를 얻은 것인가?'

차마 그렇게는 믿고 싶지 않았다.

풍진과 연화사태는 서로를 마주보며 혀를 내둘렀다.

『저놈이 언제 눈을 떴는지 알지?』

『봤네. 윤언강이 최고의 심력으로 검을 펼친 그때였지. 다른 애들은 그것도 모르고 있는 것 같다만.』

윤언강은 한 번도 호흡을 끊은 적이 없었다. 모든 검무가 자연스러운 파도처럼 밀려왔다가 물러나곤 했다. 마지막까지도 딱히 특별하게 '이것이다' 라고 할 만한 때는 없었다. 검무 내내 윤언강의 공력은 일정했다.

오죽하면 풍진과 연화사태도 윤언강의 검무에 무엇이 숨겨져 있는지 확실히 알 수 없었다.

그러나 흘러가는 초식의 마무리쯤에 무언가 미세하게 다른 기척을 느끼긴 했다. 이를테면, 똑같은 바늘 백 개를 뭉쳐놓았는데 그중에 한 개만 바늘귀가 조금 좁다…… 싶을 정도의 작은 이질감이었다.

그것만으로도 윤언강이 그 일검에 최선을 다했다는 걸 둘은 어느 정도 유추한 것이다.

그때에 장건은 눈을 떴다.

『자네와 내가 겨우 느낀 것을…… 저 아이도 느꼈단 말인가?』

『그것도 우리보다 확실하게 알고 있어. 우리는 지나고서야 느꼈지만 저 아이는 그 전에 눈을 떴으니까.』

『정말 놀랍군. 정말 놀라워.』

문사명은 윤언강을 쳐다보았다. 윤언강은 확신하는 표정이다.

장건은 자신의 검무에서 무언가 얻었다! 그저 보고 느끼는 정도가 아니라 분명히 무언가를 가졌다!

그러나 설마 그조차도 장건이 공명검을 눈으로 '보았으리라'고는 생각하지 못했다. 다만 자신의 검무에서 어떠한 무리(武理)를 깨달았을 것이라 짐작할 뿐이다.

곧 윤언강이 장건에게 말했다.

"네가 무엇을 보았는지는 모르겠으나, 느낀 게 있는 것은 확실하구나."

"네. 아마도요."

윤언강은 갑자기 손을 슥 내저었다.

방의 열린 창문으로 돌돌 말린 길쭉한 봇짐 하나가 그의 손으로 날아든다.

"내 선물을 하나 주마."

윤언강의 말을 가만히 듣고 있던 원률은 문득 불안한 생각이 들었다.

윤언강이 봇짐을 장건에게 던져 주었다.

장건이 무의식적으로 봇짐을 받았다.

"이게…… 뭔가요?"

"풀어 보아라."

장건이 주섬주섬 봇짐을 풀었다. 긴 천으로 만 봇짐의 안에서 검 한 자루가 모습을 드러냈다.

원률은 그 검을 보고 깜짝 놀랐다.

"검성 어르신!"

그것은 보통의 평범한 검이 아니었다.

손잡이인 검병에서부터 검집을 관통하여 한 그루의 매화나무가 승천하는 용처럼 휘감아 자라는 듯한 문양이 양각되어 있다.

여성의 장신구처럼 아름다우면서도 근엄하고 고고한 느낌이, 범인은 함부로 손을 대기도 어려워 보이는 고검이다.

문사명도 놀랐다.

"소요매화검(逍遙梅花劍)!"

소요매화검. 한눈에 보기에도 범상치 않아 보이는 그 검은 송풍검(松風劍)과 문사명이 지닌 매란화미검에 이은 화산의 삼대 보검이었다.

문사명은 당황스러운 얼굴로 윤언강을 보았다. 송풍검은 화산의 장문인에게 전해지는 특별한 검이니 논외로 친다 하더라도, 외부인에게…… 그것도 하필이면 소림의 제자에게 소요매화검을 건넬 이유가 무엇인가!

하나 정작 윤언강은 태연하다.

"내 검을 한 수 가르친다 했는데, 검이 없어서야 수련도 못 하니 말이 안 되는 일이지."

보통 검이 아니니 문제다. 화산을 상징하는 삼대 보검 중 하나이니 그게 문제다.

원률은 크게 당황했다.

"검이라면 본사에도 족히 있습니다만."

"그러니 내 말했잖은가, 선물이라고."

"아무리 그래도 화산의 삼대 보검 중 하나를……."

윤언강의 검무에 심취해 있던 장건도 눈을 휘둥그레 떴다.

윤언강은 별것 아니라는 듯 원률에게 손을 내저어 보였다.

"아주 주는 것은 아닐세."

그리고는 장건에게 말했다.

"그 검은 화산의 아주 소중한 검이다. 언젠가 네게 검이 필요치 않게 되는 날이 오면, 그때에 화산에 돌려 주거라. 다만 그때까지는 네 몸에서 일순간도 떨어뜨려 놓아서는 아니 될 것이다."

"……한시도 떨어뜨리면 안 된다구요?"

"검을 배우고자 하는 사람은 늘 검을 가까이 해야 하는 법. 잘 때도 밥을 먹을 때도, 언제 어느 때라도 검을 손에서 놓지 말아야 한다. 그래야 검을 알고 검을 다룰 수 있게 되는 것이지."

"하지만……."

"그때까지는 네가 그 검을 어떻게 사용해도 좋다. 청강석(靑剛石)도 베는 보검이다만 그게 부담스럽다면 날을 갈아 없애도 좋고, 굳이 검을 뽑지 않아도 좋을 것이다. 그러나 항상 지니고는 있어야 한다."

문사명은 기가 막혔다. 어떻게 화산 그 자체나 다름없는 보검을 훼손해도 좋다 말하는 것인지 이해할 수가 없었다.

원률이 식은땀을 흘리며 말했다.

"거두어주십시오. 아무리 빌려주는 것이라 하나 너무 과합니다."

"원률 대사."

윤언강이 나직하게 원률을 부르는데 왠지 소름이 끼쳤다.

"나는 건이에게 검을 가르쳐 준다 약속했네. 자네는, 소림에서는 그것을 인정했네. 아니 그러한가?"

"그, 그렇긴 합니다만……."

"나 윤언강이 검을 가르치겠다 약속했는데 만일 건이가 배우지 못한다면 내 꼴이 뭐가 되겠는가. 소림에서 책임지고 내 검을 건이에게 가르치겠는가?"

"가르쳐 주신다고는 했으나 그것을 익히고 못 익히고는 전적으로 건이의 재량에 따른 것이 아니겠습니까."

윤언강이 싸늘하게 웃었다.

"내 검을 익히는 데에는 저 검만 한 것이 없네. 저 검을 수족처럼 부릴 수 있을 때까지 가지고 있다가, 그래서 저 검이 필요 없어지게 되면 돌려받겠다는데 뭐가 문제인가?"

"그, 그것이······."

원률은 너무 당황해서 아무런 말도 떠오르지 않았다. 이미 소요매화검을 본 순간부터 머리가 하얗게 된 듯했다.

거기에 윤언강의 날 선 한마디가 날아와 박힌다.

"소림은 나의 검이 하찮게 여겨지는가? 아니면, 화산의 검법을 평범한 잡검으로 대충 펼쳐 화산을 우스꽝스럽게 만들 셈인가!"

윤언강이 노호성을 질렀다.

"그것마저 싫다면 관두게! 내 소림의 사정을 보아 어려운 요구를 하지 않았건만, 나와의 약속을 가벼이 보고 이것도 저것도 모두 안 된다고 하면 내 더 이상은 참지 못할 것이야!"

원률은 눈을 질끈 감았다.

웃으면서 지나가는 듯한 말투로 한 수를 가르치겠다고 할 때와는 전혀 다르다.

이미 너무 많은 것을 거부했다. 그의 말대로 더 이상은 거부할 수 없다. 더 거부했다가는 정말로 윤언강이 사생결단을 낼 것이다.

　앞의 조건들보다는 그래도 지금이 낫다.

　비록 한 수를 가르친다 하며 검까지 내어줄 줄은 몰랐으나 그게 큰 문제는 되지 않을 거라 생각된다.

"말씀을…… 따르겠습니다."

"진작에 그랬어야지!"

　윤언강은 그런 원률을 노려보더니 장포를 펄럭이며 내실로 돌아가 버렸다.

　원률은 차마 고개를 들 수가 없었다.

　소림이 그토록 걱정하던 일은 이제 끝났다. 아무런 변화도 없이, 아무런 손해도 없이 소림은 어제처럼 오늘도 내일도 같은 모습으로 남아있게 되었다.

　그나마 별 탈 없이 좋게 좋게 끝난 것이다.

　원률이 장건을 보았다.

"괜찮겠느냐?"

　장건은 얼떨떨한 얼굴로 소요매화검을 들고 있었다.

"검을 배우려면 검이 필요하긴 하지만…… 잘 모르겠어요. 이 검은 꽤 중요한 물건인 것 같은데요."

"아주 중요한 검이다. 혹시라도 네가 잃어버리면 큰 사단이 날게다."

　장건은 화들짝 놀라 검을 꽉 쥐었다. 원률이 씁쓸하게 말했다.

"그러니 잃어버리지 않도록 해야 한다."

"정말 한시도 떼어놓으면 안 되겠군요?"

"그래. 굳이 검을 배우기 위해서가 아니더라도 그래야 되는 것이지."

그런데 그때 풍진과 연화사태가 정자를 내려왔다. 둘은 이제야 모든 것을 이해하겠다는 표정을 짓고 있었다.

풍진은 원률을 지나쳐 내실로 가다가 걸음을 멈추고 원률을 본다.

"쯧쯧."

연화사태 역시 지나가다가 원률을 보고 혀를 찼다.

"쯧쯧쯧."

원률은 아직 풍진과 연화사태가 왜 자신을 보고 혀를 차는지 이유를 알지 못했다.

그러나 어딘가 모르게 중요한 것을 빠뜨린 듯한 이 기분은 무엇일까?

모르는 사이에 질척한 늪에 빠진 그런 기분.

원률은 자꾸만 찜찜해졌다.

그리고 장건은 또다시 혼자만의 세계에 빠져 있었다. 백리연과 양소은이 계속 이곳에서 기다리고 있을 테니 찾아오라고 한 말도, 연홍이 아쉬워하며 작별 인사를 하는 것도 알아듣지 못했다.

원률이 거의 끌다시피 소림으로 데리고 돌아가는 동안에도 마찬가지였다.

심지어 땅에 옷이 질질 끌려 더러워지고 있는데도 알아채지 못하고 있었다.
다른 사람도 아닌 장건이…….

제9장

파계와 파문

윤언강이 검무를 추던 그 시각.

굉목은 공양간에서 가져온 식사와 탕약 그릇을 손도 대지 않고 침상에 누워 있었다.

꼼지락……

손 안에 쥔 염주와 사향주머니의 촉감이 살을 파고드는 듯 쓰라리다.

'얼마…… 못 산다고?'

벌써 수십 번을 되뇐 말이었다.

굉목은 사향주머니를 들어 보았다. 빛바랜 문양들이 오랜 세월의 흔적을 드러낸다.

"운려……."

어찌 잊을 수 있을까.

그녀로 인해 굉목이 고통받은 세월과 그만큼 살아온 나날들을. 가녀린 그녀와의 하룻밤 추억을…….

지금쯤은 입적하여 이 세상 사람이 아닐 줄 알았는데…….

그녀가 살아있다는 말에, 그것도 이제 곧 세상을 떠난다는 말에 굉목은 오랫동안 붙들었던 마음이 흔들려 온다.

굉목은 눈을 감았다.

장건이 말한 소녀가 누구일지 대충은 짐작이 갔다.

'그래서 당신이 그 애를 보낸 거요?'

묻고 있지만 당연히 대답은 없다.

굉목은 염주를 매만졌다.

'마지막으로…… 나를…… 보고 싶었소? 아니면 가는 길에 나를 놓아주고 싶었소? 그래서 내가 준 염주를…… 보낸 거요?'

그보다도 더 가슴이 아픈 것은 소녀의 말이었다.

'당신이 함부로 여긴 그분은……'

굉목은 염주알이 부서져라 움켜쥐었다.

'아니오. 아니오! 난 단 한순간도 당신을 함부로 여긴 적이 없소. 당신이 내게 얼마나 소중한 존재였는지 아오? 당신을 잊기 위해 갖은 노력을 했어도 잊지 못한 내 마음을 아오? 그랬다면 당신은 그런 얘기를 할 수 없었을 거요!'

굉목은 속으로 부르짖었다. 들릴 리 없는 공허한 외침이 굉목의 심장에서 메아리쳤다.

주륵.

이윽고 굉목의 눈에서 한 줄기의 눈물이 흘렀다. 그것은 슬픔도 분노도 그리고 그 어떤 서운함의 눈물도 아니었다.

'운려…… 나도 당신이, 당신이 그립소. 당신이 보고 싶소. 내 진작 용기를 내었더라면…….'

수십 년을 그리워한 사람에 대한 한 맺힌 눈물이었다.

굉목은 이를 악물고 몸을 일으켰다.

그리고 주섬주섬 옷을 챙겨 입었다. 혼자서 움직일 수 있는 정도는 아닌 몸이었다. 사지가 욱신거리고 입 안에 피가 고였다.

굉목은 핏물을 꿀꺽 삼켰다.

옷매무새를 정갈하게 마친 후, 한 손에 염주를 들고 사향주머니는 소매에 넣었다. 그리고 지팡이 대용으로 불장을 집었다.

늘 딱딱하고 굳어있던 굉목의 얼굴에 아스라한 웃음이 어른거렸다.

'내 진작 이렇게 해야 했던 것을. 하지만 이제라도 당신을 마지막으로 볼 수 있다면…… 나는 조금의 후회도 하지 않을 거요.'

굉목은 승방을 나왔다.

간호하던 무자배 승려들이 굉목을 만류했으나 굉목은 웃으면서 고개를 저을 뿐이었다.

"내 긴히 갈 곳이 있네."

굉목의 웃음을 본 승려들은 어이가 없어 굉목을 말릴 수 없었다. 그동안 경내에서 굉목의 웃음을 본 사람이 몇이나 될까?
 힘겹게 한 걸음 한 걸음을 굉목은 떼어놓기 시작했다. 힘들어도 멈추지 않았다.
 승복 밑자락으로 똑똑 하고 핏방울이 걸음마다 떨어져도 굉목은 미소를 잃지 않았다. 이상하게 조금도 힘에 부치지 않았다.
 오래 묵은 한이 대번에 날아가 버린 마음만큼이나 몸이 가볍다는 생각이 들었다.
 언뜻 굉목은 저만치 지나쳐온 승방을 되돌아보았다. 자신의 갈 길에 있어 걱정되는 것은 소림에서 유일하게 한 명뿐이었다.
 '미안하다, 건아. 하지만 너라면 남은 기간을 잘 마치고 집으로 돌아갈 수 있을 게야.'
 굉목은 웃으며 고개를 끄덕였다.
 '잘 있거라, 건아······.'
 그리고 다시 걸음을 옮기기 시작했다. 그의 발밑으로 쌓인 눈이 사박거리며 흩어져 간다.
 굉목의 발걸음이 향하는 곳······.
 그곳은 다름 아닌 계율원이었다······.

     * * *

 굉목이 차가운 청석 바닥에 오체투지하며 계율원에 와 있다는 소식을 듣고 가장 먼저 달려온 것은 원호였다.

굉목은 절을 하듯 완전히 바닥에 이마를 대고 꿇어 앉아 있었다.

"굉목 사숙, 이게 갑자기 무슨 일입니까? 어서 일어나십시오."

굉목은 원호의 말에 대답했다.

"죄를 청하러 왔네."

"사숙……"

원호는 굉목을 부축해 일으키려다가 멈추고는 주위를 보았다.

계도와 치도곤을 든 나한승들이 계율원의 장내 좌우로 불상처럼 늘어서 있었다.

"너희들, 잠시 나가 있거라."

나한승들이 살짝 고개를 숙이며 장내를 빠져나갔다.

굉목이 다시 입을 열었다.

"승려의 본분으로 차마 입에 담지 못할 죄를 저질렀으니, 나를 벌하여 주시게."

"몸도 좋지 않으신 분이 이러지 마십시오. 바닥이 찹니다. 일어나십시오."

"죄인의 몸으로 어찌 안락을 추구하겠는가. 계율원주는 이 죄인을 염려하지 말고 계율에 따라 나를 벌하여 주게."

"사숙!"

원호가 힘주어 말했다.

"아무도 모르는 일입니다. 수십 년도 더 지난 과거의 일을 구태여 지금 들춰낸들 무엇하겠습니까?"

그 말에 굉목이 엎드려 있다가 고개를 들었다.

"알고 있었는가?"

"연화사태께 들었습니다. 하나, 그것은 저만 아는 일입니다. 본사에서는 누구도…… 심지어 방장 사백께서도 모르시는 일입니다."

그러나 굉목은 오히려 옅은 미소를 지었다.

"자네가 알고 있다 하니 잘 되었네. 그러하면 내게 합당한 벌을 내릴 수 있겠군."

원호의 눈이 흔들렸다. 그에 비해 굉목은 오히려 곧은 눈빛이다. 몸이 좋지 않아 안광이 흐릴 뿐, 결코 두려워하는 눈이 아니었다.

"진심이십니까?"

"내 하찮은 용서를 구하고자 찾아온 것이 아니네."

"알고 있습니다. 하지만……."

원호는 나직이 한숨을 내쉬었다.

"지금 본사의 상황이 어렵습니다. 검성으로 인해 앞으로 어찌 될지 모르는 판국에 사숙께서 이리 나오신다면…… 본사의 입장이 크게 난처해집니다."

"나 하나 벌하는 것은 그리 큰일이 아닐세."

굉목이 진지하게 말했다.

"잘못한 자에게 계율에 따라 벌을 주는 것은 오히려 소림의 기강을 세우는 데에 큰 도움이 될 것이네."

"그런 이기적인 말씀은 안 됩니다! 사람들이 소림을 뭐라 하겠습니까? 가뜩이나 경내의 분위기가 좋지 아니한데, 사숙께서 스스로의 고집만 피우셔서 더 혼란을 가중시키는 게 옳은 일이겠습니까?"

"미안하네."

굉목은 이마를 바닥에 찧었다.

쿠웅.

넓은 계율원의 법당에 애처로운 소리가 울려 퍼진다.

"불민한 제자 굉목이 죄를 청하나이다!"

계도를 쥔 원호의 손이 떨렸다.

"사숙…… 대체 누구에게 그런 말을 들으신 겁니까. 제가 입만 다물고 있으면 아무 일도 일어나지 않는다 말씀드리지 않았습니까."

고개를 떨군 채 굉목이 말했다.

"얼마…… 못 산다는 말만 들었네."

"……사숙."

"내 평생을 마음에 담고 살아왔네. 어찌하면 속죄할 수 있을까 고민해 왔지. 그리고 지금…… 내 평생의 짐을 덜 수 있는 마지막 기회가 왔네."

"이것은 자해밖에 되지 않습니다. 스스로 몸을 해치신다 하여 과거의 짐이 덜어지진 않습니다."

"그렇지 않네."

"그래서? 그래서 벌을 받고 어떻게 하실 작정이십니까?"

"아미파로 갈 생각일세."

"사숙!"

원호의 눈이 크게 떠졌다.

굉목은 천천히 말을 내뱉었다.

"임종을 지켜주고 싶네. 얼마 남지 않은 기간…… 속죄하며 살고 싶네……."

굉목은 고개를 들지 않았으나 원호는 왠지 굉목이 울고 있다는 생각이 들었다.

"보고 싶으십니까? 수십 년이 흘렀는데도 잊지 못하시는 겁니까? 사부를, 소림을 저버린 것도 그런 이유셨습니까?"

굉목은 대답하지 않았다.

원호는 털썩 하고 바닥에 주저앉았다. 망연자실한 얼굴로 원호가 말했다.

"연화사태를 따라온 그 아이……."

"……."

"사숙의 손녀입니다."

굉목의 어깨가 떨리는 것을 원호는 보았다.

아마도 그는 흐느끼고 있으리라…….

원호도 가슴이 아프다.

처음 연화사태에게 그 이야기를 들었을 때에는 믿지 못했다. 그러나 사실을 알게 된 후, 원호는 굉목이 홍오를 버리고, 사문마저 등지고 산중에서 살 수 밖에 없게 된 이유를 알게 되었다.

그래서 지금 이런 굉목의 행동에 가슴이 더 아프다. 수십 년을 홀로 상처받은 마음을 달래야 했던 굉목의 사연…… 늘 무뚝뚝하던 그의 가슴 한편에 그러한 사정이 있을 줄이야 누가 알았겠는가. 사부를 내칠 정도로 차가운 이라 여겨졌던 그의 마음이 이토록 여렸을 줄이야 그 누가 알았겠는가.

원호는 자신의 눈에서도 흘러나오는 눈물을 억지로 삼키며 말을 이었다.

"그 아이의 어미는 오래전에 돌림병으로 세상을 떠났다 합니다. 연홍이란 그 아이는 조모의 병환이 심해지자 혹시나 하는 마음에 연화사태를 졸라 소림으로 온 것이라 합니다."

굉목의 어깨 떨림은 더 심해졌다.

원호는 천장을 올려다보았다. 자꾸만 눈가가 흐릿해져 참을 수가 없었다.

"그 아이도 이런 결과를 원하고 찾아온 것은 아닐 것입니다. 그저 멀리서나마 사숙을 보고, 조모의 생전에 사숙의 안부를 어떻게든 전하고 싶었을 뿐이겠지요."

한참 말을 잇지 못하던 굉목이 겨우 메인 목소리로 입을 열었다.

"내 그간 소림에 아무런 보탬이 되지 못하여 면목이 없으나……."

 잠시 입을 다물었던 굉목은 감정을 겨우 억누르고서야 한마디를 절규처럼 내뱉었다.

 "나를 놓아주게…… 나를 속박에서 자유롭게 풀어주게. 부디 내 마지막 소원을 외면하지 말아주게!"

 주륵.

 마침내 원호의 눈에서 눈물이 흘러내렸다.

 그간 얼마나 큰 고통을 짊어지고 살았기에 놓아 달라 원하는 것일까. 이토록 비통하고 애절한 어조로 벌을 청할 수 있는 것일까.

 주르륵.

 눈물은 계속해서 흘러내린다.

 원호는 눈물을 닦을 생각도 하지 못하고 천장만 보며 입을 열었다.

 "처벌이 어떠한지는 알고 계십니까?"

 굉목이 메인 목소리로 대답했다.

 "파계한 자에게는 곤장 여든한 대를 놓고 정수리에 낙인을 찍을 것이며…… 파문한 자는 단전을 불에 달군 쇠꼬챙이로 지진 후에 단근절맥 하는 것으로 알고 있네."

 "그간 죄를 지은 승려들이 몇이나 있었으나 죄목에 대한 증거와 증언이 없는 이상은 심한 처벌을 하지 않았습니다. 그러나 스스로 죄를 인정한다면 규율을 곧이곧대로 적용하게 됩니다. 그래도 괜찮으시겠습니까?"

"이미 각오하였네."

원호는 조용히 눈을 감았다.

"많이…… 힘드실 겁니다."

"목숨만 붙어 있다면 어떻게든 살아가겠네. 죽는다 해도 원망하지 않겠네."

"건장한 젊은 녀석들도 견디지 못하는 형벌입니다. 지금의 몸으로는…… 견디기 어려우실지도 모릅니다."

굉목의 얼굴에 애잔한 표정이 스쳐갔다.

"내 육신이 걸레가 되어서라도 아미파로 갈 수 없다면, 그것 또한 부처님의 뜻이겠지."

"마지막으로……."

원호가 물었다.

"마지막으로 한 번만 다시 묻겠습니다. 정말 파계와 파문의 형을 받아들이시겠습니까?"

그러나 굉목은 그 말에 대한 대답을 하지 않았다.

늘 무뚝뚝하던 얼굴에 온화한 표정을 떠올리며 원호를 바라보았다. 마치 웃는 듯했다.

"자네, 많이 변했네."

싸움닭처럼 투쟁과 오기로 뭉쳐있던 원호가 굉목이라는 개인 한 사람을 위해 눈물을 흘리고 걱정을 한다. 그것은 작년만 해도 그에게서 볼 수 없던 모습이었다.

원호는 자꾸만 코끝이 찡해져 굉목을 제대로 볼 수 없었다.
"사숙님도…… 많이 변하셨습니다."
"잊고 있던 소중한 것을 다시 찾은 것 같네."
둘 다 말은 하지 않았지만, 그것이 누구 때문인지는 잘 알고 있었다.
원호는 자기도 모르게 고개를 젓고 말았다.
"바보 같은 사람입니다, 사숙은……."
"어려운 길을 가고자 함이 아니라 올바른 길을 가고자 함이니, 외면하지 말아 주게나."
그 말을 끝으로 굉목은 다시 오체투지한 채 바닥에 이마를 대고 조용히 수그렸다.
원호는 눈을 감고 천천히 몸을 일으켰다.
자리에서 일어선 원호가 크게 심호흡을 한 후 말했다.
"준비하겠습니다."

*　　*　　*

한편, 윤언강과의 협상을 끝내고 돌아온 원률은 장건을 데리고 각대 원주들에게 보고를 했다. 그 자리에는 굉운까지도 참석해 있었다.
"……그렇게 되었습니다."
승려들이 술렁거렸다.

"정말 그것이 끝이었는가?"

"그렇습니다. 더 이상 바라는 것도 없어 보였습니다."

승려들은 장건이 들고 있는 화산의 보물 소요매화검을 쳐다보았다.

엄밀히 따지자면 윤언강의 요구는 검을 한 수 가르치겠다는 것이었다. 결국 그래놓고 검무를 추긴 했으나 어쨌든 그것으로 요구사항은 종결된 거나 마찬가지였다.

소요매화검은 거기에 따라온 덤인 셈이었다.

원우가 중얼거렸다.

"이해할 수가 없습니다. 검을 직접 지도한 것도 아니고 검무를 추어 그 자리에 있는 이들에게 모두 보여주었는데……."

그리고는 고개를 휘저었다.

"저 검이 무슨 의미가 있을까요? 소요매화검은 우리보다도 화산에 더욱 의미가 있는 물건이 아닙니까."

원상이 장건을 보고 물었다.

"한데 저 아이는 왜 아까부터 저리 멍하니 서 있는 것입니까?"

장건은 오는 내내 얼빠진 듯한 모습이었다. 누가 불러도 전혀 모르고 자신만의 생각에 푹 빠져 있었다.

지금도 마찬가지였다. 소림의 수뇌부들이 모인 중차대한 회의에서 전혀 진지한 태도라고는 볼 수 없이 이리저리 눈을 굴리며 엉뚱한 생각을 하는 듯 보였다.

창백한 안색의 굉운이 가만히 생각하다가 말했다.

"아무래도 우리가 당한 것 같네."

보현전주 굉읍이 되물었다.

"그게 무슨 말씀입니까? 본사는 다행히 아무것도 잃지 않게 되었습니다. 장경각은 물론이고 봉문 같은 제재도 받지 않았습니다."

굉운이 숨을 고르며 말했다.

"검성이 소요매화검을 주며 한 말을 상기해보게."

"검을 한시도 떼지 말고 지니란 것은 검을 익히는 자에게는 당연한 일이지요. 본사에서도 저 아이가 내내 검을 지녀야 한다는 것이 마음에 걸리나, 그뿐 아니겠습니까?"

원전이 덧붙였다.

"더구나 검성은 나중에 다시 돌려달라고까지 하였습니다. 여차하면 돌려주면 그만인 일입니다."

원률이 설명했다.

"건이가 검이 필요 없게 되면, 이라는 단서를 달았지요."

원전은 고개를 끄덕였다.

"알고 있네. 그리고 건이가 벌써 검기를 낸다는 것도 들었네. 검성이 약속한 것은 한 수의 검일세. 더구나 검성은 수십 가지의 검초를 검무로 보였다 하지 않는가. 그러니 그중 하나를 익힌 후에 돌려주면 되는 일이지."

"하지만……."

원률이 머뭇거리다가 대답했다.

"건이는 검무의 중후반부터 눈을 감고 있었습니다."

"뭐?"

다들 놀라는 눈치가 역력했다.

다른 사람도 아니고 천하제일인의 검무를 볼 기회가 생전에 몇 번이나 오겠는가. 그러한 기회를 눈을 감아 날려버리다니!

"허어, 저 아이가 정말로 무슨 생각을 하는지 모르겠군."

"아무리 기괴한 행동을 한다 해도 설마 그렇게까지…… 대체 무슨 작정으로 그랬는지 알 수가 없네 그려."

굉운이 나섰다.

"건이가 무엇을 보았는지, 자신이 무엇을 익혀야 한다고 생각하는지 직접 물어보세."

그러나 장건은 정신이 완전히 딴 곳에 가 있어 굉운의 말도 듣지 못했다.

소림까지 오는 내내 그랬다.

누가 말을 걸고 뭐라고 했던 것 같은데 기억도 나지 않았고, 별로 기억하고 싶지도 않았다. 지금 장건은 윤언강의 일검에 모든 정신을 다 쏟고 있었다.

옆에 있던 나한승이 장건을 흔들어 깨우고 나서야 정신을 차렸다.

원전이 물었다.

"너는 검성의 검무에서 무엇을 깨달았느냐?"

"저는……."

장건은 대답을 하려 생각하다가 다시 초점이 흐려졌다. 승려들은 당황했다.

"도대체 무엇을 보았기에 정신을 차리지 못하는 것이냐!"

나한승이 또다시 장건을 흔들어 깨웠다. 장건은 어눌하게 모자란 사람처럼 대답했다.

"의지……."

"의지?"

장건의 눈이 몽롱해졌다. 승려들은 답답해 죽을 지경이었다.

"이놈! 정신 차리지 못할까!"

원전의 고함에도 끄떡 않는 장건이다. 왠지 모르게 점점 더 심해지는 것 같다.

"네가 보고 들은 것을 상세히 고하거라!"

아예 나한승이 장건을 붙들고 흔들어댔다.

"아무것도…… 보이지 않고 들리지 않았어요."

"그런데 왜 그 꼴을 하고 있어!"

"아……!"

장건은 그제야 생각났다는 듯 말했다.

"그것…… 공명검."

승려들이 입을 딱 벌렸다.

승려들은 장건과 원률을 번갈아 보았다. 그러나 원률은 할 말이 없다.

"저는 보지 못하였습니다."

"네가 보지 못한 것을 저 아이는 보았단 말이냐!"

"검성의 제자조차 공명검을 보았다고는 하지 않았습니다. 검무는 어디까지나 매화검의 검초였습니다."

누구의 닦달에도 원률은 그렇다고밖에 할 수 없었다.

"공명검이라니……."

"어떻게 검성의 제자도 보지 못한 공명검을……."

이미 장건은 해변소에서 공명검을 본 적이 있다. 그러나 그때에는 지금처럼 맛이 간 상태에 이르지 않았다.

이번에야말로 공명검의 내부를 들여다 본 것이다.

"그렇다면 공명검을 얻기 전까지는…… 화산에 검을 돌려줄 수 없다는 뜻인가?"

"검성은 그것마저 알고……."

지장왕전의 원림이 나섰다.

"아미타불. 설사 건이가 공명검을 보았다 하더라도 크게 상관없는 일이 아니겠습니까?"

몇 명의 승려가 동조했다.

"그건 그렇지."

"소요매화검을 돌려받지 못하게 되면 곤란한 것은 오히려 화산이 될 수도 있을 겁니다."

"그 말이 옳다 생각합니다. 자파의 보물이 남의 손에 있는데 어찌 마음이 편하겠습니까."

그러나 방장인 굉운은 조용히 고개를 내젓는다.

"자네들은 잠시 잊고 있는 것 같네만, 건이는 내후년에 집으로 돌아가야 할 속가 제자일세."

"그게 무슨 대단한……."

원당이 말을 하다 말고 입을 다물었다.

본산에 평생 머물러도 상관이 없는 정식 제자들과 달리 장건은 강호에 나가 살아야 하는 속가 제자인 것이다.

더불어 장건의 강호 출두가 얼마 남지 않았다는 뜻이다.

굉운이 자조 섞인 미소를 지으며 말했다.

"화산을 상징하는 소요매화검…… 그 검을 지닌 건이는 과연 어디의 제자이겠는가……."

승려들은 한순간에 오싹해졌다.

소요매화검은 화산의 상징일 뿐 아니라, 장건이 검성에게 무공을 사사했다는 일종의 증표이기도 한 것이다!

이제야 사태의 심각성이 조금씩 승려들을 억누르기 시작한다.

장건의 신위는 벌써 잘 알려져 있다. 무당의 중견 고수인 청우와 청인, 하물며 그 둘을 동시에 상대해 물려내기도 했다.

그런 장건이 강호에서 주목받지 않을 리가 없다. 낭중지추(囊中之錐)처럼 어느 곳에서든 눈에 띄는 활약을 할 것이다.

그런데 그때마다 화산의 보검을 들고 있는 장건이다…….

더욱이 장건의 무공은 상당한 고수가 아니면 어떤 무공을 쓰는지도 알아보기 힘들다. 잡다한 무공을 모두 사용한다. 대부분의 무인들은 장건이 무슨 무공을 사용하는지도 모른다.

사람들은 그때에 역시 장건이 검성에게 사사했다는 사실만을 떠올릴 것이다.

설상가상으로 장건은 소림에서 속가 제자의 신분이었다. 통례상으로는 소림을 사문으로 가지고 있으나, 예외적으로 속가 제자 중 몇은 다른 문파로 가는 경우도 극히 드물지만 없지는 않다.

사람들은 과연 장건을 어디의 제자로 생각할까?

독선의 독정을 가졌고, 문각의 진전을 이었다. 또한 검성에게 검을 사사했다. 무공은 사문을 잇는 명패와도 같은 것인데, 장건에게는 단일한 명패가 없다.

그것은 장건의 강호활동에 있어 지독한 꼬리표가 될 것임에 분명하다.

장건의 활약이 커지면 커질수록, 명성이 드높아지면 드높아질수록 그것은 더욱 심해진다.

소림보다는 화산의 이름을 더 높일지도 모르고, 최악의 경우에는 정체성까지도 더욱 의심받을 수밖에 없다. 벌써 지금도 어느 정도 의심받고 있는 상황인데 말이다.

원당이 허망한 얼굴로 중얼거린다.

"이런 일이……."

강호 무림은 물론이고 소림에조차 특별한 후기지수를 꼽기 어려운 지금, 장건은 소림의 미래였다.

그런 장건의 정체성이 불분명해지면 더 이상 장건은 소림의 미래가 아니게 되는 것이다. 재수가 없으면 공동전인으로 여겨지거나 혹은 장건 개인으로서의 명성만이 생길 뿐이다.

결국 어느 쪽이든 화산은 딱히 손해 보는 게 없다!

소요매화검이 화산의 보물이라고는 하나 장건의 사후(死後)에는 어차피 화산으로 돌아가게 되지 않겠는가!

"……."

승려들은 차마 말을 잇지 못하였다.

검성 윤언강의 치밀한 계획에 농락당한 기분이 들었다. 독을 약으로 쓸 줄 아는 그의 두뇌에 탄성 아닌 탄성이 나올 지경이었다.

승려들은 말없이 장건을 바라보았다.

장건은 그 사이에 다시 자신만의 세계에 몰입해 있었다. 분명히 공명검을 생각하고 있음에 틀림없었다.

누군가의 입에서 한탄 같은 말이 흘러나왔다.

"차라리 무진이의 말대로 하였다면…… 봉문이라 할지라도 받아들였다면……."

십 년 뒤를 도모하며 힘을 기를 수도 있었을 테고, 장건을 잃지도 않았을 터였다.

해서는 안 될 생각임에 분명하나, 지금의 이 사태를 몰고 오게 된 장본인인 원률은 장건을 보며 생각했다.

'차라리…… 저러다가 주화입마에라도 걸렸으면 좋겠구나.'

그러나 그렇게 되어봐야 좋아할 건 화산뿐이다.

모두가 이 끔찍한 사태에 좌절하고 있었다.

장건만 한 인재를 어떻게든 다시 키워낼 수 있다면 좋겠지만, 그게 어디 쉬운 일이겠는가?

문득 문수각주 원전이 주위를 둘러보며 신경질적으로 중얼거렸다.

"대체 이런 중한 때에 원호 사형은 어디에 계신 게야?"

* * *

문사명은 처음에 사부 윤언강의 행동을 이해할 수 없었다.

화산을 천하제일 문파로 만들고 싶어 하면서, 왜 소림의 제자에게 무공과 검을 전하였을까?

정말로 장건이 자신보다 마음에 든 것일까? 자신이 장건보다 부족해서?

그러나 그런 문사명을 바라보는 윤언강의 표정은 더없이 인자하고 부드러웠다.

"사명아."

"예, 사부님."

"네게 한 가지 부탁이 있다."

"제게요?"

문사명의 혼란스러움이 말투에 고스란히 담겨 나왔다.

"그래. 부탁이자, 네가 평생에 걸쳐 행해야 할 나의 마지막 명이기도 하다."

윤언강은 문사명의 어깨에 손을 얹었다.

"때가 되면 반드시 소요매화검을 찾아오너라."

그 말에 문사명은 이해할 수 없다는 표정으로 윤언강을 바라보았다.

"지금이 아니라도 좋다. 내가 죽은 후에라도 좋다. 그러나 네가 언젠가는 반드시 화산의 보물을 되찾아 올 거라는 걸, 이 사부는 믿는다."

아직도 혼란스러운 문사명의 귀에 툭 던지듯 내뱉은 풍진의 말이 들려온다.

"일석이조도 아니고…… 일석삼조였어? 하여간 저놈의 잔머리란……."

문사명은 차마 사부에게 묻지 못하고 풍진을 보았다. 연화 사태가 하산한 이후, 괜히 뭉그적거리던 풍진도 막 내려갈 차비를 하던 참이다.

"왜 그런 눈으로 날 쳐다보느냐?"

"아니, 전……."

"사부가 잔머리는 안 가르쳤나 보구만. 아직도 이해를 못하네."

윤언강은 빙긋이 웃을 뿐이었다. 풍진이 말했다.

"아까 검무를 보고 애가 완전히 얼이 나가있던 걸 생각해

봐라. 검성의 검에 푹 빠진 건이 녀석이 강호에 나가서 화산의 검법을 쓸 거란 말이다. 화산의 보검을 들고. 그게 어디 소림의 제자냐? 뭐, 그 전에 주화입마나 안 당하면 다행이긴 하겠지만, 어쨌거나 막말로 이제 소림에서 건이는 거의 제거된 거나 다름없지."

문사명은 작게 탄성을 냈다.

많은 무공을 배운 장건에게만 있는 태생적인 한계, 그것으로 인해 윤언강의 검무는 도리어 장건에게 독이 되었던 것이다.

"그것뿐만이 아니다."

이번엔 윤언강이 말했다.

"나나 풍진이나, 그리고 다른 친구들도 마찬가지다. 한 명의 숙적이 있었기에…… 그를 목표로 정진해 왔기에 오늘에 이를 수 있었다."

윤언강이 문사명을 따스한 눈길로 바라보았다.

"네게도 그러한 목표가 생기길, 이 사부는 바라 마지않았단다. 그리고 건이라면 훌륭한 너의 목표가 되어줄 것이다."

"하지만 제자가 그리 할 수 있을지 모르겠습니다."

"너무 부산떨 것 없다. 짧지 않은 긴 여정이다. 걸음이 빠르다고 목적지에 먼저 도착하는 것이 아니며, 느리다고 도착할 수 없는 것도 아니다. 나의 복수가 내 대에서 끝난 것이 아니듯."

윤언강은 문사명과 눈을 마주쳤다. 문사명의 흔들리던 눈빛이 점차 가라앉으며 다시금 확고한 의지가 불타오르기 시작한다.

"네가 화산을 천하제일의 문파로 만들 것을 믿는다."

문사명은 이를 악 물었다. 자신을 위해 이렇게까지 나선 사부다. 한순간이라도 사부를 의심한 자신이 부끄러웠다.

"사부님. 이 제자…… 평생을 걸고서라도 반드시 화산의 검을 되찾아 오겠습니다. 반드시 조사님들의 앞에 당당히 설 수 있는 무인이 되겠습니다."

"그래그래. 오늘은 정말 기쁜 날이로구나."

윤언강과 문사명의 다정한 모습을 보던 풍진은 입맛을 다셨다.

"사부님, 짐 다 꾸렸는데유."

풍진의 제자 송덕이 행장을 하고 풍진의 앞에 와 곰 같은 덩치를 수그렸다.

"에이이, 미련한 놈."

"네?"

둔하고 멋대가리도 없는, 하지만 수십 년간 거의 방치해두었음에도 사부를 기다린 순박한 자신의 제자다.

"준비 다 했으면 빨리 가야지, 왜 이리 굼떠?"

"아? 네네."

풍진은 송덕의 엉덩이를 발로 걷어찼다. 송덕은 피하지 않고 오히려 엉덩이를 가져다대어 고스란히 맞았다.

풍진은 절로 웃음이 나려 했다. 사부의 기분을 맞춰줄 줄 아는 제자다. 자신이 오랜 기간 폐관 수련에 들어가 있을 때조차 귀찮게 하지 않고 조용히 기다리던 녀석이다.

 남들의 제자만 다 예쁘다 생각했는데, 이제 보니 자신의 제자라고 못난 놈은 아니지 않은가!

 "청성으로 돌아가면 지옥이 시작될 테니, 그렇게 알고 있어라."

 "사, 사부님."

 "뭘 겁먹어? 지옥 같은 수련을 해야 네놈의 그 미련한 몸뚱이가 늘씬해질 거 아니냐!"

 "사부님……."

 송덕이 눈물을 훔친다. 풍진은 혀를 차더니 먼저 휑하니 걸음을 옮긴다.

 "잘 가게!"

 윤언강이 손을 들어 외쳤고, 문사명은 고개를 숙였다. 그러나 풍진은 돌아보지도 않고 손만 흔들 따름이었다.

 그 뒤를 헐레벌떡 송덕이 뒤쫓았다.

*　　*　　*

 장건은 자신이 뭘 하고 있는지도 몰랐다.

 회의가 끝나고 나서도 내내 윤언강의 검에 대해 생각하고 있었다.

 공명검을 보긴 했는데, 그것을 어떻게 해야 가질 수 있을지 알 수가 없었다.

'앞의 동작들이 의미가 있었던 걸까?'

분명히 베는 동작들에는 의미가 없었다. 그러나 다시금 잘 되새겨보니 그 동작들이 없으면 뒤의 일검도 나올 수가 없는 것이었다.

그것은 윤언강이 검을 얼마나 잘 다루는지를 보여주는 동작들이었다. 심지어 윤언강은 검의 존재를 마음대로 조절할 정도였다.

그러나 검을 잘 다루지 않는 장건은 검기는 낼 수 있을지언정 어떻게 검을 다루어야 그렇게 할 수 있는지 모르는 것이다.

윤언강의 말이 맞다.

'검을 다루려면 검과 친해져야 돼.'

새삼 장건은 뒤에 눈을 감은 것이 안타까워졌다. 그렇게 온 신경을 집중한 덕분에 공명검을 볼 수 있긴 했으나, 윤언강의 동작을 놓친 것이 안타까웠다.

'어떻게 했었더라……'

장건은 다시 처음부터 윤언강의 검무를 떠올렸다. 윤언강의 동작은 너무나 자연스럽고 허점이 없는데, 동작 자체가 평범하기에 장건은 딱히 복기하기가 어려웠다. 사과를 깎을 때와 마찬가지로 떠올리는 게 쉽지 않다.

한시라도 계속 생각하지 않으면 아차 하는 순간에 잊어버릴 것만 같다.

'아무래도 검을 쥐어야겠는데.'

머리로만 이해하는 것도 한계가 있는 모양이다. 직접 떠오르는 동작을 따라하는 수밖에 없다.

장건은 검을 들었다.

소요매화검은 검집째는 무거우나 검을 뽑으면 깃털처럼 가볍다. 검신이 투명하고 예리해 한눈에 봐도 명검이라는 걸 알 수 있다.

차라랑.

검을 휘두를 때마다 날 선 예기에 몸이 오싹오싹하다.

"안 되겠어. 검을 내 마음대로 해도 된다 했으니까, 이 날부터 어떻게 좀……."

그때 누군가 장건을 불렀다.

"건아! 건아!"

장건은 괜히 다칠까 염려되어 검을 집어넣고 돌아보았다.

소왕무와 대팔이 헐레벌떡 달려오고 있었다.

"너 지금 여기서 뭐하는 거야!"

"나? 그냥 생각 좀 하고 있었어."

"이 바보가!"

대팔이 소리쳤다.

"지금 이럴 때가 아냐!"

"왜?"

장건은 호들갑을 떠는 소왕무와 대팔을 보고 이상하다 생각했다. 평소 이렇게까지 난리법석을 피우던 친구들이 아니었다.
"무슨 일이야? 뭐 안 좋은 일이라도 생겼어?"
"안 좋은 일 정도가 아냐! 대사님이…… 대사님이!"
소왕무와 대팔이 동시에 외쳤다.
"굉목 대사님이 파문을 당하신대!"
"굉목 대사님이 파계하신대!"
소왕무와 대팔이 서로를 마주보더니 다시 외쳤다.
"둘 다야!"
떨그렁.
장건은 손에서 검을 놓쳤다.
"노사님……."
소왕무가 '크으!' 하고 얼굴을 찌푸리며 말했다.
"내가 알아보니까 형벌이 장난이 아니야. 인두로 막 몸을 지지고 곤장을 수백 대나 때리는 거래."
장건의 안색이 하얗게 질렸다.
굉목과 장건의 사이를 잘 아는 대팔이 코를 훌쩍거리면서 말했다.
"어쩌면 굉목 대사님, 죽을지도 몰라. 지금 그 몸으로는 절대 형벌을 버틸 수가 없대. 제기랄, 자기 일 아니라고 다들 그렇게 말하고 있어."
"노, 노사님이 주, 죽어……?"
죽는다.

꿩목이?

"안 돼-!"

장건은 비명을 질렀다. 눈앞이 아무것도 보이지 않는 것처럼 새하얗게 변색되어갔다.

몸에서 기운이 쭉 빠지고 다리가 후들거렸다.

"어……디야? 어디야!"

"계, 계율원!"

그 말이 끝나기가 무섭게, 이미 장건은 달리고 있었다.

"노사니-임!"

소왕무와 대팔은 무서운 속도로 달려가는 장건과 장건이 떨어뜨린 검을 보다가, 검을 집고는 재빨리 장건의 뒤를 따라갔다.

"같이 가!"

제10장

북해와 고현

몽골과 중원을 잇는 내몽골(內蒙古)의 주요 교역관인 서리(西里).

짐마차와 보따리를 짊어진 상인들이 끊임없이 오가는 이곳에서도 소림에 대한 이야기는 단연코 최고의 화젯거리였다.

오랜 여행으로 흙먼지를 뒤집어 쓴 상인들이 삼삼오오 모여 이야기를 나누고 있었다.

"허어, 소림이 이렇게 될 줄 누가 알았겠는가."

"그러게 말이야. 그래도 난 소림이 그렇게 당할 거라고는 생각지도 못했는데."

"소림은 완전히 초상집 분위기가 됐겠군."

"화산파는 아주 신이 났겠지."

그때 짐을 실은 말을 끌고 오던 상인 한 명이 그들의 곁을 지나치다가 깜짝 놀라 다가갔다.

"이보시게들, 지금 그게 무슨 말인가? 소림이 뭐가 어떻게 되었다는 건가?"

"어허, 이 사람. 어디서 왔는지 소문에 아주 깜깜일세."

"아이고, 타역에 멀리 나갔다가 몇 달 만에 돌아오는 길일세. 내가 술 한잔 살 테니 말 좀 해주게."

덥수룩한 수염의 상인이 말에서 가죽 포대를 내려 대여섯 명 남짓한 상인들에게 건넸다.

상인 일행 중 우두머리로 보이는 이가 먼저 가죽 포대를 열어 술을 한 모금 마시고 입을 열었다.

"카아! 그래, 궁금한 게 뭐라고?"

"자네들이 말하던 소림 말일세. 소림에 무슨 일이 생겼다는 건가?"

우두머리 곁의 상인이 가죽 포대를 건네받아 한 모금 마시고는 말했다.

"소림에서 큰 싸움이 났다네."

"허어! 대체 누가 그런 일을 벌였다는 건가?"

"누구긴 누구야, 우내십존이지. 왜, 그 강호 무림의 최고 고수들이라는……."

"우, 우내십존?"

"그래. 그 우내십존과 소림이 싸움이 났네. 그래서 소림이 박살 났다는 거야."

"아니, 왜 우내십존이 소림과 싸웠단 말인가?"

"그건……"

술이 든 가죽 포대를 돌려 마시던 중에 한 상인이 거꾸로 포대를 뒤집고는 말했다.

"술 떨어졌는데?"

덥수룩한 수염의 상인이 '끙' 하고 다시 말에서 가죽 포대를 하나 더 내렸다.

"자세히는 모르겠는데, 아무튼 시비가 붙은 모양이지. 수천 명이 난투를 벌이고 수십 명이 죽어나갔는데, 보다 못한 우내십존이 나섰다고 하네."

"허어. 소림에서 그런 일이……"

"말도 말게. 오죽하면 우내십존이 나섰겠는가. 내가 아는 친구가 숭산 아래를 지나가다 우연히 봤는데, 칼부림이 어찌나 심하던지 산 전체가 번쩍번쩍했다 하네."

"그, 그래서?"

"소림의 홍오 대사라고, 우내십존과 같은 배분의 스님이 계셨는데, 그 대사가 우내십존 중에 남궁세가의 검왕과 청성의 검을 깨끗하게 눌러버렸다지."

"그럼 소림이 박살 난 게 아니지 않나."

"아, 얘기를 끝까지 들어야지. 그중에 화산의 검성이 있었는데, 친우들이 당하는 걸 보고 대노해서 끼어들었다네. 그리고 홍오 대사를 그냥 손가락 하나로 죽여 버렸다는군."
"엥?"
수염의 상인이 아리송한 얼굴을 했다.
"이봐. 앞뒤가 안 맞잖나. 검왕과 청성의 검을 깨끗하게 누른 사람을 무슨 손가락 하나로 죽일 수 있어?"
"어허? 진짜라니까?"
말을 하던 상인이 갑자기 손을 치켜들었다. 그리고는 검지 손가락을 내밀었다.
"이렇게 손가락을 내밀고 말했다네. 쓰러져라! ……그러니까 정말 쓰러져 죽었다더군."
수염의 상인은 황당해했다.
"어이, 말이 되는 얘기를 해야지?"
"아, 진짜라니까! 한 십여 장 떨어져 있었는데 그으냥 피를 펑펑 흘리면서 죽었대."
"어허…… 이거, 아까운 술만 낭비했군. 세상에 손가락 하나로 고수를 죽일 수 있는 무공이 있다는 얘기는 처음 듣네."
말하던 상인이 화를 냈다.
"맨 주먹으로 바위도 부수고 하늘도 날아다니는 무림인들인데 뭘 못해! 젠장, 우리가 무림인도 아닌데 그런 무공이 있는지 없는지 알 게 뭐야? 듣기 싫으면 그냥 가던 길이나 가라고."

수염의 상인이 저자세로 몸을 굽혔다.
"아니 아니, 난 그냥…… 정말 놀라서 의심이 든 것뿐이네. 그래서 어떻게 되었는가?"
"뭐가 어떻게 돼. 그냥 그렇게 끝난 거지. 소림의 초고수가 손가락 하나로 죽었는데 누가 검성의 앞을 막겠어."
"그래도 소림인데……."
"그것까지 우리가 알 수야 있나. 아무튼 그 때문에 소림은 향객은 물론이고 무림인들의 왕래를 모두 막았다 하네. 사실은 거의 봉문한 거나 다름없는 셈이 된 거지."
수염의 상인은 아직 믿지 못하는 표정이었다.
"그래도 소림에는 백팔나한도 있고……."
상인들이 수염 난 상인을 빤히 쳐다보았다.
"자네는 생각보다 강호 무림의 일에 관심이 많은가 보구만?"
"하하…… 아무래도 내 장사가 그쪽과 관련이 있다 보니…… 그런데, 싸운 이유는 뭔지 혹시 짐작 가는 데라도 없는가?"
"우리도 그래서 그 이유가 뭔가 하고 얘기를 하던 중이었네."
어느새 상인들의 주위에는 지나가던 다른 상인들도 몇몇 다가와 이야기를 듣고 있었다.
한 명이 말린 육포를 꺼내며 이야기에 동참했다.

"그 얘기라면 나도 들은 게 좀 있네만."

"무슨 이유라고 하던가?"

"이건 요녕에서 오며 들은 얘긴데, 자네들만 알고 있게. 소림에 의천검 이상 가는 보검들이 대거 나타났다 하네."

"허어, 그게 정말인가?"

"그렇다네. 그래서 사람들이 서로 보검을 차지하려 싸웠고, 그 와중에 소림이 개입했다는 소문이 있네."

"내가 들은 얘기는 좀 다른데?"

"자네가 들은 건 뭔가?"

상인들은 나눠준 육포를 질겅거리고 씹으며 저마다 알고 있는 사실을 털어 놓았다.

"소림에 많은 무림인들이 몰렸었잖은가. 그런데 재정 상태가 좋지 않다보니 숙박비조로 돈을 심하게 뜯어내다가 반발이 심해져 그런 일이 생겼다고 하네."

"에이, 그건 좀 신빙성이 없군. 설마하니 소림이 그랬을까. 설사 그게 사실이라 하더라도 매년 많은 돈을 풀어 빈민들을 구제해왔는데, 돈을 받았다 하더라도 좋은 의도로 그랬겠지."

"나는 다른 얘기를 들었네. 소림에 몰려든 어여쁜 처자들 때문이라던데?"

"그건 또 무슨 말이야?"

"강호제일미라고 들어봤나? 그 미녀를 두고 싸움이 벌어진 거지."

강호제일미라는 말에 상인들이 음탕한 미소를 지어댔다.

"호오…… 나도 그 비슷한 얘기를 어디서 들은 것도 같네. 왠지 그 말이 맞는 듯하이."

"항간에는 무림 세가와 구대문파 간의 사이가 좋지 않아서라고도 하고, 어디서는 또 아주 옛날의 원한 때문이라고도 하는데, 다 제각각이라 알 수가 없구만."

"뭐, 강호 무림인들이야 우리와 사는 세상이 다르니…… 의견이든 뭐든 맞지 않아 싸움이 난 거야 확실하지."

"쯧쯧. 이제 당분간은 소림도 천하제일이라 자처하기 어렵게 되었구만."

"그러게 말일세. 그렇게 많은 무인들이 분탕질을 치고 자사의 경내에서 존장이 죽어나갔는데도 항변조차 못하다니."

"손가락 하나로 소림의 최고 고수를 죽인 검성에게 대들어 봐야 다 죽기밖에 더 하겠나? 그러니 어쩔 수 없이 참을 수밖에. 내가 소림의 방장이었더라도 그냥 참고 말았을 게야."

"아무튼 안된 일이야. 소림이 그렇게 되다니."

평소 강호 무림을 탐탁지 않게 여겼는지 한 상인이 꼴좋다는 투로 말했다.

"안된 일이긴? 결국은 자기들끼리 싸우다가 이 지경이 된 거 아닌가. 다 저희들끼리 자처한 일이지. 말이 나와서 말인데, 정파나 사파나 우리 같은 사람들이 보기에는 다 똑같은 놈들이라고."

상인들이 제각각 이번 일에 대한 자신의 생각들을 떠들어댔다.

더 이상 들을 만한 얘기가 없다 싶자, 수염 난 상인은 슬그머니 자리를 떴다. 그러나 느릿하고 자연스러운 동작과 달리 그의 눈빛은 어딘가 모르게 급해 보였다.

'빨리 본궁에 이 사실을 알려야 한다!'

수염 난 상인은 사람들이 보이지 않을 정도로 멀리 떨어지자 말 위의 짐까지 내팽개치고 달리기 시작했다.

*   *   *

북해빙궁.

북해의 주인이라 불리는 궁주 야일첨은 첩자가 알려온 급보를 듣고 급히 회의를 열었다.

빙궁의 실세인 사대고수가 한 자리에 모두 모였다.

"다들 모이라고 한 이유는 대강 들었을 것이다. 정보에 따르면 약 보름 전, 소림사에서 대량의 유혈사태가 벌어졌다고 한다. 이것은 그간 모인 정보를 취합한 문서들이니 읽어보도록."

장로와 무장들이 탁자 위의 보고 자료들을 하나씩 들고 읽기 시작했다.

자료들을 읽던 장로와 무장들의 얼굴이 묘하게 일그러진다.

야일첨이 말했다.

"그간 본궁은 중원 무림과의 일전을 위해 밤낮으로 상당한 준비를 해 왔다. 이번 일은 앞으로의 행보에 적잖은 영향을 끼칠 것으로 사료된다. 각자의 생각을 말해 보라."

소궁주인 야운이 먼저 발언했다.

"아버님, 이번 사건은 어딘가 모르게 석연찮은 구석이 있습니다."

"말하라."

"중원 무림은 본궁을 치기 위해 소림에 모여 있었습니다. 그런 그들이 말도 안 되는 이유로 싸우고 사분오열할 이유가 없습니다."

빙궁의 사대고수 중 한 명인 냉고사(冷枯士)가 강퍅한 얼굴로 말했다.

"소궁주께서는 아직 그들이 얼마나 이율배반적이며 위선적인지 모르시는 듯합니다. 제가 보기에 그들이 자멸할 이유는 충분합니다. 우내십존과 소림의 노고수가 서로 싸운 이유가 무엇이겠습니까?"

"정치적인 이유라면…… 혹시 수장의 자리를 두고……."

"그들은 정체된 중원을 벗어나기 위해 정치적인 이유에서 본궁을 노리고 있었습니다. 어느 문파가 수장이 되어 무리를 이끄느냐는 아주 중요한 문제일 수밖에 없습니다."

또 다른 고수인 백귀살(百鬼殺)이 차갑고 하얀 얼굴로 입을 열었다.

"그렇습니다. 비록 소림이 천하제일의 문파라고는 하나 우내십존에 한 명의 이름도 올리지 못했습니다. 그런 와중에 우내십존이 수장의 자리를 노린 것은 당연한 일입니다. 소림이라고 그 자리를 내어주고 싶지는 않았을 테지요."

야일첨이 고개를 끄덕였다.

"냉고사와 백귀살의 생각이 옳다. 본인 역시 같은 생각이다. 보검이 나타났다느니 하는 것은 그들이 치부를 감추기 위해 지어낸 말임이 분명하다. 또 다른 의견은 없는가?"

빙궁의 고수이며 의당(醫堂)을 맡은 적수의(赤手醫)가 쭈글쭈글한 얼굴로 말했다.

"궁주께 한 말씀 올리겠습니다. 지금까지 모인 정보들은 그 진위를 확인할 수 없는 것들이 너무 많습니다. 심지어 이번에 소림에서 생겨났다는 사상자의 수도 천차만별입니다. 백 명 이상이 사망했다 하기도 하고, 한 명도 죽지 않았다는 말도 있습니다."

북해빙궁 최고의 전투조직을 이끌고 있는 광혈풍(狂血風)이 적수의를 비웃으며 거구를 일으켰다.

"적수의는 너무 신중한 것이 탈이오. 어차피 그들의 조직이 와해된 것이 사실인데, 자잘한 일들이야 신경 쓸 것도 없지 않소이까!"

적수의의 늘어진 눈꺼풀 사이로 매서운 눈빛이 빛났다.

"본궁을 침략하려는 중원의 의도가 무산되었다면 우리 역시 당장에 병력을 일으킬 필요가 없는 것일세."

"그 무슨 겁먹은 쥐새끼 같은 말이오! 적이 내분을 일으킨 이때만큼 치기 좋은 기회가 어디 있다는 거요?"

"예부터 중원 무림은 외세의 공격에 대해서만큼은 정사를 가리지 않고 똘똘 뭉쳐 대항해 왔네. 우리가 지금 그들을 치게 된다면 오히려 그들에게 하나가 될 빌미를 줄 뿐이지."

"흥! 그들이 힘을 모으기 전에 쓸어버리면 되잖소."

"아무리 본궁의 무사가 뛰어나다 한들 만 명의 식솔 중에서 병력으로 차출할 수 있는 건 삼천 명도 되지 않는데, 그 인원으로 중원을 쓸어버린다는 건 무리일세."

"적수의는 본궁의 무력을 의심한단 말이오?"

"의심하지는 않으나 현실을 직시하자는 말일세."

냉고사가 끼어들었다.

"둘 다 그만하시오. 적을 우습게보지 말자는 적수의의 말도 옳고, 지금이 적기라는 광혈풍의 말도 옳소."

"그런 애매한 말이 어디 있소?"

광혈풍의 말에 냉고사가 야일첨을 보며 말했다.

"궁주님, 본인의 생각에 중원 무림을 치는 데에는 세 가지가 선행되어야 한다 생각합니다."

"세 가지라…… 그게 무엇인가?"

"첫째는 적수의의 말처럼 그들이 힘을 모으기는커녕 더 벌어지게 만드는 방법입니다. 그들의 사이가 벌어지면 벌어질수록 일이 수월해질 터, 우리에게 그보다 더 좋은 일은 없을 테지요."

"그 말이 옳다. 두 번 째는?"

"두 번째는 본궁의 무력에 비해 인원이 너무 적다는 것입니다. 중원은 광활합니다. 지금의 인원으로는 중원 무림을 한꺼번에 무너뜨리긴 어렵습니다."

"인원을 늘려야 한다라…… 그것도 옳은 말이다. 그렇다면 마지막 세 번째는 무엇인가?"

"세 번째가 가장 중요합니다."

냉고사가 눈빛을 빛냈다.

"이번 소림의 사태에서 눈여겨볼 점이 있습니다. 문각 선사의 유일한 제자였던 홍오 대사가 관계되어 있다는 것입니다. 이제껏 우내십존에 들지 못했던 그가 갑자기 검왕과 청성일검을 쓰러뜨릴 정도의 무위를 보였다는 것은 의미심장한 일이 아닐 수 없습니다."

"으음……!"

야일첨은 문각의 백보신권을 떠올렸다. 북해빙궁의 무공과는 상극인 끔찍한 재앙의 무공이었다.

냉고사가 말을 이었다.

"그간 본궁은 홍오 대사는 문각 선사의 진전을 잇지 못해 우내십존에 이르지 못했다 알고 있었습니다. 하나 얼마 전 문각 선사의 진전을 이은 제자가 나왔다 했으니……."

야운이 놀라 외쳤다.

"홍오 대사가 문각 선사의 무공을 뒤늦게 익혔을 가능성이 있는 것이군요!"

"그렇습니다. 갑작스러운 무위의 상승 이유는 현재 그것밖에 연결시킬 수 없습니다. 그러나 그 진위만큼은 확실히 확인해야 합니다. 문각 선사의 진전이 소림 전체로 이어졌다면 본궁의 중원 정벌에 상당한 걸림돌이 될 것입니다."

냉고사가 말을 마무리했다.

"즉, 중원 무림을 뒤흔들 계책과 함께 본궁의 세력을 늘리는 것, 그리고 소림의 무공을 확인하는 것. 그 세 가지의 조건이 충족된다면 본궁은 언제라도 중원 무림을 평정할 수 있게 됩니다."

사대고수들은 물론이고 야일첨과 야운도 고개를 끄덕였다.

"과연, 냉고사의 말은 일리가 있소."

그러나 곧이어 들려온 낭랑한 목소리는 앞의 말들을 전면 부정하는 것이었다.

"제가 듣기로, 이번 사태의 이면에는 소림에 몰려든 미인들이 있다 하던데요?"

회의장으로 들어서는 문에 남자인지 여자인지 모를 한 명의 귀인(貴人)이 맑은 눈을 빛내며 서 있었다.

윤기 나는 검은 머리칼을 뒤로 묶어 넘겼는데, 특이하게도 은빛에 가까운 색이었다. 자세히 보지 않으면 모르나 밝은 햇

살 아래에서 보면 확연한 은발(銀髮)이었다.

가늘고 길게 찢어진 푸른 눈은 가볍게 웃고 있었으며, 이국적이고 중성적인 외모는 보는 사람을 아찔하게 만들 정도였다.

야일첨의 일곱 자식 중 막내 용비다.

본래 중원에 기반을 가지고 있던 북해빙궁은 머나먼 타지로 추방당했으면서도 뿌리를 잊지 않았다. 때문에 대부분이 몽골의 여인이나 중원인과 혼인을 했는데, 유독 야일첨의 넷째 첩은 서역의 색목여인이었다.

용비는 그녀에게서 낳은 자식으로, 야일첨이 워낙 색목여인을 아껴 이름마저도 그녀의 이름 중에서 한 자를 본땄다.

야일첨이 눈살을 찌푸렸다.

"용비야, 네가 낄 자리가 아니다."

야용비가 정중히 고개를 숙이며 대답했다.

"아버님, 본궁의 일인데 어찌 제가 낄 자리가 아니라 하시나이까?"

의견을 반박당한 냉고사가 나섰다.

"궁주님, 소주께서는 평소 재인(才人)으로 알려지셨으니 저희와 다른 생각을 가지고 계신지도 모릅니다. 궁주님만 허락하신다면 저는 소주의 말씀을 경청할까 합니다."

"고맙군요, 냉고사."

야일첨이 고개를 끄덕였다.

"그래. 무슨 생각이 있는지 말해 보거라."

야용비가 가는 눈을 더 가늘게 뜨고 웃으며 말했다.

"굳이 많은 피를 보지 않고도 중원 무림을 초토화시킬 수 있는 방법입니다."

사대고수들이 술렁거렸다.

"그런 방법이 정말로 있단 말입니까?"

"네, 물론이지요. 지금 중원 무림은 황제의 감시 하에 있어 전면전을 벌이게 되면 자칫 황군을 끌어들일 우려가 있습니다. 그렇다면 이쪽에서도 그에 맞는 대응을 할 필요가 있다고 봅니다."

"어떤 대응입니까?"

냉고사의 물음에 야용비가 설명했다.

"중원 무림의 무인들은 오래전부터 강자를 숭상하며 강자지존의 법칙을 따랐습니다. 이번 또한 마찬가지의 경우입니다. 소림의 한 고승이 패한 것을 두고 사람들은 소림 전체가 패한 것처럼 얘기하지 않습니까? 그것은 소림에서 더 이상 검성을 이길 사람이 없으니, 검성에게 굴복할 수밖에 없다는 말에 다름 아닙니다."

광혈풍이 고개를 갸웃거렸다.

"본인이 우매하여 막내 공자의 말씀을 이해하지 못하겠구려."

야용비가 웃음을 지우지 않고 말을 이었다.

"어렵게 생각하지 마십시오. 간단합니다. 강한 사람이 모든 것을 다 가지는 것이지요."

광혈풍이 머리를 긁적였다.

"그러니까 그게 어떻게 중원 무림을 초토화시킬 수 있다는 뜻이 되는 거랍니까?"

"우리가 구태여 중원에 존재하는 모든 무림 문파들을 점령할 필요가 없다는 뜻입니다. 강자를 쓰러뜨리면 자연히 그 밑의 문파들은 복속되기 마련이지요."

"흐음…… 말씀은 일리가 있는데, 정말 말처럼 그렇게 쉽게 되겠소?"

광혈풍의 말에 야용비가 야일첨을 향해 말했다.

"아버님, 그래서 제가 중원으로 가야겠습니다."

사대고수와 야일첨, 야운이 모두 놀라 눈을 크게 떴다.

"용비야!"

"제게 몇 명의 고수만 딸려 주십시오. 그리하면 제가 중원 무림 전력의 반 이상을 무력화시켜 보이겠습니다."

야일첨이 물었다.

"네가 중원에서 무슨 수로 그리 하겠다는 말이냐? 더욱이 네 외모는 다소 눈에 띄지 않느냐. 중원인들은 색목인을 배척하는 경향이 있다."

"이 중에 중원 무림을 혼란에 빠뜨리고, 동시에 본궁의 세력을 늘릴 수 있는 사람은 저밖에 없습니다. 소림의 무공을 확인하는 건 그 과정에 자연스레 따라오는 일이 될 테지요."

"하지만……."

야일첨은 아끼는 자식이 험한 중원으로 간다는 사실이 못내 내키지 않는 모양이었다.

"아버님, 본궁의 무력은 결코 중원 무림에 뒤떨어지지 않습니다. 하지만 애초에 걸러내고 남은 잔챙이들을 끌어들여 차례로 멸절시킨다면 그 수고로움이 훨씬 줄어들겠지요."

"흐음, 네가 정말 그렇게 만들 수 있겠느냐?"

야용비가 자신있게 대답했다.

"예. 5년…… 아니 3년 내에 반드시 그리되도록 만들겠습니다."

"정말 고수 몇 명으로 충분하겠느냐?"

야용비가 잠시 생각하다 대답했다.

"나라밀……."

말을 하려다가 잠깐 멈추었던 야용비가 푸른 눈을 영롱하게 빛내며 환하게 웃었다.

"나라밀대금침술과 빙정석만 있으면 됩니다."

* * *

고현은 정말 덩그러니 혼자서 깨어났다.

일어나보니 어딘지도 모르는 산중이었다.

"뭐지?"

몸 상태는 특별히 이상이 없었으나, 추운 곳에서 오래 내팽개쳐져 있었는지 몸이 굳어 잘 움직이지 않았다. 심지어 눈까지 한 뼘이나 덮여 있었다.

얼마나 누워 잠을 잤던 것일까?

심하게 배가 고팠다.

"끄응……."

고현은 지난 일들이 별로 기억나지 않았다.

장건에게 맞고서 쓰러진 것까지는 기억하는데, 그 뒤는 기억나지 않았다.

"혹시…… 내가 그 녀석에게 패한 후에 술을 심하게 마셨던가?"

술 냄새가 나지 않는 걸 보니 그런 건 아닌 모양이었다.

가부좌를 틀지도 못하고 고현은 누워서 운기조식을 해야만 했다.

온기가 생기며 고현의 몸 위에 쌓인 눈이 서서히 녹기 시작했다.

고현은 운기조식을 가볍게 한 차례 마친 후, 끙끙대며 기억을 되살리려 애썼다.

운기조식으로 기운이 생기니 정신이 좀 돌아왔다. 문득문득 비몽사몽간에 들려왔던 얘기 몇 마디가 생각나긴 한다.

- 이건 누구야? 자네 알아?

- 몰라.
- 어디에서 온 놈이야? 사문도 모르겠고, 아는 사람도 없고.
- 그때 무공이 꽤 고강했던 걸로 기억하는데.
- 뭐가 고강해. 홍오 대사에게 바로 제압당하고 장 소협에게는 상대도 안 됐구만. 겉으로만 번지르르한 거 아냐?
- 아아, 나도 몰라. 아무튼 소림에서 다 나가라고 하니 그냥 들고 오긴 했는데, 뭘 어떻게 해야 할지 모르겠군.
- 그냥 내버려 두고 가지 뭐.
- 그래도 날이 추워서 얼어 죽을 텐데…….
- 그럼 소림에서 책임지겠지. 무공이 고강하다면 어차피 혼자 알아서 살아날 테고.
- 그건 그래. 우리도 귀찮은데 누군지도 모르는 놈 때문에 며칠씩 시간을 허비할 수도 없지.
- 가자고. 괜히 모르는 놈하고 잘못 얽히면 좋은 꼴 못 봐.

갑자기 고현의 눈에 눈물이 핑 돌았다.
고현은 버려졌던 것이다.
그리고 여전히 아무도 그를 기억하지 못하고 있었다.
서러움에 자꾸만 눈물이 났다.
출도할 때만 해도 청운의 꿈을 안고 나왔었다.

그런데 지금 이게 무슨 꼴인가?

원수는 갚지도 못하고, 연적에게는 이기지도 못하고…… 심지어 그냥 버려지기까지 했다.

이러려고 이십 년간 죽어라 무공을 배운 게 아니었다.

'내가 왜 이러고 있어야 하지?'

고현은 아스라이 흘러가는 밤하늘의 별들을 보며 눈물을 글썽거렸다.

"하아……."

무공만 세면 뭐든 다 해결될 줄 알았는데, 강호에서의 삶은 생각보다도 더 많이 힘겨웠다.

"이게 다 장건이란 놈 때문이다!"

고현은 애처롭게 울부짖었다.

『일보신권』 11권에서 계속

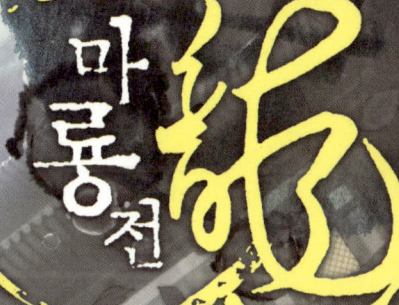

『투신』, 『마신』, 『천신』의 작가!
김강현의 신무협 장편소설

고독(蠱毒)에 조종당해 지옥에 내던져진 마룡단.
잔혹한 음모와 혈투 속에서도 그는 살아남았다!

잊혀진 마룡단의 생존자 강하진이 돌아왔다.
음모의 배후를 쳐부수고 복수를 이루리라!

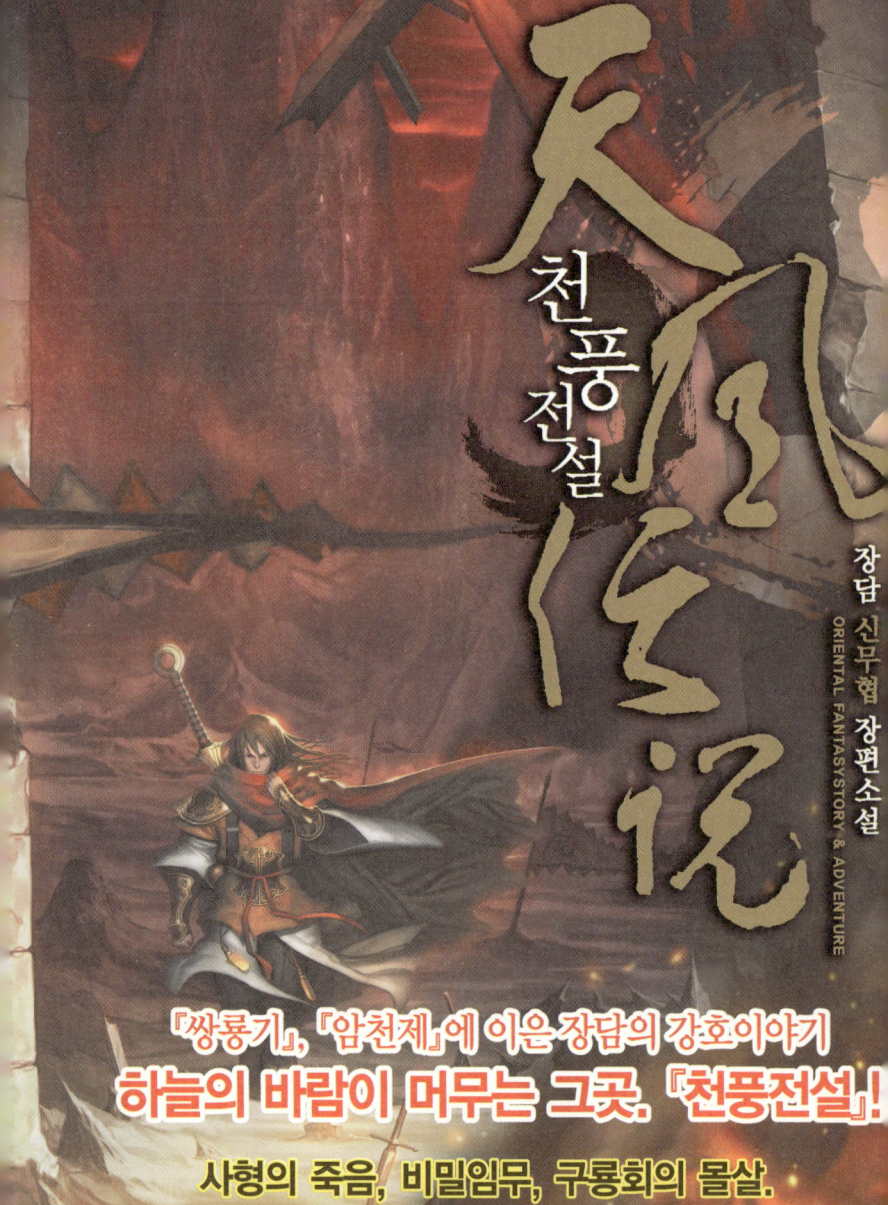

『흑마법사 무림에 가다』의 베스트 작가!
박정수 판타지 장편소설

제왕록

무장편

박정수 판타지 장편소설

삼만 년 동안 대륙의 일통을 꿈꾼 자는 많았다.
그러나 그 꿈을 이룬 자는 오직 한 명뿐!
신분의 굴레를 벗기 위해 전장으로 향하는 칼스.
그것이 기나긴 대륙 통일 전쟁의 시작이었다!

dream books
드림북스